DIAMANTENFLUCH(T)!
Showdown in Bergedorf

Vielen Dank an:
Frau Magdalene Jensen, Lektorin

FRIEDRICH HEINRICH SYNOLD

DIAMANTENFLUCH(T)!

Showdown in Bergedorf

Kriminalroman

Bibliografische Information der Deutschen Nationalbibliothek:
Die Deutsche Nationalbibliothek verzeichnet diese Publikation in der Deutschen Nationalbibliografie; detaillierte bibliografische Daten sind im Internet über http://dnb.dnb.de abrufbar.

Quellennachweise:
Wikipedia – Die freie Enzyklopädie
Polizei Hamburg

© 2017 Friedrich Synold
Satz, Umschlaggestaltung, Herstellung und Verlag:
BoD – Books on Demand

ISBN: 978-3-7431-5906-8

Inhalt

Prolog	7
Zeit der Vorbereitung	9
Clermont-Ferrand	18
Phase I, Start	20
Antwerpen, Diamantkwatier	34
Anflug Europa	36
Phase II, Spezial Team	53
Untertauchen in Europa	61
PK 42 Hamburg-Billstedt	72
Aufbruch	75
Weiter, gen Norden	87
Auf der Spur	94
Norddeutschland – Hamburg	102

Phase III, Kontakt	115
Entscheidende Schritte	143
Die Lage spitzt sich zu	171
Showdown	186
Endphase	216
Monolog	221

Prolog

1971 erreichte die Produktion der Firma Cocotaco in Angola ein Rekordhoch beim Schürfen der Rohdiamanten.

In ihren Tresoren lagerten Diamanten in der Summe von zwei Millionen und vierhundertdreizehntausend Karat, Geldwert circa zweihundert Millionen US-Dollar.

Sie sollten zuerst in zwei Lieferungen nach Antwerpen geliefert werden, dann entschloss sich die Geschäftsleitung, doch alles in einer Lieferung zusammenzufassen und an die Hovenierstraat im Diamantkwatier in Antwerpen zu schicken.

Natürlich alles streng geheim.

In Antwerpen, dem größten Diamantenhandelsplatz, saß ein distinguierter, hoch aufgeschossener Mittsechziger mit schlohweißem Haar, bekleidet mit sehr hochwertiger Garderobe, in seinem Büro in der Hovenierstraat und unterhielt sich mit seinem Partner, einem etwas kleineren, kugelbauchigen Glatzkopf, dessen Besonderheit seine ewig von Schweißperlen benetzte Glatze war.

Die beiden hatten zurzeit ein ernstes Problem, ihr Unternehmen war so gut wie insolvent, sie hatten sich an der Börse verspekuliert.

Daher fassten sie nun einen kühnen Entschluss, sie wollten sich die Rohdiamanten der Firma Cocotaco, wo sie auch Anteilseigner waren, stehlen beziehungsweise stehlen lassen. Egal, ob bei dieser Aktion ihre letzten, illegalen Geldreserven draufgingen. Sie hatten absolut nichts mehr zu verlieren.

Nach dieser kurzen, aber intensiven privaten Unterhaltung führte der weißhaarige Mister X ein längeres Gespräch mit einem Herrn in Südengland.

Sein englischer Gesprächspartner war ihm persönlich total unbekannt. Die Telefonnummer hatte er durch seine guten Verbindungen erhalten. Bei seinem Telefonpartner handelte es sich um einen, sagen wir mal, Söldner der gehobenen Preisklasse.

Einer seiner Vertrauensleute hatte ihm vermeldet, ›Spider‹ übernähme Aufträge jeder Art und bringe sie auch immer zu einem guten Abschluss.

Zeit der Vorbereitung

Clint Checker saß am späten Abend eines herrlichen Sommertages in der Nähe von Falmouth im Wohnzimmer seines Landhauses und studierte sehr intensiv eine Landkarte, als sein Telefon, auf dem Kaminsims stehend, läutete.

Nachdenklich legte sich die Stirnpartie seines markanten, bartlosen, wettergegerbten Gesichts unter einem dunklen Haarschopf in Falten.

Wer mochte ihn um diese Zeit anrufen?

Checker war ein schlanker, gut durchtrainierter Mittvierziger, der den größten Teil seines bisherigen Lebens beim englischen Militär in Spezialeinheiten und den damit verbundenen Einsätzen verbracht hatte.

Seine letzten aktiven fünf Jahre beim SAS und MI 6 hatte er vor längerer Zeit beendet und erledigte nun als freischaffender »Dienstleister« Spezialaufträge aller Art.

Er hatte vorzügliche Verbindungen, mittlerweile weltweit.

Er nahm das Telefon vom Sims, schaltete den Zerhacker ein, er liebte keine unbekannten Zuhörer, die seine Telefonate mithören konnten, und setzte sich in einen urgemütlichen Ohrensessel vor dem Kamin.

Er meldete sich mit seinem Nickname: ›Spider‹.

Dieser war allerdings nur Eingeweihten bekannt, nun auch Mister X.

Gespannt lauschte er den Worten seines Gesprächspartners und war überaus erstaunt über das Ersuchen des Mannes.

Checker erbat sich eine Bedenkzeit von zwei Tagen, und Mister X erklärte sich damit einverstanden.

Mister X hatte Checker zwei Telefonnummern mitgeteilt, unter denen er zu erreichen war, welche er sich notiert hatte. Er brauchte gar nicht lange zu recherchieren, hatte bald herausgefunden, dass es sich um belgische Telefonnummern bzw. Nummern aus Antwerpen-Stadt handelte.

»Sollten wir ins Geschäft kommen, müssen Sie sich darüber im Klaren sein, einen Zuschlag zur noch zu benennenden Auftragssumme zu leisten. Im Osten Angolas treiben zurzeit die UNITA-Rebellen ihr Unwesen.«

Mister X meinte, er sehe kein Problem, man werde sich schon einig werden, geldtechnisch.

Nachdem das Gespräch beendet war, wählte er eine geheime Nummer, es war die Nummer von Abiel Hagos, einem ehemaligen Geheimdienstler aus Eritrea. Hagos war seit einiger Zeit einer der festen Partner von Checkter.

Schnell war der Kontakt hergestellt.

Der dunkelhäutige Hagos mit seinen krausen, schwarzen Locken war nur circa 1,65 Meter groß, aber seines Zeichens ein Allroundtalent mit vorzüglichen Beziehungen.

Ein drahtiger Typ, seine vielfältigen Kenntnisse und Fähigkeiten hatte er in seiner Zeit beim Geheimdienst in Eritrea erworben.

Als sein Telefon anschlug, war er gerade im Begriff, nach Kairo aufzubrechen. Er nahm den Hörer ab und lauschte, Checkter kam unumwunden zum Kern der Sache.

»Hallo, Abiel, egal was du in Kairo machen willst, du musst dort schnellstens deine Zelte abbrechen und mit der nächsten Maschine nach Luanda fliegen! Dort buchst du dir einen nationalen Flug nach Saurimo.

In Kairo gehst du vorher noch nach El Insha, in die Straße Sh. El Insha zu Abdul und lässt dir dort ein Visum für Angola ausstellen. Er ist einer der besten Fälscher und arbeitet immer sehr flott.«

»Ja, Clint, ich weiß, ich kenne ihn schon eine ganze Weile.«

»Okay, nun hör mir gut zu: Nördlich von Saurimo liegt die Diamantenmine Cocotaco, dort recherchierst du, wie wir am besten zu viert und möglichst unauffällig in den Minenbereich gelangen und ob wir dort erfolgreich einen Raub durchführen könnten! Außerdem erkunde eventuelle Fluchtwege sowie unbenutzte Feldflugplätze oder feste Schotterpisten, auf denen man mit einem normalen Flugzeug mittlerer Größe unbesorgt landen und starten kann. Hast du dazu noch irgendwelche Fragen? In maximal zwei Tagen benötige ich Ergebnisse!«

»Na, das wird sehr eng, aber ich versuche, das Unmögliche möglich zu machen. Ich melde mich schnellstmöglich wieder bei dir. Bis dann, bye!«

Damit war das Telefonat beendet.

Checkter griff erneut zum Telefonhörer.

Er wählte eine Nummer in Skandinavien, nach mehreren Minuten und nur dem Freizeichen wählte er noch einmal, dieses Mal aber eine andere Nummer, und der Kontakt wurde hergestellt, und nun meldete sich am anderen Ende der Leitung eine tiefe, aber nicht unsympathische Männerstimme.

»Sundström!«

»Hallo Mogens, hier ist Clint Checkter.«

»Mensch Clint, lange nichts von dir gehört.«

»Ja, das ist wohl wahr.« Ohne großartige Umschweife fuhr er unvermittelt fort: »Ich benötige für einen einträglichen Auslandsjob einen versierten Elektronikspezialisten. Bist du im Moment frei?«

»Na ja, im Augenblick mache ich Urlaub am Mälern See, aber wenn du mir einen lukrativen Job in Aussicht stellst, dann bin ich gern bereit, jederzeit bei dir anzuklappen, das weißt du doch.«

In kurzen Worten erklärte Checkter dem hünenhaften Schweden, worum es überhaupt ging.

»Na, mein lieber Clint, etwas außerhalb der Legalität scheint mir diese Angelegenheit doch schon zu sein«, murmelte Sundström, und auf seiner breiten Stirn unter seiner blonden Mähne zeigten sich einige Sorgenfalten. »Aber wenn du diesen Auftrag als Headman leitest, bin ich selbstverständlich dabei.«

»Okay, du bekommst in den nächsten Tagen detaillierte Informationen, dann kannst du dementsprechend verfahren.«

So endete das dritte Telefonat.

Zum wiederholten Male an diesem nun bereits fortgeschrittenen Abend griff er zum Telefonhörer und rief einen weiteren Partner, nunmehr in Portugal, an.

Ronaldo Ferreiro lebte in Porto, wenn er mal eine Auszeit von seinen diversen Jobs benötigte.

Ferreiro war seines Zeichens Kampfschwimmer und Spezialist für Sprengmittel jeglicher Art, zusätzlich war er im Besitz von so ziemlich allen Fluglizenzen.

Dieses sollte das letzte Telefonat des Tages sein, sofern er die Zustimmung von Ferreiro erhielt.

Der Wortlaut des Gesprächs war beinahe identisch mit dem von Sundström, und auch Ferreiro stellte sich sofort für den Job zur Verfügung.

Zwei Tage später hatte Checkter bereits alle Informationen aus Angola von Hagos erhalten, und daher setzte er sich unverzüglich mit seinem Auftraggeber, Mister X, in Antwerpen in Verbindung.

Er sprach ruhig und sachlich und legte seinem Gesprächspartner die Sachlage in allen Details der Recherche dar.

»Also, mein Fazit ist folgendermaßen: Die Miene ist top gesichert, was auch zum Teil der unsicheren Lage und den UNITA-Rebellen geschuldet ist. Sollten wir dort einen groß angelegten Diebstahl starten, würde es keinesfalls ohne Tote und Verletzte abgehen. Da ich dieses hohe Risiko für meine Leute und mich ablehne, möchte ich Ihnen von einer Aktion dieser Art abraten. Weiterhin hätten wir in dem Fall auch nicht die geringste Chance, die Ware außer Landes zu schaffen.«

Am anderen Ende war für einen kurzen Augenblick nur tiefes und unaufgeregtes Atmen zu hören, aber dann war die Stimme wieder präsent.

»Ich hätte da noch eine Idee zu einer alternativen Variante. Wie viele Leute benötigen Sie für eine saubere Durchführung?«

»Regulär? Vier!«

»Gut, ich habe eine ganz passable Connection zur Geschäftsführung von der Cocotaco Mine. Wenn ein Strohmann Sie und Ihre Leute dort einschleusen könnte, würden Sie dann noch einmal ein neues Konzept für die Aktion ausarbeiten?«

»Sobald wir uns auf dem Gelände einigermaßen frei bewegen können, würde ich die Sache noch einmal angehen. Aber mir entstehen im Augenblick natürlich auch dementsprechend Kosten. Vielleicht benötigen wir noch einen Piloten und einen Flieger. Keiner weiß, was im Augenblick mit diesen chaotischen UNITA-Rebellen im Osten Angolas, also in der Nähe der Minen, abläuft. Okay, Sie überweisen zwei Millionen US-Dollar auf mein Konto in Luxemburg und weitere zwei Millionen nach Erledigung des Jobs.«

Checkters Worte duldeten keine Widerrede, und so fügte sich Mister X im Moment und notierte sich Checkters Bankdaten, um dann augenblicklich die Überweisung zu veranlassen.

»Okay«, meldete sich nun wieder der Mann aus Antwerpen. »Ich rufe Sie in spätestens zwei Stunden zurück. Lassen Sie mich nur machen!«

Mit einem kurz angebundenem »Okay«, beendete Checker vorerst das Gespräch.

Genau auf den Punkt. Zwei Stunden später läutete das Telefon.

»Also«, ließ nun der Mann aus Antwerpen verlauten, »der Transfer des Geldes ist schon erledigt.«

»Das stimmt, ich habe schon eine Bestätigung meiner Bank erhalten«, bemerkte Checker eintönig.

»Die Minenleitung in der Cocotaco Mine hat meinem Mann auf Anfrage mitgeteilt, dass sie loyale, zuverlässige Leute, am besten weiß, einstellen würden. Er hat der Geschäftsleitung einen Geologen, einen Flugzeugtechniker für die Wartung des mineneigenen Fliegers, einen Werkstattleiter und einen Assistenten des Werkstattleiters auf ihr Ersuchen hin in Aussicht gestellt. Ich schicke Ihnen die Referenzen und Unterlagen zu, an Ihre Postfachadresse.«

»Das ist wunderbar«, meinte Checker, »wenn es denn klappt.«

Er teilte der Stimme in Antwerpen noch sein Postfach mit, welches natürlich unter einer Deckadresse lief.

»Und hören Sie jetzt genau zu, ›Spider‹: Der Termin für den Abtransport der Ware ist geplant, und zwar in circa eineinhalb Wochen. Den genauen Termin teile ich Ihnen noch mit, aber wenn Sie direkt vor Ort sind, werden Sie ihn wahrscheinlich vor mir erfahren.«

»Es ist zwar ein verteufelt kurzer Zeitraum, aber wir werden bis dahin schon einen brauchbaren Plan erstellt haben.«

»Gut, Sie sollten mit Ihren Leuten schnellstmöglich nach Saurimo reisen.

Mein Mann hat Sie bereits für übermorgen in der Mine angekündigt.

Sie melden sich dort bei Herrn Caetano Aguilar, er wird Ihnen alles Weitere erzählen.«

»Okay, Sie können sich auf mich verlassen.«

Dann war auch dieses Gespräch beendet.

Kurze Zeit später hatte Checkter wieder Sundström am Telefon. Hagos und Ferreiro hatte er bereits verschlüsselte Telex-Mitteilungen geschickt.

»Hallo Mogens, wir treffen uns übermorgen alle in Saurimo, wir bekommen in der Cocotaco Mine eine Anstellung als Minenarbeiter. Das zu deiner Information. Weiter, erinnerst du dich noch an unseren Job in Thailand? Okay, wir benötigen ein identisches, vielleicht verbessertes Paket, du bist ab übermorgen ein Flugzeugtechniker auf Zeit. Ich habe da so eine Idee, und dazu brauchen wir unbedingt noch zusätzlich hochwirksame Gaspatronen, deren Inhalt wir direkt in die Klimaanlage des Werksflugzeuges einleiten können. Du besorgst alles und sendest es per Expressversand an die Mine, zu deinen Händen, persönliches Equipment.«

»Mein lieber Clint, das ist aber unterirdisch eng, da muss ich schon mit sehr viel Druck und einer Nachtschicht arbeiten.«

»Nur Mut, du kriegst das schon hin. Mach deinem Lieferanten mal richtig Dampf.«

»Alles in Ordnung, wir treffen uns übermorgen Nachmittag in Saurimo Airport.«

Nachdem die letzten Worte von Sundström verhallt waren, fiel Checkter siedend heiß ein, er hatte ja noch gar kein Transportmittel, um aus Angola wegzukommen, falls alles klappen sollte.

Das Transportmittel müsste sie in Windeseile außer Landes bringen, und idealerweise nach Belgien.

Checkter dachte an einen weiteren alten Bekannten, mit dem er seinerzeit beim englischen Militär war, ein Schotte Namens Colin McDermott, mit dem er immer in lockerem Kontakt geblieben war und der jetzt in Afrika seine Dienste als Pilot mit eigenen Transportflugzeugen anbot.

Und auch sehr gut im Geschäft war.

Er flog zurzeit, wenn Checkter sich richtig erinnern konnte, Kurierdienste im Kongo.

Er nahm sein Satellitentelefon, wählte eine nur ihm und einigen ausgewählten Menschen bekannte Nummer. Kurze Zeit darauf meldete sich eine raue, krächzende Stimme.

»Hallo, alter Bastard, wie geht es dir?«

Und Checkter hörte ein hässliches, hämisches Lachen vom anderen Ende der Leitung.

»Ja, danke, und bei dir, du alter Knochen, alles in Ordnung?«

»Natürlich, der Whisky schmeckt noch, aber deswegen rufst du mich doch nicht an, da ist doch irgendwas im Busch! Wo drückt der Schuh? Wie kann ich helfen?«

»Hast du noch die Grumman?«

»Ja, und sie fliegt immer noch sauber und leicht wie ein Vögelchen. Was natürlich mehr oder weniger an den Piloten liegt. Deshalb pflege ich sie auch ganz besonders und sehr sorgfältig. Aber nicht mehr so viel, du benötigst für das Baby zu viel Besatzung, und in Afrika … na, du weißt schon. Und, nun mal raus mit der Sprache, wo soll ich dich hinfliegen?«

»Also, wir sind zu viert, haben allerhand Gepäck und würden gern nach Belgien fliegen!«

»Waaas? Bist du zu heiß gebadet worden? Das sind über 10.000 Kilometer. Aber die alte Grumman habe ich noch, damit könnte es gehen, wenn wir alles rausreißen und dafür Zusatztanks einbauen, dann könnte es klappen, aber zwei, na, zumindest einer müsste mich im Cockpit unterstützen.«

»Kein Problem, ein Crashkurs in deiner Maschine, und alles läuft.«

»Na«, meinte McDermott leicht ironisch, »dann kann ja gar nichts mehr schiefgehen. Gott erhalte dir deinen Optimismus. Bekommst du das mit den Umbaukosten hin?«

»Ja, alles klar. Ich sende dir einen Vorschuss, mit dem du dann schon mal arbeiten kannst. Klappt das denn in dem Zeitrahmen von einer Woche? Vielleicht kann ich noch zwei Tage draufgeben, aber auf keinen Fall länger.«

»Etwas kurz, aber ich habe gute Leute, dann müssen sie eben mal ordentlich den Arsch in die Hose stemmen. Ich weiß auch schon, wo ich die Tanks herbekomme.«

»Alles bestens. Von wo aus arbeitest du jetzt? Wo ist die deine Basis?«

»Ich bin seit circa einem Jahr in Huambo, im Süden Angolas.«

»Das passt ja wunderbar, wir benötigen dich in der Nähe von Saurimo, genauer gesagt, östlich von Sacassongo liegt auf einer Ebene ein alter, verlassener Feldflugplatz, vielleicht ist es auch nur eine Piste. Egal, aber genau dort musst du in anderthalb Wochen am späten Nachmittag landen.«

»Das hört sich alles gut an, so wie ich dich kenne, werde ich doch wohl besser alle Vorbereitungen für einen Alarmstart treffen. Für den Fall der Fälle.«

»Das ist eine gute Idee, wir hören.«

Und damit war auch das wichtigste Gespräch dieses Tages beendet.

Zwei Tage später, die Nachmittagsmaschine war soeben in Saurimo gelandet, trafen sich die vier, Clint Checkter, Abiel Hagos, Fernando Ferreiro und Mogens Sundström, in der kleinen Wartehalle des Flughafens. Sie begrüßten sich beinahe distanziert, so als hätten sie sich erst im Flieger kennengelernt.

Ihr Gespräch führten sie leise, aber mit Nachdruck.

»Ich habe schon einen PKW geordert«, ließ Checkter als erstes vernehmen. »Er sollte bereits vor dem Gebäude stehen. Sobald wir unser Gepäck verladen haben, fahren wir geradenwegs zur Mine. Okay?«

»Warum werden wir nicht vom Minenpersonal abgeholt?«

»Habe ich abgelehnt, so haben wir schon mal ein Fahrzeug nur zu unserer Verfügung.«

Hagos, der blonde Sundström und Ferreiro nickten zustimmend, nahmen wortlos ihr Gepäck und begaben sich zum Ausgang.

Direkt vor dem Ausgang stand abfahrbereit ein Land Rover in einem anscheinend brauchbaren Zustand.

»Na, die 50 Kilometer bis zur Mine wird er ja wohl noch schaffen, oder?«, waren die abschätzigen Worte von Ferreiro.

»Nun unk hier man nicht rum«, antwortet Checkter kurz, klemmte sich hinters Steuer und startete den Motor, welcher auch wirklich ansprang und dann schnurrte wie ein Kätzchen.

»Also Leute, auf ein Neues!«

Und schon setzte sich das Fahrzeug in Bewegung.

Die heiße Sonne Angolas verblasste ein wenig hinter ihnen im aufwirbelnden Staub.

Die Hitze blieb aber gegenwärtig.

Clermont-Ferrand

Clermont-Ferrand, im Süden Frankreichs gelegen, war das Urlaubsziel von zwei jungen Frauen aus Hamburg-Bergedorf.

Die beiden jungen Damen hatten noch nie gemeinsam Urlaub gemacht, obwohl sie schon etliche Jahre befreundet waren, aber in diesem Sommer ergab sich nun die Gelegenheit für die beiden Freundinnen.

Nicole Moldenhauer war 25 Jahre alt, zierlich, blond und sehr hübsch anzusehen. Ihre ältere Freundin, Ursula Mohns, Endzwanzigerin, dagegen eher etwas stämmiger, brünett und mit einem beinahe nichtssagendem Gesicht ausgestattet. Allerdings hatte sie einen kecken Leberfleck am linken unteren Mundwinkel.

Die erste Leidenschaft der beiden jungen Frauen war wandern, und deshalb hatten sie sich diese Gegend ausgewählt. Außerdem hatten sie ein Faible für Kathedralen. Stundenlang konnten sie diese betrachten, bestaunen und erforschen.

Die Faszination der mittelalterlichen Architektur zog sie immer wieder in ihren Bann. Und davon hatte ja Clermont-Ferrand und Umgebung einiges zu bieten.

Sie hatten sich in ein kleines Hotel eingemietet: Inter Hotel République, in der 97 Avenue de la République.

Und sie waren hier zu dem Zeitpunkt eingetroffen, als in Angola gerade die Vorbereitungen zu dem Raub getroffen wurden.

Nun waren die Freundinnen schon einige Touren gewandert und hatten in den ersten Tagen auch schon etliche Bauwerke bestaunt.

Abends fanden sie sich häufig in der »Bar la Gauthiére« in der 9 Rue de l'Aiguillade wieder, sie war nur zehn Gehminuten von ihrem Hotel entfernt und ein Treffpunkt für jedermann. Ein Multikultitreffpunkt und immer gute Stimmung.

Da Nicole noch Single war, hoffte sie insgeheim auf eine Urlaubsbekanntschaft mit ernsterem Hintergrund.

Sie weilten nun schon gut anderthalb Wochen in Südfrankreich und hatten mal wieder die Bar besucht.

Das Wetter war herrlich, ein wunderbarer Hochsommerabend, und sämtliche Tische auf der Straßenterrasse waren besetzt. Die Atmosphäre war einfach faszinierend, und von überall her schlugen ihnen Unterhaltungsfetzen entgegen, in allen Sprachen.

Und an diesem Sommerabend in der »Bar la Gauthiére« überkam sie zum ersten Mal dieses seltsame Kribbeln. Es war wie eine Vorahnung, und dann wusste sie warum, zuerst nur aus den Augenwinkeln, aber dann alles voll im Blick.

Ihre Gedanken überschlugen sich, als sie ihn am Nachbartisch, mit seinen Kollegen sitzen sah.

Was für ein Mann, das ist der Typ Traummann, von dem ich immer geträumt habe!

Phase I, Start

Nachdem die vier nun in der Diamantmine Cocotaco angekommen waren, wurden sie unverzüglich zu Herrn Aguilar gebracht, und dieser führte sie in ihre Ressorts ein. Danach geleitete er sie in das Schlaf- und Wohngebäude, wo jedem ein eigenes Zimmer zugewiesen wurde.

Am späteren Abend kamen alle im Zimmer von Checkter zusammen.

Checkter hatte seinen Raum bereits auf Wanzen inspiziert, konnte aber nirgends eines dieser kleinen Abhördinger entdecken.

Trotzdem verlief ihre Unterhaltung ruhig und vorsichtig.

Checkter blickte Sundström fragend an, er verstand sofort und begann mit gesenkter Stimme zu berichten: »Okay, meine Ausrüstung ist angekommen, lagert unter Verschluss in der Werkstatt des Hangars. Alle Kisten sind unversehrt, also hat sich auch niemand die Mühe gemacht, sie zu kontrollieren.«

»Prima, du musst sehen, dass du so schnell wie möglich die neuen Ersatzteile einbaust. Die Zeit drängt. Es muss alles bestens funktionieren, du hast keine Chance, etwas auszuprobieren!«

»Okay!«

Sundström nickte bejahend, ohne einen weiteren Kommentar abzugeben.

»Nun zu euch, Abiel und Ronaldo. Sobald ihr in der Werkstatt seid, der Werkstatt ist auch der Wagenpark unterstellt, seht ihr zu, dass ihr einen Land Rover präpariert. Er muss eine gute Ladefläche haben, stets vollgetankt und immer abfahrbereit sein. Und hört euch mal bei euren neuen ›Kollegen‹ um, was die sich so über die UNITA erzählen und wie aktiv die im Augenblick hier in dieser Gegend sind. Wir werden nach

Möglichkeit, die Zeitspanne ist natürlich sehr kurz, alle zwei Tage einen Ausflug in die Umgebung machen. Abiel, kannst du schon mal Kontakt zu deinem Kumpel aufnehmen, damit wir so schnell wie möglich an unsere Waffen und das weitere Equipment herankommen?«

»Ja, habe schon vom Flughafen aus telefoniert und treffe ihn morgen Nachmittag am Ortsausgang von Saurimo nach Lucapa. Hast du Dollares?«

»Ja, alles klar, überhaupt kein Problem!«

Checkter reichte Hagos sofort ein kleines Bündel Dollarnoten.

»So, Jungs«, meinte Checkter nun mit einem breiten Grinsen im Gesicht, »unsere Papiere sind so weit okay und von der Geschäftsleitung für in Ordnung befunden worden, dann lasst uns morgen beginnen, damit alles so funktioniert, wie wir es uns vorgenommen haben. Und nun gute Nacht zusammen.«

Damit trennten sich die vier und verabschiedeten sich in ihre Schlafräume.

Früh am nächsten Morgen begann der erste Arbeitstag für die vier.

Checkter fuhr mit einem Kollegen in die Nähe der Mine, einem neu zugekauften Stück Land, um dort Boden- und Gesteinsproben zu nehmen.

Sundström begab sich in den Flugzeughangar, um in der werkseigenen Maschine die eingeflogenen Ersatzteile gewissenhaft einzubauen. Allerdings stets darauf bedacht, keinen unnötigen Verdacht bei seinen Kollegen zu erregen.

Hagos und Ferreiro hatten sich sehr schnell mit ihren neuen Kollegen bekannt gemacht, und alles lief problemlos, auch dass Hagos die Minenanlage am frühen Nachmittag verließ, war in Ordnung.

Am nächsten Nachmittag hatten sie allerdings keine Gelegenheit, die Minenanlage zu verlassen, weil es einfach zu viel Arbeit gab, und sie mussten alle erst einmal ihrem neuen Job nachkommen, denn sie wollten ja auch nicht unbedingt unnötig auffallen und somit ihre Tarnung gefährden.

Dafür ergab sich aber am Tag darauf die Chance, und sie konnten ungehindert die Minenanlage verlassen.

Gemeinsam fuhren sie auf die Hochebene in der Nähe von Sacassongo. Hier sollte der ehemalige Feldflugplatz liegen.

Die Koordinaten stimmten, aber es gab einfach nichts, was auf einen ehemaligen Flugplatz hindeutete, nur eine ewig lange, freie, brettharte Piste war vorhanden.

Und nun?

»Genial«, war das einzige Wort, das Checkters Mund entfuhr, nachdem er den Land Rover verlassen hatte.

Alle starrten ihn ungläubig an. War das sein Ernst?

Aber er ließ sich nicht beirren.

»Einfach genial, das ist die Platte, die wir brauchen, unser Platz. Hier kann man sehr gut starten und landen. Los, werft das Tarnnetz über das Auto, uns muss ja niemand sehen, wenn es hier in dieser Einsamkeit überhaupt jemanden gibt.«

Gesagt, getan. In kürzester Zeit war das Fahrzeug getarnt und die benötigten Ausrüstungsgegenstände entladen.

»Und was sollen wir nun mit dem Zeug anstellen?« Hagos sah Checker mit großen braunen Augen an. Ferreiro und Sundström sahen sich nun auch fragend um.

»Jetzt bauen wir uns hier einen 1-A-Unterstand, aus dem heraus wir gegebenenfalls die Piste verteidigen können. Vorsicht ist die Mutter der Porzellankiste, das wisst ihr doch oder?«

»Und warum genau hier, diese Piste oder besser gesagt Ebene?«, fragte Ferreiro und machte dabei einen absolut unwissenden Eindruck.

»Also, hör mal«, schaltete sich nun Sundström ein. »Genau hierüber verläuft der Kurs des Fliegers aus der Cocotaco Mine mit der Ware, und hier kaufen wir uns die Kiste, lassen sie landen, laden in Höchstgeschwindigkeit um und verschwinden, so als wären wir nie hier gewesen. Hier über der Ebene ist der Flieger noch nicht auf Reisehöhe und gut zu greifen.«

»Also wollt ihr ihn abstürzen lassen!«

»Nein, nein«, Sundström lachte nun lauthals. »Natürlich nicht. Wir regeln das etwas eleganter.« Um dann mit dem Brustton der Überzeugung fortzufahren: »Ihr kennt mich doch! Denkt doch mal an Thailand zurück. War doch galaktisch, oder nicht?«

»Das hättest du aber auch gleich sagen können, nun ist mir alles klar. Dann muss der Plan ja nur noch funktionieren!«

»Wird er, wird er.«

Sundström war sich absolut sicher, von seinem Tun und seiner Arbeit total überzeugt.

Ferreiro grinste nun zufrieden und griff sich eine der Schaufeln. »Okay, dann lasst uns jetzt den Unterstand bauen.«

Hagos, Sundström und Ferreiro machten sich an die Arbeit, während Checkter sich bemühte, mit dem Satellitentelefon eine Verbindung herzustellen.

Endlich stand seine Leitung, er hatte Antwerpen an der Strippe, ihren Auftraggeber, Mister X.

Checkter setzte seinen Gesprächspartner über den Fortgang der Dinge ins Bild.

»Wir haben hier alles im Griff, unsere Vorbereitungen sind jetzt schon so gut wie abgeschlossen. Und wir sind in der Lage, nun zum abgesprochenen vorläufigen Zeitpunkt die Ware zu übernehmen. Wie sieht es denn bei Ihnen aus? Wissen Sie nun schon etwas Genaueres über den Verschiffungstermin der Ware?«

»Ja«, antworte sein Gegenpart zügig. »Die Verschiffung beginnt am kommenden Dienstag um 14 Uhr Ortszeit. Also von nun an in drei Tagen. Es sollte genügend Zeit für Sie sein, um alles noch ein wenig zu optimieren, safer machen!«

»Ich sagte doch bereits, alle nötigen Vorbereitungen sind getroffen, von daher müssen Sie sich nicht meinen Kopf zerbrechen. Der jetzige konkrete Termin passt uns sehr gut. Der nächste Kontakt von mir kommt dann vom Festland in Europa. Alles okay soweit?«

Sein Auftraggeber in Europa war hochzufrieden und meinte dann nur noch abschließend: »Ja, alles okay. Kontaktieren Sie mich augenblicklich, wenn irgendwelche Probleme auftauchen sollten. Ansonsten, bis zur nächsten Woche.«

Damit war das kurze Gespräch vorüber.

Ein gewinnendes Lächeln umschmeichelte Checkters schmale Lippen, als er anschließend die nächste Nummer anwählte. Es war die Nummer von Colin McDermott.

Checker hatte McDermott fast augenblicklich in der Leitung, und dann kam eine Frage, die ihm schon auf den Lippen brannte. »Hallo Colin, wie weit seid ihr?« Und er lauschte ins Telefon, gespannt abwartend.

»Na, Alter, bist du schon unruhig? Hier bei uns ist alles in Ordnung, alles läuft rund.«

Checkter konnte kaum an sich halten. *Verdammter, alter Schotte!*

Aber sich zur Ruhe zwingend, wiederholte er seine Frage noch einmal mit Nachdruck. Er wollte Konkretes.

Und mit seiner krächzenden Whiskystimme antwortete McDermott dann auch sachlich. »Die Zusatztanks sind installiert und angeschlossen, musste den neugierigen Menschen hier erst einmal beipulen, dass ich eine neue Kurier-Frachtlinie eröffne und dazu mehr Tankvolumen benötige. Tja, habe auch mein Cockpit noch etwas modifiziert, sodass wir die Grumman nun auch gut zu zweit fliegen beziehungsweise starten und landen können. Und wann soll die große Nummer nun laufen?«

»Du musst in drei Tagen, also am Dienstagnachmittag um 15 Uhr Ortszeit 50 Kilometer östlich von Sacassongo auf einer Hochebene landen. Dort ist die Piste, und auch in einem annehmbaren Zustand. Wir geben dir orangefarbene Rauchzeichen. Sobald du gelandet bist, musst du dich unverzüglich in Startposition begeben, wir kommen dann zu dir.«

»Das hört sich aber alles äußerst eng an. Außerdem musst du mir schnellstens einen deiner Leute nach Huambo schicken. Es geht schließlich nicht alles von ganz allein.«

»Okay, ich versuche, dass Ronaldo einen Tag vor dem Aufbruch bei dir aufschlägt. Okay?«

»In Ordnung, dann müssen wir zwar ordentlich ran robben, aber es ist zu schaffen. Da er ja schon ordentlich Flugerfahrung hat, sollte er sich schnell die wichtigsten Sachen aneignen können. Hast du sonst noch etwas?«

»Nein, wir sprechen Dienstagmorgen noch kurz und klären den Rest, sobald sich etwas verändern sollte, morse ich dich an.«

»Okay, bis dann, ich erwarte deinen Mann!«

Damit war wieder ein Telefonat beendet.

Checkter legte das Telefon beiseite, nahm sein Fernglas und suchte hoch konzentriert die Hochebene nach irgendwelchen Bewegungen ab. Allerdings konnte er nichts Verdächtiges ausmachen, keine Schergen der UNITA hier oben unterwegs.

Dann wandte er sich an die mittlerweile schon in einer fast ausgehobenen Grube stehenden Grabenden. »Also, wenn der Unterstand fertig ist, grabt ihr in der Mitte noch etwas tiefer, um dort eine Kiste mit einigen Waffen verstecken zu können. Die Uzis mit den Laufvorsätzen für die Gewehrgranaten packt ihr extra. Auf die Waffenkiste muss mindestens so viel Erde, ich würde mal sagen, anderthalb Spatenstiche hoch, denn sollte das hier jemand entdecken, wird er nur in der Erde herumbröckeln und nicht tief graben. So bleibt die Kiste unentdeckt. Alles klar soweit?«

»Jep, geht klar!«

Wortlos fuhren die drei fort, den Unterstand schnellstmöglich in Form zu bringen, während Checkter unablässig die Gegend beobachtete.

Irgendwann sprach er dann Hagos an.

»Sag mal, Abiel, welche Handfeuerwaffen hast du uns eigentlich besorgt?«

»Ich dachte, für unseren Zweck wären Walther PPK, 9 mm mit 10er Stangenmagazin von Vorteil. Mit Schulterhalfter kann man die fast unsichtbar am Körper tragen, ohne dass es große Beulen wirft.«

»Okay, jeder nimmt sein Halfter, seine Knarre und drei Reservemagazine. Ronaldo, du siehst zu, dass du morgen einen Streit vom Zaun brichst und sofort gefeuert wirst. Sobald du dann deine Klamotten beisammen hast, fährst du unverzüglich zum Flughafen und fliegst mit dem nächsten Flieger nach Huambo zu Colin. Dort bekommst du eine kurze, deftige Einweisung auf die Grumman. Du musst das so beherrschen wie die Amis damals, als sie mit den Kisten auf dem Flugzeugträger gestartet und gelandet sind, mit diesen fliegenden Ersatzteillieferanten. Und ansonsten sehen wir uns Dienstag, in alter Frische!«

Zügig wurden die letzten Arbeiten an dem Unterstand erledigt, und zu guter Letzt wurde das Tarnnetz, welches das Auto abgedeckt hatte, über den soeben neu entstandenen Unterstand gezogen.

Er wirkte nur noch unwirklich wie eine kleine Erhebung am Rande der Ebene, absolut unauffällig.

»Alles klar, Jungs. Nun ab ins Auto und zurück zur Cocotaco Mine. Hier sind wir für heute fertig. Wir werden vor Dienstag hier nicht wieder aufkreuzen. Ab dafür!«

In eine leichte Staubwolke gehüllt verließ der Rover mit seinen vier Insassen langsam die Hochebene in Richtung Saurimo.

Ein leichter Wind strich über die Hochebene, und im Nu hatte sich der Staub des sich immer weiter entfernenden Autos verflüchtigt.

Und nichts deutete mehr auf einen Besuch der vier hin, alles wirkte so wie immer, unberührt.

Dienstagmittag

Checkter, Hagos und Sundström hatten morgens sehr vorsichtig und unauffällig ihr komplettten Habseligkeiten und die restlichen Ausrüstungsgegenstände in dem Land Rover verstaut.

Ferreiro weilte bereits seit gut anderthalb Tagen bei McDermott in Huambo und war zwischenzeitlich mit den Instrumenten und ihrem Umgang im Cockpit der Grumman vertraut gemacht worden.

Bisher lief alles nach Plan, der einzige wirkliche Wermutstropfen bei der ganzen Geschichte war aber folgender: Vor einem Tag waren in der Nähe von Saurimo UNITA-Rebellen gesichtet worden, die komplette Gegend befand sich in äußerster Alarmbereitschaft.

Trotz alledem trafen die drei um 12:30 Uhr auf der Hochebene ein, außer ihnen im Augenblick kein Mensch weit und breit.

Sie waren aufs Höchste angespannt, alle wirkten konzentriert.

In Windeseile war das Auto getarnt, die Blechkiste ausgegraben, und für den Fall der Fälle lagen die Schnellfeuerwaffen schussbereit.

Hagos stand ganz dicht bei ihrem Fahrzeug und beobachtete angespannt durch sein Fernglas die komplette Gegend um sie herum.

Allmählich bewegten sich die Uhrzeiger auf 14 Uhr zu.

Sundström hatte zwischenzeitlich alle Vorbereitungen absolviert und war noch einmal all seine Systeme durchgegangen, alle Testläufe positiv.

Er hatte das Pult mit der Fernsteuerung, den diversen Knöpfen und Hebeln bereits scharf geschaltet.

Alle Leuchtdioden zeigten grün, alles okay.

Plötzlich ertönte ein leises Zirpen aus dem Lautsprecher an Sundströms Anlage.

»Macht euch bereit, die Maschine ist soeben gestartet!«

Das Wetter war gut, wenig Wind, aber sehr schwül und einige dünne Wolken am Firmament.

Dafür floss der Schweiß in Strömen, denn nun trugen sie alle Kampfanzüge, ihre Handfeuerwaffen lagerten im Schulterholster, und sie hatten sich ihre Uzis umgehängt.

Nun nahmen sich Checkter und Hagos die Gasmasken, streiften die Halteriemen über den Kopf. Die Masken hingen nun locker vor der Brust.

Zwei Minuten später legte Sundström den ersten Hebel an seinem Pult um, und in dem soeben gestarteten Flieger erlosch sofort sämtlicher Funkverkehr, auch der mit dem Tower.

Er legte einen zweiten Hebel um, und im kompletten Flieger verbreitete sich über die Klimaanlage eine Gaswolke, die augenblicklich die Besatzung sowie die Wachmannschaft in Tiefschlaf versetzte.

Von Weitem hörte man das tiefe Brummen einer anfliegenden Maschine.

»Okay, ich habe sie im Griff«, meinte Sundström relaxt, er bediente einige Hebel an seinem Pult, und in diesem Augenblick konnte man die Maschine im Dunst über der Ebene erkennen.

Hagos blickte Checkter an, voller seltsamer Gedanken.

»Das wird nie was, das gibt einen Haufen Schrott!«

»Passt auf, ich nehme jetzt den Dampf raus und setzte zum Landen an!«

Wieder arbeitete er mit Hebeln und Rädern an seinem Pult, die Maschine näherte sich, wie es schien, viel zu schnell.

Aber Sundström blieb ganz cool, vertraute auf seine Technik und arbeitete mit ihr, unbeirrbar.

Die Maschine war in Sinkflug, das Fahrwerk war ausgefahren sowie die Landeklappen.

»Los, ihr beiden, macht euch fertig, rein ins Auto!«, rief er ihnen zu.

Ohne sich großartig zu besinnen, sprangen Checkter und Hagos aus dem Unterstand, das Tarnnetz flog vom Auto.

In diesem Augenblick donnerte die Werksmaschine der Cocotaco Mine mit ausgefahrenem Fahrwerk, hochgestellten Bremsklappen und nun schon mit wesentlich weniger Geschwindigkeit sehr dicht über ihre Köpfe hinweg.

Sundström drückte die Maschine auf die Ebene und leitete den Gegenschub ein, während Checkter und Hagos in ihrem Rover bereits gestartet waren und in wilder Fahrt neben dem bereits gelandeten Flieger herjagten.

Sie merkten nicht, wie die aufspritzenden Steine das Auto malträtierten, sie merkten gar nichts. Sie mussten nur den Flieger auf Abstand und im Auge behalten.

Nun betätigte Sundström die Bremsen, alles funktionierte ausgezeichnet, nur stimmten vielleicht seine Berechnungen nicht ganz, die Piste war kürzer, als er gedacht hatte, und plötzlich war sie zu Ende. Aber der Flieger hatte nicht mehr allzu viel Vortrieb, allerdings sackte das Bugrad weg, die Maschine drohte sich aufzustellen, aber das Bugrad brach unter der Belastung weg, und die Maschine schlitterte, schlingerte weiterhin vorwärts, aber nach wenigen weiteren Metern stand die Maschine.

Im gleichen Augenblick erreichten die beiden Verfolger mit ihrem Land Rover den waidwunden Flieger, ein einziger Schuss, und die Gewehrgranate hatte die Steuerbordtür aus der Verankerung gerissen, und sie stürzte zu Boden. Sofort klinkten sie ihre Hakenleiter in den Türrahmen und erklommen behände den Flieger. Ohne Zeit zu verlieren, fesselten sie die immer noch betäubten Besatzungsmitglieder und die Wachmannschaft.

Mit der nächsten Gewehrgranate sprengten sie die Tür zum Frachtraum.

Und dann sahen sie ihre Beute, sechs wunderbare, glänzende Aluminiumkisten.

Einen kurzen Augenblick war ihnen, als hörten sie bereits den tiefen Ton der Turbinen der anfliegenden Grumman.

»Ich glaube, Colin ist schon da!«, rief Checkter durch die Gasmaske.

Die Hitze auf der Hochebene war im Moment beinahe unerträglich, und der Schweiß floss in Strömen.

Unter den Gasmasken, die Checkter und Hagos immer noch trugen, war es schier nicht zum Aushalten, aber im Inneren des Wracks waberten immer noch vereinzelte Gaswolken. Trotzdem hatten sie es geschafft innerhalb kürzester Zeit die Behälter mit den Rohdiamanten umzuladen.

Kurzerhand eine der Kisten geöffnet und ein kontrollierender Blick – es war die heiße Ware, alles gut.

Hagos war auf der Ladefläche des Rovers geblieben, während Checkter versuchte, so schnell wie möglich die Ebene zu überqueren, um zu der nun bereits gelandeten Grumman zu gelangen.

Die Grumman stand mit laut dröhnenden Motoren schon wieder in Startposition auf der Höhe des Unterstandes, und so wie Checkter erkennen konnte, luden Sundström und Ferreiro gerade die Ausrüstung und ihre Klamotten in den Flieger, Colin hatte das Cockpit nicht verlassen.

Mit blockierenden Rädern stoppte Checkter in einer dichten Staubwolke direkt neben der Einstiegsluke der Grumman, sprang aus dem Fahrzeug, während Hagos schon die ersten Kisten in den Flieger hievte.

In höchster Eile wurde alles verladen.

Checkter und Hagos zogen sich gewandt in den Flieger, er rollte bereits, als urplötzlich Gewehrschüsse zu hören waren.

Verdammter Mist, sie tauchten auf wie die Buschaffen, Rebellen der UNITA. Wo kamen die denn auf einmal her?

Und Checkter schrie aus voller Brust, um den Motorenlärm zu übertönen.

»Los Colin, gib voll Stoff, wir müssen hier weg. Wenn die Bastarde uns treffen, machen wir mit dem ganzen Sprit im Bauch einen brandheißen Abgang!«

Die beiden Triebwerke brüllten unter voller Last, und die Grumman schoss über die Ebene, während Checkter in der offenen Luke lag, von Hagos gehalten.

Er zielte auf die nicht enden wollenden Mündungsfeuer und schoss eine Gewehrgranate nach der anderen genau dorthin. Er sah noch in den feurigen Explosionen Körper durcheinanderwirbeln, da zogen McDermott und Ferreiro die Maschine anscheinend mühelos hoch.

Doch dann: plopp, plopp und nochmals zweifach plopp. EINSCHLÄGE.

Sehr schnell gewannen sie nun an Höhe.

Hagos, Checkter und Sundström hatten es endlich geschafft, die Einstiegsluke zu verriegeln.

Der Flieger, im Steigflug, stabilisierte sich.

»Wow, das war aber ziemlich knapp! Wo kamen denn verdammt noch mal die ganzen Buschaffen her? Na, das ist nun ja auch egal. Wenn wir auf Reisehöhe sind, wollen wir erst einmal die beiden Wagenlenker begrüßen, oder was meint ihr?«

Nachdem die Grumman nach einiger Zeit die Reisehöhe erreicht hatte, schnallten die Jungs sich ab und stiefelten zum Cockpit, um McDermott und Ferreiro zu begrüßen.

Gerade in dem Augenblick, als die drei das Cockpit erreichten, quäkte das Funkgerät. »Grumman; Alpha-Papa-Lima-Tango, bitte melden!«

Das Radar der ersten kongolesischen Bodenstation hatte sie erfasst, nachdem sie die Grenzlinie überflogen hatten.

Da Angola bereits hinter ihnen lag und sich nunmehr im Luftraum des Kongo befanden, war die Anfrage nicht weiter verwunderlich.

Unverzüglich meldete sich McDermott: »Hier Alpha-Papa-Lima-Tango, auf dem angemeldeten Kurierflug von Huambo nach Tripolis!«

Nach einem kurzen Augenblick des Wartens ertönte im Lautsprecher wieder die Stimme aus der Bodenstation: »Okay, alles klar. Wir wünschen Ihnen einen guten Flug.«

Alle fünf atmeten nun erleichtert auf.

»So weit, so gut«, meinte Checkter nun lakonisch.

McDermott hatte bereits den Kurs geändert und den Autopiloten eingeschaltet.

Merklich aufgebracht schaute McDermott Checkter an: »Sag mal, Clint, hackt das bei euch? Was treibt ihr da? Das war ja noch knapper als knapp. Und wo kamen denn überhaupt diese beknackten Rebellen her? Oh, Scheiße, jetzt muss ich erst mal einen Whisky haben!«

»Sorry, Colin, nach unseren letzten Erkundungen gab es absolut keine Bewegungen. Wo die Rebellen heute so urplötzlich herkamen? Kann ich mir einfach auch nicht erklären. Sorry.«

»Auf alle Fälle müssen wir meine Maschine checken, es waren mindestens drei Einschläge, die ich mitbekommen habe. Ich habe nämlich keinen Bock, irgendwo hier im Nirwana eine Notlandung hinzulegen, kapiert?«

»Okay, okay, nun lasst uns mal die Ruhe bewahren, zuerst einmal checken wir den Flieger und anschließend unsere Fracht.«

Checkter war wieder ganz der Alte, überlegt und ruhig.

»Also, verteilt euch und untersucht die Bordwände, werft auch einen Blick nach draußen auf die Triebwerke! Untersucht einfach alles.«

Die Instrumente zeigten keinerlei Störung an, im Cockpit lief alles normal.

Die Teammitglieder verteilten sich im Flieger und untersuchten ihn akribisch auf irgendwelche Schäden.

Aber egal, wie und wo sie suchten, sie konnten einfach keine Schäden, geschweige denn Einschusslöcher entdecken. Einfach nichts.

Wenn es tatsächlich Einschläge gegeben haben sollte, McDermotts Worte, so waren im Moment nicht die geringsten Spuren zu entdecken.

Nach Beendigung ihrer erfolglosen Suche widmeten sie ihre volle Aufmerksamkeit den erbeuteten Aluminiumkisten.

Zielgerichtet, aber dabei äußerst vorsichtig, um größere Schäden zu vermeiden, öffneten sie Box für Box, und obwohl sie in Sachen Diamanten absolut unbedarft waren, gingen ihnen fast die Augen über.

Sie waren im Augenblick nicht ihn der Lage, sich von den gut gefüllten Kisten abzuwenden.

»Ich hab ja nicht viel Ahnung von Diamanten«, meinte nun Hagos. »Das hier sind aber grob geschätzt Werte im sechsstelligen Millionenbereich.«

Alle holten tief Luft und ließen noch einmal den Anblick auf sich wirken.

Der reale Wert der vor ihnen in den Kisten lagernden Rohdiamanten war ihnen im Augenblick überhaupt nicht bewusst.

Nur ihrem Auftraggeber in Antwerpen war der wahre Wert der Rohdiamanten bekannt, und der belief sich auf sagenhafte <u>220 Millionen US-Dollar</u>.

Den Männern in der Grumman war im Unterbewusstsein schon klar, dass es sich hierbei um eine horrende Summe von Greenbacks handeln musste, die sie hier durch die Gegend kutschierten.

Obwohl sie in der Vergangenheit schon einige lukrative Aufträge abgewickelt und jeweils sauber zum Ende gebracht hatten, gingen einigen nun doch manch seltsame Gedanken durch den Kopf.

Ronaldo, der nun wieder im Cockpit hinter seinem Steuerknüppel saß, resümierte für sich in einem inneren Monolog:

Wenn ich nun Colin zu einer Notlandung zwinge, dann würde Clint mich mit an Sicherheit grenzender Wahrscheinlichkeit umlegen. Aber wenn ich umgekehrt Clint, Abiel und Mogens blitzschnell aus dem Verkehr ziehe und Colin dann zur Landung zwinge …? Ach, Scheiße, ich wüsste ja im Augenblick nicht einmal, wo ich die Steine an den Mann bringen könnte. Mal schauen, vielleicht ergibt sich ja nach der Landung eine gute Chance. Ich werde auf alle Fälle alles konkret im Auge behalten.

Er verwarf seine Gedanken nicht ganz und wandte sich wieder den vor ihm angeordneten Instrumenten zu.

Auf Anraten von McDermott hatten sie die sechs Diamantenkisten bestens gesichert, aber erst nachdem McDermott eindringlich und mit gelindem Druck darum gebeten, beziehungsweise es befohlen hatte.

»Ich habe keinen Bock darauf, dass die Dinger bei vielleicht auftretenden Turbulenzen wie Geschosse durch meine Maschine fliegen.«

Checkter saß in seinem Sitz und sinnierte ein wenig, während die Jungs um ihn herum schliefen.

Und es waren Gedanken, denen er sich nicht erwehren konnte, dabei flog die Grumman auf Reisehöhe ruhig über den Wolken, so wie es im Augenblick schien, unbeirrbar, Kurs Nord.

Mit Chance fliegen wir gar nicht nach Belgien, vielleicht nenne ich Colin einfach einen anderen Flughafen und lasse ihn dort landen. Ich zahle die Jungs aus und setze mich mit meinem Kontaktmann in Istanbul in Verbindung, der hat exzellente, illegale Verbindungen zur dortigen Szene an der Diamantenbörse, und einem guten Geschäft ist er auch nie abgeneigt. Dann hätte ich für immer ausgesorgt. Über eins bin ich mir selbstverständlich völlig im Klaren, die Jagd auf uns hat bereits begonnen, zumindest aber dann, wenn die ersten Pressemeldungen den Raub verkünden. Wir müssen tierisch auf der Hut sein, bisher haben wir alles super gewuppt. Wichtig ist aber zunächst einmal, heil und sicher Europa zu erreichen.

Er lehnte sich einigermaßen entspannt zurück und versuchte, auch etwas Schlaf zu finden.

Antwerpen, Diamantkwatier

Mijnheer Hendrik van de Groot, einer der größten Diamantenhändler in Antwerpen, war offiziell und formal außer sich. Wie konnte so ein super geheim gehaltener und gesicherter Diamantentransport überfallen und alle Rohdiamanten geraubt werden?

Er setzte allen verfügbaren Leute ein, schickte selbst ein Team nach Angola zur Cocotaco Mine, der Polizei in Angola traute er nicht über den Weg, die den Hergang des Raubes rekonstruieren und natürlich möglichst schnell lückenlos aufklären sollte.

Es waren also alle möglichen Maßnahmen eingeleitet worden, um die Täter zu verfolgen und um sie gegebenenfalls sofort zu verhaften.

Aber bisher war noch nicht alles über den Tathergang bekannt, geschweige denn, wo die Rohdiamanten abgeblieben waren.

Fakt war, dass das Werksflugzeug auf einer Hochebene nahe Saurimo, durch bisher unbekannte Kräfte zur Notlandung gezwungen wurde.

Es wurde vermutet, nachdem der Flieger gefunden und die Besatzung sowie die Wachmannschaft befreit worden waren, ein Flugzeug hätte die Rohdiamanten außer Landes geschafft.

Die Spuren auf der Hochebene würden das zumindest aussagen.

Bisher nur ein vager Denkansatz der Behörden vor Ort.

Am Abend dieses äußerst ereignisreichen Tages trafen sich Mister X und sein Partner nach kurzer telefonischer Absprache an einem geheimen Ort, einem angemieteten Apartment in Antwerpen, außerhalb des Diamantkwatiers.

»Hallo Wout«, begann Mister X, »wie geht es dir?«

Wout grinste etwas schief, seine Glatze zeigte schon wieder Schweißperlen, antwortete aber unumwunden: »Gut, danke der Nachfrage, und selbst?«

Nachdem sie artig alle Höflichkeitsfloskeln ausgeschöpft hatten, kam Mister X auch gleich zum Thema.

»Hör zu, Wout, wie du vielleicht schon erfahren hast, der Coup in Angola ist geglückt, und unsere Crew hat die Diamantenlieferung komplett übernommen. Bisher weiß ›leider‹ niemand konkret wie, aber so wie sich im Moment alles anhört, haben sie die Ware und sind bereits auf dem Weg nach Europa. Alles Weitere interessiert uns ja im Augenblick auch nicht. Das war Punkt eins. Punkt zwei wäre die nächste Info, die wir bekommen, beziehungsweise ich, sobald sie in Europa gelandet sind. Allerdings gibt es da noch einen etwas prekären, einen weiteren Punkt …«

»Entschuldige bitte«, unterbrach ihn nun sein Gegenüber, »wie sieht es denn eigentlich mit den geforderten zwei Millionen US-Dollar aus, die Anzahlung für den Job? Hast du die etwa schon überwiesen?«

Mister X atmete tief durch, wartete einen kurzen Augenblick, bevor er fortfuhr: »Natürlich, wo denkst du hin, sonst hätte ›Spider‹ diesen Job doch nicht einmal im Entferntesten angedacht! Aber kommen wir nun zu Punkt drei, und dieser scheint mir der Wichtigste zu sein. Wir benötigen eine weitere Crew, die die erste Crew schnellstens aufspürt und sie am besten von den Diamanten erlöst und dann eliminiert. Ich traue den Jungs der ersten Crew nicht. Sobald wir wissen, wo sie gelandet sind, soll Crew zwei sie nur beschatten, damit wir genau wissen, wo sie sich aufhalten, und wenn sich die Gelegenheit ergibt … aus, vorbei!«

»Na, da solltest du dich aber verdammt beeilen, denn ich vermute mal, dass sie sich bereits über Europa befinden!«

»Absolut kein Problem, die beiden sind bereits auf Abruf.«

»Mein lieber Freund«, Wout sah seinem Gegenüber tief und nachdenklich, direkt in die blauen Augen, »du bist ein schlimmer Finger, ich glaube, ich muss doch etwas mehr Acht geben auf dich.«

Danach gingen sie auseinander, versicherten sich aber gegenseitig, sofort miteinander zu telefonieren, sobald es irgendwelche Neuigkeiten gäbe.

Anflug Europa

Durch eine innere Unruhe aufgeschreckt, erwachte Checkter aus einem kurzen, unruhigen Schlaf.

Augenblicklich erhob er sich aus seinem Sitz und ging nach vorn zu Ferreiro und McDermott ins Cockpit, um sich dort zu versichern, dass alles in Ordnung sei.

»Hey Colin, alles klar? Ich habe ein scheiß Bauchgefühl!«

»Nee, leider nicht, als wenn du es beschrien hast. Wir haben Probleme mit dem Backbordtriebwerk, irgendwie läuft das Mistding nicht mehr so wirklich rund.«

Wie der Teufel es wollte und bevor Clint etwas erwidern konnte, begann der linke Motor, fürchterlich zu stottern, setzte komplett aus, sprang dann wieder an, und dann schlugen plötzlich helle Flammen aus dem Motor. Sofort betätigte McDermott die Feuerlöschanlage, trotzdem, der Motor war tot, es rührte sich nichts mehr.

McDermott und Ferreiro versuchten, die Maschine auszugleichen, was ihnen nach kurzer Zeit auch gelang.

»Verdammter Mist noch mal! Wir müssen sofort die Höhe verlassen, bekommen dadurch aber mehr Gegenwind! Wenn nicht noch mehr passiert, könnten wir es aber mit Chance noch schaffen.«

Mittlerweile war alles auf manuell geschaltet und die Maschine im Sinkflug begriffen.

Checkter blickte argwöhnisch zu McDermott hinüber, als er in nochmals ansprach und fragte: »Wo befinden wir uns denn im Augenblick überhaupt?«

Und McDermott schrie fast: »Wir sind über Südfrankreich, also das

Mittelmeer haben wir schon hinter uns gelassen. Oh, fuck, jetzt beginnt die Hydraulik zu spinnen! Clint, wenn mir da nichts einfällt und wir das nicht schnellstens in den Griff bekommen, dann müssen wir runter. Sieh zu, dass ihr euch in eure Sitze verkrümelt und schnallt euch gut an. Im Notfall immer den Kopf zwischen die Knie, Kumpel!«

McDermott versuchte krampfhaft, noch etwas witzig zu sein.

»Hoffentlich habt ihr die Kisten richtig gesichert, jetzt kommt es drauf an!«

Checkter und die Jungs gingen nach hinten und kontrollierten ein weiteres Mal die Gurte, mit denen die Kisten gesichert waren, und befanden alles für gut und sicher.

Sie waren gerade wieder etwas zur Ruhe gekommen und starrten durch die offene Cockpittür, als McDermott einen lauten Ruf und wieder einen Fluch ausstieß, und im gleichen Atemzug an die drei: »Sofort alle hinsetzen und gut anschnallen, habe im Display eine Alarmmeldung von meinem Steuerbordmotor, ich befürchte, nun müssen wir doch runter.«

Ferreiro und McDermott arbeiteten wie die Wilden im Cockpit, aber es zeitigte keinen wirklichen Erfolg.

McDermot schrie nach hinten, aus Leibeskräften. »Ich glaube wir müssen runter! Ich kann den Vogel einfach nicht mehr sehr lange in der Luft halten!«

Hagos blickte Sundström und Checkter an: »Verdammte Kacke, dann müssen uns die UNITA-Rebellen doch noch irgendwo erwischt haben. Ich sag nur, schnallt euch gut an und haltet euch fest, so gut es geht.«

Inzwischen war die Grumman fast in Sichtweite auf das Gelände unter ihnen abgesackt.

»Ich sehe voraus, zwischen den Bergen, eine richtig große, fast ebene Waldschneise, versuche noch eine Schleife und uns dann dort runterzubringen. Leute haltet euch fest, wo es geht, und zieht den Sicherheitsgurt so stramm wie möglich.«

Emotionslos und ohne einen Anflug von Hektik hatte McDermott, nun wirklich nur noch Pilot, die anweisenden Worte von sich gegeben, in die Stille hinein, die nur noch übertönt wurde durch das Pfeifen des Windes, welcher sich an den Bauteilen des Fliegers brach.

Motorengeräusche gab es schon eine geraume Weile nicht mehr.

Die Schleife gelang tatsächlich noch und sorgte dafür, dass die Grumman noch etwas mehr Geschwindigkeit verlor, aber nun kamen die Erde und das Waldstück mit der Schneise, doch wie es schien, in einem atemraubenden Tempo näher. Dann der erwartete Aufschlag, ohne Fahrwerk, um einen möglichen Überschlag zu vermeiden.

Als die Maschine über den grünen Waldboden schleuderte, war der Lärm im Inneren des Rumpfes ungeheuerlich. Zuerst war es nur ein Schurren und Rumpeln, dann aber setzte ein Krachen und Knallen ein, erschütterte mehrfach, wahrscheinlich wegen irgendwelcher Hindernisse, den Rumpf der Maschine. Der absolute Geräuschpegel im Inneren der weiterhin über den Waldboden, der mit Steinen und Felsbrocken übersät war, schlingernden waidwunden Maschine brachte die Insassen anscheinend an ihre Schmerzgrenze.

Aber all das schienen die drei Personen im mittleren Teil des Fliegers gar nicht mitzubekommen, denn plötzlich flogen überall Rohdiamanten herum wie Dumdumgeschosse. Auch das ignorierten sie in diesem Moment, blendeten es einfach aus, denn sie waren nur noch krampfhaft darum bemüht, sich irgendwo festzuhalten, Halt zu bekommen und dabei immer der bange Gedanke im Hinterkopf: *Hoffentlich hält der Scheißgurt!*

Abrupt wurde der Rest der Maschine, oder was davon noch übrig war, wie von Geisterhand gestoppt, als ein zweistimmiger, schmerzverzerrter Schrei aus dem Cockpit, der die drei im mittleren Teil des Fliegers unvermittelt wachrüttelte, erschallte. Zeitgleich hörten sie ebenfalls aus dem Cockpit Glas splittern, weiterhin gab es einen bretthartenn Schlag von außen gegen den Rumpf, der sofort aufriss, dann krachte es nochmals bestialisch, so als wäre etwas brutal vom Flieger abgerissen worden.

Danach bewegte sich plötzlich das gesamte Flugzeugwrack noch einmal um einige Meter und kam dann letztendlich ächzend zum Stehen.

Und dann mit einem Male: Stille, absolute Stille.

Bevor irgendjemand in Schockstarre verfallen konnte, war es Checkter, der sich als Erster wieder gefangen hatte.

»Raus hier!«, brüllte er aus voller Kehle. »Los, raus hier, bevor die ganze Kiste in die Luft fliegt!«

Blitzschnell löste er seinen Gurt, und dabei bemerkte er, dass sein Sitz nur noch mit einer Schraube am Boden hielt. Er wischte sich mit dem Handrücken über die Wange, weil die Feuchtigkeit ihn irritierte, da sah er das Blut.

Er musste sich irgendwie im Gesicht verletzt haben. Unwichtig!

Sundström und Hagos wirkten auf den ersten Blick unverletzt, einige kleine Schnittwunden im Gesicht, aber ansonsten alles gut.

Obwohl Sundström komplett am Schott zum Cockpit geklebt hatte, seinen Sitz hatte es komplett aus den Halterungen gerissen.

Checkter musste trotz der desolaten Situation schmunzeln. *Er ist einfach zu schwer, da wirken die Fliehkräfte!*

Auf Checkters fragenden Blick hielt er nur den Daumen hoch.

»Alles okay! Cockpit?«

Sie stürmten, so gut sie konnten, zur Durchgangstür des Cockpits, und dort bot sich ihnen ein erbärmlicher Anblick, ein Anblick, den keiner von ihnen je vergessen sollte.

Colin McDermott war von einem zehn Zentimeter starken Birkenstamm mitten in seiner Brust getroffen. Komplett durchbohrt, und dessen Spitze ragte noch 30 Zentimeter aus dem Rückenteil seines Pilotensitzes. Der Stamm hatte ihn komplett aufgespießt, regelrecht angenagelt.

Das Cockpit war mit Blutspritzern übersät.

Ronaldo Ferreiro saß noch angeschnallt in seinem Sitz, er war blutüberströmt, nur sein Kopf nahm eine seltsame, abgeknickte Haltung ein.

Bei näherer Betrachtung stellte Checkter fest, dass ein Teil der geborstenen Frontscheibe Ferreiros Hals zu gut zwei Dritteln durchtrennt hatte.

Ein kurzer Griff an McDermotts Halsschlagader, aber keine Chance. Er war tot. Bei Ferreiro erübrigte sich diese Prozedur.

»Los, raus jetzt, aber zügig! Los, los, bewegt euch, erst mal raus hier!«

Das Verlassen des Wracks gelang ihnen sehr flott, denn die Einstiegsklappe hatte sich schon während des Crashs vor einiger Zeit verabschiedet.

Schwer atmend ließen sich die drei in einiger Entfernung zum Wrack im feuchten Grün der Waldschneise nieder.

Das Wrack lag immer noch still da, ohne Rauch oder Feuer und ohne Explosion am Ende der Waldschneise, hinter sich eine tiefe Furche der Verwüstung. Überall verstreut lagen Trümmer und Teile des Fliegers.

Sie waren Profis, allesamt, und jeder wusste, welches Risiko solch eine Unternehmung in sich barg.

Aber Colin McDermott tot, Ronaldo Ferreiro tot, und das ging ihnen nach dieser verdammten Bruchlandung stark an die Nieren.

»Fuck, fuck, fuck!« Es war Checkter, aus dem es nun herausbrach, es waren diese wütenden Worte, die trotzig über seine blutleeren Lippen kamen, die er regelrecht herauskotzte.

Sein Gehirn arbeitete bereits wieder auf Hochtouren, der Auftrag war noch nicht erfüllt.

Und er reagierte auf das Geschehene blitzschnell, so wie er es als ehemaliger Elitesoldat schon hundertfach durchgespielt hatte.

Er hatte einige leichte Verletzungen im Gesicht, seine Hände waren sehr stark in Mitleidenschaft gezogen.

»Abiel, Mogens, seid ihr okay?« Er blickte sie länger an. »Seid ihr fit?«

Beide nickten und waren genauso angespannt wie er, vom Aussehen her ähnelten sich alle drei mit den kleinen Wunden, zum Glück keine schwereren Verletzungen.

»Okay, also von den Resten des Fliegers scheint keine Gefahr mehr auszugehen. Unsere Waffen, unsere Ausrüstung, nur das Nötigste, und dann die Kisten, alles raus! Sammelt so viele Diamanten, wie ihr finden könnt, auch aus der defekten Kiste, lasst ruhig einige wenige im Flieger liegen. Danach tragen wir die Kisten ungefähr einen Kilometer nördlich durch den Wald, dort vergraben wir sie und verwischen sämtliche Spuren. Wir müssen uns beeilen, vielleicht hat jemand den Absturz bemerkt. Also los, um Colin und Ronaldo kümmern wir uns später, aber auch nur, wenn alles ruhig bleibt.«

Sie liefen geduckt zum Flieger und holten ihre Waffen, munitionierten auf, griffen ihre Rucksäcke und die benötigten Ausrüstungsgegenstände und luden die verbliebenen fünf Alukisten aus.

Checkter war derweil noch einmal ins Cockpit gestiegen und nahm den beiden Toten sämtliche Ausweispapiere und sonstiges ab, alles, womit man sie später einmal auf die Schnelle identifizieren könnte.

Die fünf Kisten, die nun neben dem Wrack standen, waren tatsächlich heil geblieben. Einige zwar etwas verbeult, aber immer noch fest verschlossen. Den Inhalt aus der sechsten Box hatten sie schon eingesammelt, es waren vielleicht nicht alle Steine, aber ein großer Teil, und diese ruhten nun in einem doppelwandigen Leinenbeutel, der verschlossen war.

Sundström und Hagos rannten nun, jeder eine Kiste vor der Brust, zum Waldrand und stellten sie dort ab, liefen zurück, um die nächsten zu holen. Checkter seinerseits hatte auch schon eine Kiste am Waldrand abgestellt und begab sich sofort wieder zum Wrack, er stieg noch einmal hinein und vergewisserte sich, dass sie nichts zurückgelassen hatten außer Sundströms Fernsteuerungspult, das bei der Bruchlandung zerstört worden war.

Er trug nun schon wieder im Holster seine Walther, die Uzi umgehängt, an der Seite seinen Rucksack und die letzte Diamantenkiste vor dem Bauch, so erreichte er als Letzter den Waldrand, wo die anderen beiden auf ihn warteten.

»Okay, Jungs«, Checkter gab leise und klar seine Anweisungen, »drei Kisten nehmen wir jetzt mit, zwei werden getarnt. Die holen wir nach, sobald wir einen guten Platz gefunden haben. Ruhig und gleichmäßig gehen, so wenige Geräusche wie möglich machen und immer die Umgebung im Auge behalten. Los, ab!«

Sie marschierten los, nach Norden, jeder eine Alukiste mit Rohdiamanten auf der Schulter, tunlichst darauf bedacht, so schnell wie möglich voranzukommen und so wenige Geräusche wie möglich zu erzeugen.

Nach einer knappen Viertelstunde sahen sie eine kleine Felsformation: ein kleiner Fels, zwei mittlere und einer, der alles um circa fünf Meter überragte.

»Stopp!«

Checkter hatte ein Zeichen zum Halten gegeben.

»Das hier ist ein guter Platz, hier lagern wir unsere Kisten. Mogens, kletter mal auf die mittleren Felsen, ob du irgendetwas entdecken kannst, hell genug ist es ja noch.« Er griff in seinen Rucksack und förderte ein Fernglas zutage, gab es ihm. »Und immer ganz ruhig.«

Checkter und Hagos legten die flachen Alukisten, sie waren ja nicht wirklich groß, hinter einen Baum in eine Mulde und tarnten sie fürs Erste mit Blattwerk und trocknen Ästen, die überall herumlagen.

Ein kurzer, kaum hörbarer Pfiff entließ Sundström von seinem Posten.

Unverzüglich begannen die drei, im lockeren Dauerlauf den Weg zum Wrack zurückzulegen.

»Und, Mogens, was ist? Konntest du von dort oben irgendetwas erkennen? Hast du irgendeinen markanten Anhaltspunkt?«

»Ja, ich glaube schon. Nicht weit von der Stelle, wo wir die Kisten platziert haben, so circa 400 Meter in nördlicher Richtung, verläuft ein Waldweg. Er sah aber nicht wirklich stark genutzt aus. Mehr konnte ich auf die Schnelle nicht ausmachen.«

»Na, das ist doch schon mal was. Ich gehe mal davon aus, dass der Weg uns morgen schon ein gutes Stück voranbringt.«

Während sie gleichmäßig flach atmend weiterliefen, meldete sich nun Hagos zu Wort, und man konnte seine sonore Stimme kaum vernehmen.

»Was wird denn nun mit Colin und Ronaldo? Seht mal zum Himmel, es beginnt bald zu dämmern, und auf eins könnt ihr wohl sicher sein, mit eingeschalteter Taschenlampe kann hier niemand von uns umherlaufen.«

»Du hast ja recht, und morgen haben wir hier keine Chance zu einer unbeobachteten Rückkehr. Denn morgen, so könnt ihr mir glauben, brennt hier die Hütte. So leid es mir auch tut, wir lassen die beiden im Wrack.«

Ein leichtes Stöhnen entrang sich der Brust des Afrikaners.

»Vielleicht lenkt das auch die Polizei ein wenig ab, und wir gewinnen etwas Zeit. Ich hoffe, sie denken eine gewisse Zeit lang, es waren nur zwei Personen im Flugzeug. Natürlich sind die auch nicht blöd!«

Die beiden nickten zustimmend, aber man merkte ihnen an, dass das nicht die Art der Beerdigung war, die sie sich vorgestellt hatten.

Und dann lag wieder die Waldschneise vor ihnen, und das Wrack kam in Sicht.

Ganz ruhig stellten sie sich hinter verschiedene Baumstämme, die sie als Deckung nutzten, und dann spähten sie das Gelände aus.

Alles war ruhig, und keine Menschenseele war zu erspähen, und auch am Wrack hatte sich nichts Gravierendes verändert.

Sie nahmen am Waldrand die letzten beiden Alukisten auf, Checkter griff sich den doppelwandigen Beutel, und schon waren sie wieder im Wald verschwunden, aber nicht ohne sich vorher von ihren toten Kollegen zu verabschieden, sie blickten noch einmal sichernd in alle Himmelsrichtungen um dann für einen kurzen Augenblick in Stille zu verharren.

Wortlos verlief der Marsch mit den Kisten durch den Wald in Richtung Norden, der Felsformation entgegen.

Checkter machte den Schlussmann und verwischte mit einigen Reisigzweigen ihre Spuren auf dem Waldboden.

Nachdem sie endlich den Platz unterhalb der Felsen erreicht hatten, setzte bereits die Dämmerung ein.

Ein lauer Sommertag ging in Südfrankreich zu Ende, und welch ein bitterer für die drei.

Nun, noch war der Tag für die drei Überlebenden nicht zu Ende, nicht ganz.

Unverzüglich begannen sie, eine Kuhle auszuheben, um darin die Kisten und den Beutel unterzubringen. Nach kurzer, aber intensiver Buddelei konnten alle fünf Kisten nebst Beutel darin versenkt werden. Nach dem Verfüllen des Lochs setzten sie sauber die ausgesteckten Grassoden wieder ein, verteilten locker altes Laub und Zweige über der Stelle, ganz so, als hätte Mutter Natur es gemacht.

Danach verwischten sie sorgfältig alle vorhandenen Spuren mit Reisigbüscheln und machten sich weiter auf ihren Weg nach Norden, immer Checkters Kompassnadel folgend, zum Waldweg, den Sundström von den Felsen aus entdeckt hatte.

Sie hatten keinen Plan, wo sie sich im Moment befanden, nur eins war für sie klar, sie befanden sich in Südfrankreich.

Kaum dass sie eine gleichmäßige Marschgeschwindigkeit aufgenommen hatten, sofern man in dem dicht bewaldeten Gelände überhaupt von einer solchen reden konnte, da hatten sie auch schon den Waldweg erreicht.

Sie betraten den Waldweg zunächst nicht, sondern hockten sich im Schutze des Waldrandes hin.

»Ich würde nun mal konstatieren«, begann nun Hagos mit absoluter Nüchternheit, »wir suchen uns eine gut getarnte Senke im Unterholz. Dort verbringen wir die Nacht, halten natürlich abwechselnd Wache! Jetzt noch weiter durch die Nacht zu traben, wäre aus meiner Sicht absoluter Blödsinn. Das bringt uns im Augenblick nicht wirklich weiter.«

Sundström und Checkter nickten zustimmend, während Checkter meinte: »Genau das Gleiche wollte ich auch gerade vorschlagen. Morgen in aller Frühe, mit dem ersten Tageslicht, brechen wir auf, dann haben wir reellere Chancen.«

Sie bereiteten sich ein Nachtlager aus trockenen Laub und jungen Tannenzweigen und versuchten dann, ein klein wenig Schlaf zu finden. Dabei die Ereignisse des Tages weitgehend verdrängend.

Sundström übernahm den ersten Wachtörn.

Am folgenden Morgen weckte Checkter Hagos und Sundström, kurz nachdem die Sonne im Osten blutrot über den Baumwipfeln aufgegangen war, und sofort hatte er einen Auftrag für Hagos.

»Zieh mal los und sieh nach, ob du irgendetwas Brauchbares entdecken kannst!«

Wortlos verschwand Hagos im Unterholz, um nach einer knappen Viertelstunde siegessicher zurückzukehren.

In der Hand hielt er einen aus einem Stück Folie gefertigten Beutel, gefüllt mit circa anderthalb Litern klarstem Quellwasser.

»Ein Stück weiter, ganz in der Nähe, ist ein Bachlauf mit sehr sauberem Wasser. Trinkt, es ist genug für alle.«

Und gierig tranken sie, sogen das erquickende Nass in sich auf.

Sie nahmen aus ihren Rucksäcken ihre Notfallrationen und aßen in aller Ruhe, dazu nun in Maßen schluckweise das Quellwasser aus dem Plastikbeutel.

»Nun«, begann Checkter, nachdem sie ihr karges Mahl beendet hatten, »alle Maschinenwaffen zerlegen und weiteres auffälliges Zeug in den Rucksäcken verstauen. Nur die Handfeuerwaffe nebst einem Reservemagazin bleibt am Mann, verdeckt. Wer noch ein einigermaßen sauberes Hemd im Rucksack hat, der zieht es über, von nun an sind wir eine harmlose Gruppe Wanderer.«

Schnell waren alle lästigen Spuren der vergangenen Nacht beseitigt, sicher war sicher.

Einige Minuten später erreichten sie den bereits erwähnten Bach, der hier für ein kurzes Stück direkt am Waldweg verlief.

Sie wuschen sich die verräterischen Blutspuren aus ihren Gesichtern und versorgten Checkters größere Wunde auf der linken Wange, so gut es ging.

Aber man kam nicht umhin, sie erweckten alle den Eindruck, als hätten sie mit einem Bären gerungen und verloren.

Nun marschierten die drei schon gut eine Stunde, als sie vor sich ein Motorengeräusch hörten.

»Achtung!« Checkter hob warnend den Arm. »Aufpassen!«

Ruhig setzten sie ihren Weg fort, und dann mündete ihr Waldweg plötzlich in eine asphaltierte Landstraße.

»Sieh mal, da vorn sind eine Bushaltestelle und ein Wegweiser.«

Sundström zeigte mit seiner ausgestreckten Rechten auf ein Schild.

Auf der Landstraße war leichter, morgendlicher Verkehr, aber niemand schien sich wirklich für sie zu interessieren. Wanderer waren in dieser Gegend im Sommer nichts Außergewöhnliches.

Auf dem Hinweisschild stand zu lesen: »Aubusson 3 km«.

»Nun haben wir zumindest schon mal einen Ort, da wir aber überhaupt kein Kartenmaterial oder sonstiges haben, werden wir den nächsten Bus besteigen und in den Ort fahren. Egal was das auch immer für ein Kaff ist.«

Checkter, der immer aus seinen Erfahrungen schöpfte, hatte vorgebaut und führte immer, Dollar waren selbstverständlich, auch einige europäische Währungen mit sich. Damit war er bisher immer sehr gut gefahren.

So hatte er auch dieses Mal französische Franc und deutsche Mark im Spezialfach seines Rucksacks.

»Sag mal, Abiel, du spricht doch fließend Französisch oder?« Checkter blickte ihn fragend an.

»Ja, natürlich, das habe ich dir doch schon bei unserem letzten Job mitgeteilt.« Vorwurfsvoll sah er Checkter an.

»Ich spreche übrigens auch Französisch!«

Ungläubig starrten Checkter und Hagos Sundström an.

»Echt? Das hast du aber noch nie erwähnt!«, kam es einstimmig von Checkter und Hagos.

Grinsend antwortete Sundström: »Ihr müsst ja auch nicht alles über mich wissen, oder?«

»Ich glaube, Jungs, darüber sollten wir bei Gelegenheit noch mal sprechen.«

In diesem Augenblick wurde ihr Gespräch unterbrochen, denn der Linienbus rollte auf die Haltestelle zu, schnell reichte Checkter Hagos und Sundström einige Francnoten, dann stiegen sie in den nur mäßig besetzten Bus.

Nach einer nicht allzu langen Fahrtzeit hielt der Bus an der zentralen Bushaltestelle in Aubusson, am Marktplatz des Ortes, und die drei verließen geschlossen den Bus.

Wanderer in Aubusson.

Sie setzten sich am Marktplatz auf eine Bank, und Sundström hatte an dem dortigen Kiosk ein klein wenig eingekauft: etliche Flaschen Wasser, Rauchzeug für alle, etwas Kartenmaterial für Wanderer und verschiedene aktuelle Tageszeitungen.

Sie öffneten zuerst ihre Zigarettenpackungen, klemmten sich eine zwischen die Lippen, und nach dem Anzünden sogen sie gierig den Rauch in ihre Lungen. Entspannt lehnten sie sich auf der Bank zurück.

In den Gazetten war kein Artikel über den Flugzeugabsturz zu finden.

»So, passt auf.« Checkter sprach ruhig und ohne übertriebene Hast. »Es steht zwar noch nichts von dem Absturz in den Zeitungen, wir wissen aber leider auch nicht, ob das Wrack bereits entdeckt wurde. Also weiterhin äußerste Vorsicht und aufpassen. Abiel und ich werden nun die Buchhandlung aufsuchen, um uns noch weiteres Kartenmaterial zu besorgen. Sundström, du gehst in den Textilladen hier um die Ecke und kaufst Klamotten für uns drei, damit wir uns wie Einheimische kleiden und besser ins Bild passen. Also los, in einer Stunde treffen wir uns wieder hier.«

Gesagt, getan, und die Stunde war noch nicht einmal komplett verstrichen, da saßen die drei schon wieder auf der Bank am Marktplatz.

Sundström bepackt mit etlichen Einkauftüten und Kartons.

Checkter hielt einen dicken, großen Umschlag in der Hand.

»So, nun suchen wir uns ein nettes, kleines Hotel, checken ein, machen uns etwas frisch, und heute Nachmittag kaufen wir uns ein Auto.«

Auf dem Marktplatz war eine Karte, die die Sehenswürdigkeiten des Ortes aufzeigte, unter anderem auch Hotels und Pensionen.

Sie fanden sofort ein mittleres Hotel, »Hotel de Chapitre« in der Rue Grande.

Ohne viele Fragen oder fragende Blicke checkten sie ein und gingen auf ihre Zimmer im ersten Stock. Sundström und Checkter hatten ein Doppelzimmer, Hagos blieb solo.

Kurze Zeit darauf trafen sich alle, frisch geduscht und mit neuer Garderobe angetan, im Doppelzimmer.

»Wir gehen jetzt ins Restaurant und essen erst einmal vernünftig, danach suchen wir uns einen ortsansässigen Autohändler und schauen mal, ob er etwas Brauchbares für uns hat.«

Es war Mittwoch, kurz nach Mittag.

Checkter hatte, nachdem sie ihr Essen geordert hatten, nur einen bedenklichen Satz geäußert. »Es wird sicherlich nicht einfach werden, zum jetzigen Zeitpunkt die Kisten aus dem Wald zu holen.«

Ihr Essen kam, und alle drei schienen ihren eigenen Gedankengängen zu folgen.

Hagos aber schien irgendwie abgelenkt zu sein, denn am Nachbartisch wurde offensichtlich und nicht mal leise ein angeregtes Gespräch zwischen zwei Herren geführt, dem er mehr und mehr sein Interesse schenkte. Nach einer gewissen Zeit begann er, sich Notizen zu machen. Als die beiden Herren vom Nachbartisch sich nach ihrem Mahl erhoben und den Raum verließen, da grinste Hagos total zufrieden.

Erstaunt sahen Sundström und Checkter ihn an.

»Was ist? War dein Essen wirklich so gut, dass du so zufrieden bist?«

»Ja, mein Essen war schon gut und wohlschmeckend, aber da rührt meine Zufriedenheit nicht her. Ihr habt doch sicherlich die beiden Typen am Nebentisch bemerkt, oder? Die beiden, die soeben gemeinsam das Restaurant verlassen haben. Mensch, Jungs, sie sind unsere Lösung!«

»Jetzt verstehe ich überhaupt nichts mehr.« Checkter und Sundström blickten im Moment nicht gerade geistreich in die Gegend. »Wie meinst du das? ›Sie sind unsere Lösung‹?«

»Na ja, die beiden haben, so wie ich meine, ein sehr interessantes Gespräch geführt. Ach ja, sie sind beide hier im ländlichen Forstwesen tätig.«

»Na und, verstehe ich nicht ganz! Jetzt lass dir man nicht alle Würmer einzeln aus der Nase ziehen, komm zum Kern!«

Sundström war sichtlich genervt und verspürte absolut keine Lust auf irgendwelche Ratespiele, die sein Freund und Kollege hier abzog, und wieder grinste Hagos verschmitzt.

»Die beiden Herren erwarten in den nächsten Wochen drei Forsteleven, aus England. Die hier, im schönen hochsommerlichen Südfrankreich, ein zweiwöchiges Praktikum absolvieren sollen. Na, geht euch jetzt ein Licht auf?«

Hagos blickte die beiden an, als wolle er sagen: *Ihr müsst doch begreifen, was ich meine, oder seid ihr so schwer von Kapee?*

Checkters Miene hellte sich plötzlich auf, obwohl man das bei den vielen, kleinen Schnittverletzungen in seinem Gesicht nicht so wirklich erkennen konnte: »Du meinst …!«

»Ja, genau«, und dann senkte Hagos leicht seine Stimme und beugte sich vor, »wir sind die Forsteleven, wir sind nur eine Woche früher hier aufgeschlagen, comprende?«

Checkter rief die Bedienung an den Tisch, die sich auch sofort bei ihnen einfand.

»Sagen Sie mal, junger Mann, haben Sie hier im Haus einen Fernkopierer?«

»Soweit ich informiert bin nicht, da müssten Sie an der Rezeption Rücksprache halten.«

»Okay, danke.«

Checkter setzte sich mit der Rezeption in Verbindung, dort teilte man ihm mit, dass das erste Haus im Ort einen habe. Checkter ließ sich verbinden und erklärte dem dortigen Conférencier sein Anliegen und ob er das Gerät nutzen könne, welches man ihm sofort zusagte.

Und sofort nach Eintreffen der Unterlagen würde man ihm diese per Boten in sein Hotel schicken.

Checkter notierte sich die Telefonnummer des Fernkopierers und bedankte sich.

Daraufhin führte er ein weiteres Telefonat, dieses Mal mit einem ehemaligen Kollegen in England, danach ging er total relaxt zurück ins Restaurant.

»Hallo Jungs, alles ist geritzt. Wir bekommen heute am späten Nachmittag die notwendigen vorgefertigten Formulare aus England. Und nun lasst uns mal schauen, ob es hier in diesem Kaff das richtige geländegängige Auto für uns gibt. Natürlich zu einem moderaten Preis, versteht sich doch wohl.«

Gemeinsam verließen sie kurze Zeit später das Hotel. Sie hatten sich an der Rezeption noch eine Anschrift eines ortsansässigen Autohändlers geben lassen.

Mit ihrer neuen Garderobe glichen die drei tatsächlich schon den überall auftretenden Urlaubern.

Das Autohaus bot ein recht buntes Sortiment an Fahrzeugen. Nicht alle waren wirklich neu, aber darauf lag ja auch nicht ihr Augenmerk.

Nachdem sie das Unternehmen betreten hatten, kam sofort ein kleinerer, sehr gepflegter Mensch, dessen Kopf direkt auf den Schultern zu sitzen schien, auf sie zu und begrüßte sie überschwänglich.

»Guten Tag, die Herren, herzlich willkommen in unserem schönen Ort und in unserem Hause. Womit kann ich Ihnen dienen?«

Wissbegierig wieselten seine Knopfaugen von einem zum anderen und blieben schließlich an Hagos hängen, der in akzentfreiem Französisch das Wort ergriffen hatte.

»Tja, wir suchen ein brauchbares, geländegängiges Fahrzeug, gut wäre eines mit Allradantrieb. Es muss nicht unbedingt ein Neuwagen sein, allerdings legen wir größten Wert auf gute Funktionalität!«

Die erste Euphorie wich ein wenig der Normalität bei dem gepflegten Verkäufer.

»Ja, da haben wir einiges im Angebot, aber dazu müssten wir uns auf unsere Ausstellungsfreifläche begeben.«

Und nun wieder ganz der Souverän.

»Bitte folgen Sie mir doch.«

Auf dem Ausstellungsgelände erfolgte bei Checkter, Sundström und Hagos so etwas wie Ernüchterung. Auf dem Platz standen vielerlei verschiedene Modelle, auch einige, die die US-Armee hier wohl vor sehr langer Zeit vergessen haben musste.

Auf den ersten Blick war nicht klar, warum hier so viele alte Militärfahrzeuge herumstanden.

An der linken Seite des Platzes standen unter anderem auch drei englische Land Rover, aber so wie es den Anschein hatte, waren auch die schon in die Jahre gekommen.

Aber nichtsdestotrotz marschierte der kleine Verkäufer zielstrebig auf diese Fahrzeuge zu.

»Sehen Sie hier, meine Herrschaften, hier haben wir einige tolle Fahrzeuge, alle absolut werkstattgepflegt und fahrbereit!«

Dabei wies sein ausgestreckter, kurzer Arm auf die drei Rover.

»Beste Fahrzeuge, genau das, was Sie suchen, überall einsetzbar, noch nicht alt und top in Schuss!«

Vollmundig und nach allen Regeln der Kunst pries er die Fahrzeuge an.

Die drei besahen sich nun äußerst kritisch die vor ihnen stehenden Fahrzeuge von Nahem. Checkter blieb bei einem, so wie es auf den ersten

Blick aussah, der älteren Autos hier auf dem Platz stehen. Er warf einen Blick hinein, und was ihm doch etwas ungewöhnlich erschien, das Fahrzeug hatte Kennzeichen und war angemeldet. Er ging weiter um den Land Rover herum, er hatte schon einige Roststellen, die ihm ins Auge fielen, was ihn aber nicht weiter interessierte.

Als er hinter dem Rover stand, öffnete er die Heckklappe mit dem aufgesetzten Reserverad und dann war er doch leicht überrascht. Der komplette Laderaumboden war nicht auf gleicher Höhe mit der Türunterseite, sondern um circa 30 Zentimeter nach oben verlegt worden.

Guck an, dachte Checkter, *ein eleganter Doppelboden!*

Der Verkäufer trat an Checkters Seite und versuchte zu erklären.

»Also, dieses Fahrzeug benutzen wir hin und wieder selbst, und das, was Sie hier im Kofferraum oder der Ladefläche sehen, ist ein von uns eingebauter, abschließbarer Doppelboden. Sinn des Einbaus: Sobald die Hecktür geschlossen ist und die Werkzeuge in dem Doppelboden ruhen, kann von außen niemand erkennen, was oder ob sich etwas auf der Ladefläche befindet. Außerdem sind die beiden kleinen hinteren Türen abschließbar. Und noch etwas, sobald sie hinten locker zum Beispiel einige Arbeitssachen drapieren, kann ein flüchtiger Blick keinen Unterschied zur Originalladefläche erkennen.«

Checkter musste innerlich grinsen, und seine Gedanken arbeiteten unaufhörlich: *Das ist unser Fahrzeug, wir können dort alle Kisten verstauen, und keine steht gut sichtbar herum.*

Nun wandte er sich an seine Kollegen, beide nickten beinahe unmerklich.

Dann wandte er sich an den Verkäufer und fragte ihn in seinem holprigen Französisch: »Sagen Sie mir mal, guter Mann, wie ist es mit einer Probefahrt mit diesem Auto?« Und dabei wies er auf den Rover, den er so genau inspiziert hatte. »Und haben Sie hier auch ein Stück Gelände zur Verfügung?«

»Ja, alles gut, natürlich, eine Probefahrt ist okay, und gleich hinter dem Ortsschild ist ein kleiner Geländeparcours.«

Und wie konnte es anders sein, Checkter klemmte sich sogleich hinter das Lenkrad, der kleine Verkäufer auf dem Beifahrersitz, Sundström und Hagos nahmen auf der Rückbank Platz.

Somit nahm die Probefahrt ihren Lauf.

Die Probefahrt hatte Checkter, Hagos und Sundström von der Qualität und dem guten Zustand des Fahrzeugs überzeugt. Es war das ideale Fahrzeug für ihre Zwecke.

Nach Beendigung der Probefahrt wurde auf dem Hof des Autohauses noch ein wenig gefeilscht, als der Preis dann endlich stimmte, zahlte Checkter den Preis für den Land Rover sofort in bar.

Wieder im Hotel angelangt, nun mit Auto, erhielt Checkter an der Rezeption sofort einen großen, braunen Briefumschlag mit dem Hinweis, er wäre soeben für ihn abgegeben worden. Höflich bedankte sich Checkter.

Auf dem Weg ins Hotelzimmer warf er einen kurzen Blick in den Umschlag, es waren die Papiere aus England.

Auf dem Zimmer von Checkter und Sundström machten sie sich augenblicklich daran, die bereits abgestempelten Formulare auszufüllen.

Hagos blickte Checkter fragend mit nachdenklich krauser Stirn an: »Und, was soll nun werden? Wie soll das hier weitergehen? Wir müssten schnellstens aus diesem Nest verschwinden!«

»Bleib ruhig, Abiel, ganz ruhig. Morgen früh besorgen wir uns Klamotten und eine sparsame Ausrüstung für Waldarbeiter, und dann sehen wir weiter.«

Nach diesen Worten legte er sich aufs Bett und schloss seine Augen, er musste nachdenken.

Seine Gedanken wanderten wieder nach Istanbul und blieben bei seinem dortigen Kontakt, Acem Balyan, hängen.

Phase II, Spezial Team

James Smith, ein smarter, gut aussehender, beinahe dandyhafter ehemaliger CIA-Agent, hatte bei einem seiner Einsätze in Kolumbien Claude Liffers, den vierschrötigen, etwas schwierigen ehemaligen Fremdenlegionär, ausgestattet mit einem Bulldoggengesicht, kennen und schätzen gelernt.

Direkt zusammengearbeitet hatten sie davor noch nie, allerdings kannten sie sich schon flüchtig von einigen Begegnungen in den VIP-Lounges der verschiedensten internationalen Flughäfen. Keiner wusste bis dahin irgendetwas vom anderen, was er tat, bis sich ihre Wege in Cartagena in Kolumbien wieder einmal kreuzten und sie zum ersten Mal einen Job gemeinsam erledigen mussten.

Ihre erste Zusammenarbeit klappte auf Anhieb sehr gut, weil jeder auf seine Art ein Unikat war, sie sich aber trotzdem gut ergänzten.

Kurz nachdem sie zur Zufriedenheit ihres Auftraggebers alles in Kolumbien bereinigt hatten, flogen sie gemeinsam nach Miami, nahmen sich ein standesgemäßes Hotel und dann führten beide beim Abendessen in dem hoteleigenen Restaurant ein ausführliches Gespräch unter Männern.

Smith begann das Gespräch in seiner etwas arroganten, herablassenden Art.

»Was ich schon kurz in Kolumbien und etwas später im Flieger angesprochen hatte, ich würde gern mit einem Partner zusammenarbeiten, und wenn ich dich noch etwas auf Vordermann bringe, so könnte ich mir vorstellen, würden wir ein gutes Team abgeben.«

Liffers brauste sofort auf: »Hör mal zu, du Clown, mich brauchst du überhaupt nicht auf ›Vordermann‹ zu bringen! Dafür bin ich schon viel zu lange im Geschäft. Und wie du siehst, ich lebe noch.«

Smith hob beschwichtigend eine seiner manikürten Hände: »Siehst du, das ist es, was ich meine, bleib doch mal ganz ruhig und sachlich, so aufbrausend schadest du dir nur selber. Fachlich, muss ich sagen, bist du schon gut. Das, was du dort in Kolumbien abgeliefert hast, Chapeau, erste Sahne. Kurz und schmerzlos. Und so stelle ich mir unsere Zusammenarbeit vor: Schnell, effektiv, lautlos und nach Möglichkeit immer so gut wie unsichtbar.«

Der glatzköpfige Liffers mit dem Bulldoggengesicht und dem überaus kräftigen Körperbau besah sich sein Steak auf dem Teller, bevor er sich in aller Ruhe davon ein gutes Stück abschnitt, prüfte es blicktechnisch noch einmal, ob es auch medium gebraten war, um es sich dann in den Mund zu schieben. Er genoss das wohlschmeckende Stück Fleisch mit halbgeschlossenen Augen, um danach die im Mund verbliebenen Reste mit einem großen Schluck Rotwein, trocken, hinunterzuspülen.

Er blickte Smith in seine dunkelbraunen Augen und begann ruhig und mit Bedacht.

»Ich weiß, was ich kann, bin auch ganz gut ausgebucht und behaupte mich schon seit einiger Zeit am Markt. Okay, du siehst ja eher wie so ein feiner Pinkel aus, würdest gut als Banker oder Manager weggehen. Ich habe noch nie jemand in unserem Metier mit manikürten Händen gesehen. Ich würde dir auch nicht eine Minute meiner Zeit geben und dir zuhören, geschweige denn mit dir zusammen essen, wenn ich in Cartagena nicht erlebt hätte, wie du die ganze Kiste so sauber logistisch aufgebaut hattest, ohne den kleinsten Fehler und Skrupel, aber immer einen B-Plan in der Hinterhand. War eine saubere Sache. Also gut, sonst habe ich an und für sich nichts mehr zu sagen zu dir und deinem Talent!« Dann legte Liffers noch einmal nach, richtig schön provozierend: »DRESSMAN!«

»Weißt du, Claude, das gleitet alles so an mir ab. Wir sind auch nicht hier, um Beleidigungen auszutauschen, ich bin der Meinung, wir sollten uns vertragen und zusammenarbeiten, wir ergänzen uns vorzüglich. Man kann sich dann besser den Rücken freihalten. Und vier Augen sehen bekanntlich mehr als zwei. Mit meinen Klamotten, meiner exquisiten Ausstattung und meinem Auftreten, das musst du akzeptieren oder nicht, so bin ich und so bleibe ich. Daran wird auch in Zukunft niemand etwas ändern. Beim CIA war ich, bevor ich mich verabschiedet habe, stellvertretender Direktor. Habe alles mitgemacht, was es gab und bisher gibt. Ich weiß also ganz genau, was Sache ist, und du solltest dich von Äußerlichkeiten nicht täuschen lassen. Ich habe eine neue Identität und bin der Meinung, es wird mich niemand wiedererkennen. Sobald wir reisen, so meine ich, nur mit allerbesten gefälschten Pässen. So wie ich dich einschätze, bewegst du dich nur so?«

Liffers grinste nun übers ganze Gesicht, was sein Bulldoggengesicht nicht eben schöner machte.

»Okay, Deal! Ich würde sagen, wir versuchen es miteinander, aber immer halbe-halbe. Keine Chincherei mit 30 Prozent ich und du 70 Prozent, das läuft nicht, das kannst du dir gleich abschminken. Also nur halbe-halbe, und dann ist gut. Und über die Sache mit den Pässen müssen wir nicht reden, das ist ein Selbstgänger.«

»Okay, Claude, dann sind wir uns ja handelseinig. Handshake!«

Sie reichten sich beide die Hände mit festem Händedruck, blickten sich tief in die Augen und nickten sich abschließend wie zur Bestätigung zu.

»Ich verlasse mich auf dich, Claude, dass du mir im Zweifelsfall den Arsch rettest!«

»Tja James«, grinste Liffers schon wieder, »das Gleiche erwarte ich von dir, bon?«

Nach einer kurzen Pause begann Smith erneut zu reden, nun aber mit gesenkter Stimme.

»Hier habe ich eine Zeitung, ein Boulevardblatt, lies mal, was dort als Aufmacher steht!«

Er legte die Zeitung vor Liffers auf den Tisch, und Liffers sprangen in großen Lettern die neuesten Nachrichten aus Angola an, über einen Rohdiamantenraub in hundertfacher Millionenhöhe.

Sehr gründlich las sich Liffers den kompletten Artikel durch und blickte danach in Smith' asketisches Gesicht.

»Ein tolles Ding! Aber das macht man nicht eben mal so! So etwas hat viel Bedarf nach ›to know‹. Außerdem zieht man so eine Show nicht allein ab. Du bist doch der Logistiker! Erzähl mal!«

Nun wiederum musste Smith leicht schmunzeln, offenbar hatte er schon sehr schnell das Interesse von Liffers geweckt.

»Claude, nun muss ich dir allerdings erzählen, dass ich schon einen Telefonkontakt mit Antwerpen in Bezug auf diese Angelegenheit hatte. Schon, als wir noch in Cartagena waren.«

Liffers atmete tief durch, es hörte sich beinahe an wie ein Schnauben.

»Mannomann, du bist mir schon ein übles Schlitzohr. Ich glaube, ich sollte doch etwas vorsichtiger sein. Und was wäre gewesen, wenn ich nicht zugesagt hätte?«

»Na, das kannst du dir doch wohl selbst ausmalen. Andere Mütter haben auch schöne Töchter und Söhne.«

»Na, ehrlich bist du ja jedenfalls. So, dann lass uns Nägel mit Köpfen machen. Alles auf den Tisch! Was spuckt der Auftraggeber aus, wenn wir einsteigen?«

»Eine Million US-Dollar pro Person, im Erfolgsfall. Der Auftrag lautet: Beschaffung der Diamanten, gegebenenfalls Eliminierung der Zielpersonen.«

»Hast du nähere Informationen?«

»Ja, habe ich, aber das besprechen wir besser nicht hier. Wir fahren nach oben auf mein Zimmer, und dort unterhalten wir uns über unser weiteres Vorgehen. Dann kannst du dich auch vollkommen informieren und bist gleich auf dem neuesten Stand, dem Stand von mir.«

Beinahe gleichzeitig erhoben sie sich von ihren Plätzen.

In dem Zimmer angekommen, überreichte Smith Liffers augenblicklich das Material, welches ihm per Express nach Miami ins Hotel geschickt worden war.

Liffers studierte sehr intensiv das Material, und nach einer halben Stunde kam er zu folgendem Schluss.

»Gut, ich möchte mal zusammenfassen: der Holländer oder Belgier, egal. Er hat Angst, dass die Jungs, ich meine es sind vier oder fünf an der Zahl, mit seinen Diamanten verschwinden und sie woanders verticken.

Obwohl er sich darüber absolut nicht im Klaren ist. »Na, das sind ja verlockende Aussichten. Allerdings bestehe ich darauf, die gleichen Infos zu haben wie du, außerdem möchte ich den Namen, die Anschrift und die Telefonnummer unseres Auftraggebers! Wir spielen doch mit offenen Karten, oder?«

Liffers sah Smith durchdringend an, fuhr dann kurzerhand fort.

»Oder es ist nur falscher Alarm. Aber wir gehen auf Sicherheit. Hat der Mensch in Belgien unseren Vorschuss schon überwiesen?«

»Abmachung eine Million US-Dollar im Voraus, die andere Million nach Beendigung des Jobs. Die erste Million ist schon auf einem meiner Konten, die Bestätigung habe ich.«

»Okay, James.« Liffers reichte Smith einen Zettel mit einem Namen und einigen Nummern. »Vertrauen ist gut, Kontrolle ist besser, dann überweise mir mal die mir zustehende halbe Million US-Dollar auf mein Schweizer Konto, und dann lass uns arbeiten. Ach, noch was! Wie viel hat er denn dem anderen Team bezahlt?«

Smith warf sich in seinem Sessel zurück an die Lehne und lachte dabei lauthals: »Diese Frage war nun aber absolut überflüssig, du glaubst doch nicht im Ernst, dass der Kerl mir das mitgeteilt hat! Ich gehe mal eben zur Rezeption und erledige die Geldangelegenheit.«

Als Smith zurückkehrte, hatte sich Liffers bereits einige Notizen gemacht.

»Ich würde folgendermaßen vorgehen: Wir fliegen schnellstmöglich nach Angola und versuchen, vor Ort herauszufinden, welches Equipment benutzt wurde, um den Flieger zur Notlandung zu zwingen. Vielleicht finden wir dort auch einige detaillierte Hinweise, die uns in unserer Suche voranbringen.«

»Ja, kann so sein«, resümierte Smith nachdenklich, »ich werde auf alle Fälle noch einmal meinen Kontakt anmorsen. Ich habe da so eine Idee im Kopf. Es gibt an sich nur eine Handvoll Spezis, die in der Lage sind, solche Jobs sauber durchzuführen.«

Smith führte einige Telefonate, wobei sich seine Miene immer mehr erhellte. Nach geraumer Zeit legte er den Hörer wieder auf die Gabel.

»Ich glaube, ich bin dran!«

Siegessicher blickte er Liffers an.

»Es gibt einen Engländer mit dem Decknamen ›Spider‹, er soll ein ehemaliger Offizier der SAS und zum Ende seiner Karriere beim MI 6 tätig gewesen sein. Ist nun Freiberufler, er arbeitet aber niemals allein, dafür aber sehr vorsichtig und tritt nie wirklich in Erscheinung. Er ist immer so gut wie«, und nun lachte Smith auf einmal ganz fies, »unsichtbar! Er ist wie ein Geist, es gibt kein Foto von ihm, keine Fingerabdrücke zur Identifikation, einfach nichts. Bei der SAS ist merkwürdigerweise überhaupt keine Akte über ihn vorhanden. Spuren von ihm zu verfolgen, war bisher immer sehr aufwendig und endete meistens im Nichts. Wir sollten tatsächlich nach Angola fliegen und dort beginnen.«

»Da bin ich voll und ganz deiner Meinung.«

Am späten Vormittag des folgenden Tages saßen beide in einer Maschine nach Luanda, ein Anschlussflug nach Saurimo war bereits gebucht und bestätigt.

Nachdem sie Saurimo erreicht hatten, händigte ein schon avisierter Unbekannter Smith am Ausgang ein kleines Paket aus.

Mit Sicherheit war die UNITA noch immer sehr aktiv.

Sie stiegen in einen klapprigen Leihwagen und fuhren auf direktem Weg zur Cocotaco Mine, wo sie bereits durch den Belgier als weiteres Ermittlerteam der Interpol angemeldet waren und erwartet wurden.

Es war zu spät, um weitere Untersuchungen oder Recherchen anzugehen, und daher beschlossen Smith und Liffers, den Tag mit einem reichhaltigen Abendessen zu beschließen.

Früh am nächsten Morgen waren sie bereits wieder auf den Beinen.

Das Flugzeug der Minengesellschaft hatte man zwischenzeitlich zurück zum werkseigenen Flugplatz geschafft.

Bei ihrer kurzen, aber zielgerichteten Untersuchung des Fliegers stießen Liffers und Smith auf einige für sie augenfällige Details, die leider nicht im Untersuchungsprotokoll erwähnt wurden.

Wahrscheinlich war das Protokoll noch nicht abgeschlossen.

Was Smith sofort ins Auge stach, war, dass alle zusätzlichen Einbauten, die sie entdecken konnten, sprich die diversen Bauteile für die Fernsteuerung und die für die in die Klimaanlage integrierten Gaspatronen, zum Teil mit AB, am Ende aber alle mit dem Hersteller Label versehen waren.

Was nach seinem Wissensstand Aktiebolag hieß, Made in Sweden.

Er teilte seine Entdeckung Liffers mit, und der wusste augenblicklich, was der Gong geschlagen hatte.

»Dafür kommt nur einer infrage, und zwar der blonde Schwede, Mogens Sundström. Aber warum hat er die Werkzeichen nicht entfernt?« Nachdenklich fuhr er sich mit der Hand über die schweißnasse Glatze. »Ich glaube, sie waren in Zeitnot, Mogens ist normalerweise sehr präzise und macht keine solchen Fehler. Und nach meinem Wissensstand war er noch nie in Afrika tätig. James, du solltest versuchen, noch einmal Kontakt mit Antwerpen aufzunehmen, ich sehe uns hier im Moment etwas in der Sackgasse. Aber was wir noch machen könnten: Zur Hochebene hinauffahren und ihr einen Besuch abstatten und dann vielleicht noch mit den Flugsicherheitsbehörden der Anrainerstaaten sprechen.«

»Ja, das mach ich gleich. Sobald wir rausfahren, sollten wir versuchen, einen Jeep mit Begleitschutz zu bekommen. Die UNITA soll wohl wieder sehr aktiv in diesem Bereich sein. Okay, wir haben unsere Waffen und die Begleitung, und sicher werden wir uns auf der Hochebene nicht länger aufhalten als nötig.«

»So ist es«, war die kurze, entschlossene Antwort von Liffers.

Eine knappe Stunde später war alles geregelt, man hatte ein Begleitfahrzeug mit vier schwer bewaffneten Soldaten für sie organisiert.

Auf der Hochebene untersuchte Smith die noch einigermaßen erhaltenen Spuren der gelandeten und gestarteten Maschinen.

An dem Platz, an dem man die Werksmaschine gefunden hatte, waren allerdings die meisten Flächen von unzähligen Fußabdrücken übersät, dadurch für eine Spurensuche unbrauchbar gemacht worden.

Smith interessierte sich aber auch mehr für tieferen, breiteren Spuren der Zweiten, der imaginären Maschine. *Der Flieger, der die Diamanten übernommen hat, war sehr schwer.*

»Die Einpressspuren sind so immens, dass man es sogar hier erkennen kann. Ich vermute, der Flieger hatte fette Zusatztanks, randvoll. Auf eine andere Erklärung komme ich nicht. Hier ist sonst weiter nichts zu sehen.«
Plötzlich verharrte Liffers.
»He, warte mal. Was ist denn das? Da glänzt und glitzert doch etwas am Rande der Piste im Steppengras?«
Mit zwei, drei großen Schritten hatte er die Stelle erreicht, und was dort in der Sonne geblinkt hatte, waren die abgefeuerten und achtlos liegen gelassenen Patronenhülsen aus den Schnellfeuerwaffen der UNITA-Rebellen.
»Na, hier muss das aber ganz schön geraucht haben, bei der Menge.« Mit krauser Stirn betrachtete Liffers die am Boden liegenden Patronenhülsen. »Aber getroffen haben die Chaoten natürlich wie immer nichts!«
»Okay, so, los komm, Claude, rein ins Auto und weg, hier ist nichts mehr zu holen.«
In diesem Augenblick quäkte das Funkgerät im Begleitfahrzeug, dem Auto ihrer kleinen Eskorte, wild gestikulierend arbeitete der Feldwebel mit den Armen, zeigte dabei immer wieder hektisch auf das Funkgerät und auf die beiden Ermittler.
Smith ging zu ihm, lauschte in das Gerät hinein, nickte einige Male, lauschte weiter und war sehr angespannt, gab dabei Liffers ein Zeichen, den Motor zu starten, lief zum Jeep und sprang in das anfahrende Fahrzeug, landete auf dem Beifahrersitz, und Liffers gab Vollgas. Mit durchdrehenden Reifen verließen sie die Hochebene.
»Was ist?«, schrie Liffers so laut wie möglich. »Kommen die verdammten Rebellen?«
Liffers blickte sichernd um sich, veränderte dabei immer wieder seinen Blickwinkel.
»Nein, nein, wir müssen nur schleunigst zurück zur Mine, dort ist ein brandheißer Anruf erfolgt, von unserem Auftraggeber, für die beiden Kommissare der Interpol. Damit sind wir wohl gemeint!«
Keiner der beiden erahnte den Inhalt des bevorstehenden Telefonats, trotzdem überzog ein diabolisches Grinsen das Gesicht von James Smith.

Untertauchen in Europa

Nach einem frühen, schnellen Frühstück hatten Sundström, Hagos und Checkter sich zügig in einem ortsansässigen Kramladen mit etwas Werkzeug und Klamotten für die Waldarbeit ausgestattet, um danach direkt zur Forstpräfektur zu fahren.

In der Präfektur stellten sie sich als die Praktikanten aus England vor und wurden mit großen Augen bestaunt. Endlich kam dann doch jemand auf die Idee, den obersten Forstverwalter zu benachrichtigen, auch er war zunächst aufs Äußerste überrascht.

»Guten Tag, meine Herren«, begrüßte er die drei. »Wir hatten sie allerdings erst in der nächsten Woche erwartet.«

Argwöhnisch betrachtete er die malträtierten Gesichter und Hände seiner neuen Praktikanten.

Danach überflog er flüchtig ihre Papiere und nickte zustimmend.

»Okay, eine Woche früher ist ja auch kein Beinbruch. Sie hatten wohl in Ihrem Heimatland in den letzten Tagen einen anstrengenden Job«, versuchte er zu scherzen, »weil ihre Gesichter und Hände leicht mitgenommen aussehen und so viele kleine Wunden aufweisen. Na ja, die verdammten Dornenhecken haben es eben in sich.«

Damit war die Sache des Aussehens der drei für ihn abgehakt.

»Meine Herren«, fuhr er nun fort, »da Sie hier heute nun so überraschend erschienen sind, haben wir leider niemanden, der sich so wirklich um Sie kümmern kann.«

Er wirkte etwas zerknirscht, als wäre ihm diese Aussage peinlich.

Hagos lächelte gewinnend und verbreitete sich im besten Französisch: »Es ist zwar nicht so schön, aber vielleicht könnten Sie uns eine Flurkarte der Gemarkung überlassen, dann machen wir uns schon mal mit der Gegend vertraut, und so gewinnen wir doch gleich einen ersten Eindruck von Flora und Fauna.«

Und der Forstverwalter blickte einmal mehr erstaunt, doch dann stimmte er dem Vorhaben der drei zu.

»Nun, lieber Monsieur Hagos, muss Ihnen meine Sekretärin noch eine Genehmigung ausstellen.«

Alle Beteiligten blickten sich erstaunt an und begannen laut zu lachen.

»Braucht man in Frankreich eine Erlaubnis, um den Wald zu betreten?«, tat Sundström nun total erstaunt.

»Nein, nein, natürlich nicht.« Doch der Forstverwalter blieb todernst. »Leider hat sich hier im Gehölz eine Tragödie abgespielt, ein Flugzeug ist abgestürzt und die Polizei sowie das Militär sind mit der Sache betraut, untersuchen alles, um die Absturzursache aufzuklären. Mit unserer Genehmigung wird man Sie auf den Waldwegen nicht behelligen, sondern passieren lassen.«

Checkter blickte absolut erschrocken in das gepflegte Gesicht des Chefs. »Hier passieren ja Dinge! Wir haben davon allerdings nichts in der Presse gelesen, deshalb sehen Sie uns auch so erstaunt!«

»Können Sie auch nicht. Presseverbot. Kein Wort geht vorerst an die Presse. Also, okay. Wir können an dem Geschehen nichts mehr ändern, so schlimm es sich anhört. Fahren Sie nun erst mal los und machen sich ein wenig mit unserer Gegend und dem Wald vertraut. Au revoir!«

»Au revoir«, antworteten die drei einstimmig, und schon saßen sie im Rover und verließen Aubusson in westlicher Richtung, um an der nächsten Kreuzung südlich abzubiegen, nach Felletin, ihren vorerst letzten Ansteuerungspunkt.

Nach einem kurzen Zwischenstopp auf einem Parkplatz, wo sie sich zügig umgezogen hatten, waren sie nun nicht mehr von französischen Waldarbeitern zu unterscheiden.

Sie fuhren wieder eine kleine Weile mit dem Allradler und erreichten dann den bekannten Waldweg, fuhren ihn unbehelligt entlang, bis sie die

Stelle erreicht hatten, wo sie aus dem Wald getreten waren. Dort stoppte Sundström den Land Rover.

»Bon.« Checkter machte eine Handbewegung, womit er Hagos und Sundström zu sich beorderte.

»Wir werden uns hier zur Tarnung kurz niederlassen. Mogens, du beobachtest gründlich die Umgebung, ob sich hier etwas Ungewöhnliches tut. Abiel und ich laden das Werkzeug aus und legen es schön dekorativ neben unser Auto, für den ersten Blick. Sobald Mogens uns das Zeichen gibt, werden wir blitzschnell die Kisten verladen und verschwinden. Alles gebongt?«

Hagos und Sundström nickten verstehend.

Sundström nahm sein Fernglas und tat sich scheinbar gelangweilt in der näheren Umgebung um.

Ihre Handfeuerwaffen trugen sie durchgeladen und griffbereit am Mann.

Wie erwartet hörten Hagos und Checkter nach einiger Zeit einen bekannten tierischen Laut, ihr Zeichen für den Beginn des Starts zum Verladen der Boxen.

Vorerst war die Luft rein, keine Personen in Sicht!

In Windeseile verluden die beiden gut durchtrainierten Männer die fünf verbliebenen Aluminiumkisten und dazu den doppelseitigen Leinensack mit der losen Ware aus der geplatzten Box.

Alles in allem ein äußerst wertvoller Inhalt.

Nachdem die Boxen und der Sack in dem Doppelboden des Rovers verschwunden waren, wurden alle noch vorhandenen Hohlräume mit Lappen ausgestopft, die lose über die Sichtkante gehängt wurden, danach wurden die beiden kleinen Türen des Doppelbodens verschlossen.

Und sollte der Doppelboden doch geöffnet werden, so sah man nur alte Klamotten, Tücher.

Eben ein Doppelboden mit altem Kram, sonst nichts.

Die drei hatten sich gerade dazu entschlossen, nachdem sie nun alles zu ihrer Zufriedenheit erledigt hatten, das Auto zu starten, als plötzlich wie aus dem Nichts zwei Soldaten vor ihnen standen.

»Hallo, Bonjour Monsieurs, was treibt Sie an diesem schönen Morgen in diese Gegend?«

Der Soldat hatte natürlich recht, ein wunderbarer Morgen, es war bereits angenehm warm, keine Wolke am Himmel, und die Sonnenstrahlen brachen sich noch im letzten Morgentau auf den Blättern der Bäume.

Und dann setzte er nach: »Besteht die Möglichkeit, dass Sie sich ausweisen könnten?«

Checkter lächelte zuvorkommend, verbindlich. *Immer nett und freundlich bleiben, alles ist gut!*

Er überreichte dem Soldaten die von ihm geforderten Papiere.

Flüchtig überflog der Ranghöhere die Ausweise und die Erlaubnis und gab sie zurück.

»Bon, passt alles. Es ist besser für euch, wenn ihr jetzt zügig verschwindet, wir müssen hier wegen eines Unfalls alles weiträumig absperren. Sobald ihr eure Pause beendet habt: Abmarsch! Okay?«

»Ja, selbstverständlich, alles geregelt!«

Hagos blickte mit halbgeschlossenen Augenlidern zu den beiden Soldaten, aufs Höchste angespannt und jederzeit bereit, sofort zu reagieren. *Was für arrogante Arschlöscher, ein Glück, dass wir alles schon so schnell erledigen konnten, ohne dass die Pappnasen etwas mitbekommen haben.*

Die Lage entspannte sich, als Checkter, Hagos und Sundström sich in den Land Rover setzten. Sie winkten den Soldaten noch freundlich zu und entfernten sich in einer kleinen Staubwolke, Richtung Landstraße, weiter nach Felletin.

»Wir fahren jetzt zurück nach Aubusson, checken aus. So hinterlassen wir die geringsten Spuren. Danach werden wir uns auf die D-941 begeben, um da an einer Raststätte zu stoppen, und dort werden wir unser weiteres Vorgehen ausführlich besprechen.«

»Endlich!« Hagos und Sundström atmeten tief, aber erleichtert aus. »Endlich lässt du die Katze aus dem Sack. Ich kann mit dieser blöden Ungewissheit eigentlich nicht so gut umgehen, und das weißt du!« Hagos blickte Checkter vorwurfsvoll auf den Hinterkopf.

Daraufhin drehte er sich auf dem Beifahrersitz herum.

»Ach Abiel«, grinste er mal wieder, »immer schön locker bleiben, noch haben wir doch alles im Griff, oder?«

»Okay, wenn du meinst, dann mach!«

Kurze Zeit später war Aubusson für die drei bereits Geschichte.

Ihre Hotelzimmer hatten sie noch komplett gesäubert und alles mit Baumwolltüchern abgewischt.

Sie folgten mit ihrem voll beladenem Rover auf der D-941, und kurz hinter La Goutelle hielten sie an einem netten, kleinen Landgasthaus und nahmen an einem etwas abseits stehenden Tisch Platz.

Die Kellnerin kam und sie gaben ihre Bestellungen auf.

»Also«, begann Checkter bedächtig, und sein wettergegerbtes Gesicht, im Augenblick noch leicht entstellt von den kleinen Schnittwunden, wies nun auch noch Sorgenfalten auf. »Also«, wiederholte er, »wir wollen hier nicht lange resümieren, sondern wir sollten ganz konkret nach vorn blicken. Zuerst einmal, Colin und Ronaldo sind tot, nichts zu machen, unabänderlich. Es tut mir in der Seele weh, das könnt ihr mir glauben. Weiter, ich habe noch nicht mit unserem Auftraggeber gesprochen, er ist also über den Absturz von uns noch nicht informiert. Der hat so gute Verbindungen, schätze ich mal, der ist über unsere Bruchlandung längst ausführlich unterrichtet worden.«

Sundström unterbrach Checkter durch eine kurze Handbewegung: »Clint, wir haben bis jetzt jeden Job zur Zufriedenheit unserer Auftraggeber immer zu Ende gebracht! Was hast du also jetzt vor? Warum hast du ihn noch nicht angerufen und ihn über den Stand der Dinge informiert?«

»Ich habe eine bessere Idee, die funktioniert nur, wenn ihr beiden mir hundertprozentig zur Seite steht! Dass schon einige Leute auf unseren Fersen sind und etwas von dem dicken Happen im Rover abhaben möchten, das ist euch beiden doch wohl klar?«

»Du kennst uns lange genug und weißt ganz genau, dass wir nicht dämlich sind, und wir sind uns auch vollkommen im Klaren darüber, welcher Gefahr wir uns aussetzen!« Leidenschaftslos hatte Hagos die Worte von sich gegeben. »Was willst du uns nun eigentlich sagen, Clint?«

»Folgendes, ich rufe jetzt in Antwerpen an und informiere Mister X über unseren Absturz, und danach reden wir über unsere weitere Vorgehensweise, angepasst an die augenblickliche Situation. Okay?«

Beide nickten verhalten zustimmend, nur Sundström meinte noch: »Mach man, wir werden sehen!«

Er schickte Checkter noch einen langen Blick nach, als dieser zum Telefon ging, danach herrschte tiefes Schweigen am Tisch.

Hagos und Sundström hingen immer noch ihren Gedanken nach, als Checkter zu ihnen an den Tisch zurückkehrte, allerdings war sein Gesichtsausdruck noch etwas ernster als zuvor.

Er wirkte irgendwie verstimmt.

Ohne große Umschweife kam er direkt zum Punkt.

»Es ist also schon so, wie ich es angedeutet habe, wir haben ein Team auf den Socken! Was ich soeben herausgehört habe, so hat unser Auftraggeber ein sogenanntes ›HELFERTEAM‹ gekauft, angeblich bestehend aus zwei Mann, und losgeschickt, um uns ausfindig zu machen und um uns zu unterstützen!«

»Er traut uns nicht und will uns eliminieren lassen.«

Sundström und Hagos blieben ganz relaxt.

»Du hast dem Kerl doch wohl nicht unseren jetzigen Aufenthaltsort verraten? Oder doch?«

Hagos blickte Checkter mit halb geschlossenen Augen an, und eine gewisse Verschlagenheit konnte er nun nicht verleugnen.

»Sag mal, hackt das bei euch? Für wie meschugge haltet ihr mich überhaupt? Nein, natürlich nicht. Er war schon im Bilde, wusste vom Absturz der Maschine hier und auch, dass die Polizei einige Rohdiamanten in der zerstörten Maschine gefunden hatte.«

»Und, was machen wir jetzt? Vorschlag?«

Sundström, sonst die Ruhe in Person, blickte nun unruhig von Hagos zu Checkter und wieder von Checkter zu Hagos.

»Nun sag schon endlich was!«

Checkter klemmte sich in aller Ruhe eine Zigarette zwischen seine schmalen Lippen, zündete sie an und sog den Rauch tief in die Lungen.

Und dann grinste er, so weit sein derangiertes Gesicht es zuließ: »Und nun, meine Herren, tritt Plan B in Kraft! Denn wir machen etwas, was wir bisher noch nie gemacht haben, und das kann ich euch sagen, das wird eine ganz harte Nummer, darüber müsst ihr euch im Klaren sein! Wir verticken die komplette Beute auf eigene Rechnung!«

Der letzte Satz schlug bei Hagos und Sundström ein wie eine Bombe.

»Waaas? Wie willst du das denn machen? Die komplette Unterwelt aller Herren Länder wird uns jagen wie räudige Hunde! Den Anfang haben ja schon zwei gemacht, deine Worte!«

»Abiel, nun bleib doch mal ganz ruhig, oder hast du Angst, deinen 39. Geburtstag nicht mehr zu erleben? Dass das kein Kaffeekränzchen wird, ist schon mal klar. Wir sind doch alle zusammen schon durch genug Höllen gegangen, willst du nicht endlich in Ruhe leben, ohne immer über die Schulter blicken zu müssen?«

»Hör doch auf, das widerspricht sich doch alles. Oder aber bring endlich mal Fakten auf den Tisch und hör endlich auf mit dem Geseier!«

Hagos war nun doch leicht aus der Fasson geraten und knetete nervös seine kleinen, kräftigen braunen Hände.

Checkter blickte Sundström und Hagos, seine beiden alten Vertrauten, man konnte schon fast Freunde sagen, ernst an, aber nicht irgendwie sauer.

»So Leute, jetzt hört zu, ich habe folgenden Plan!«

In kurzen Worten erläuterte er den bevorstehenden Abstecher nach Clermont-Ferrand, einige wichtige Telefonate mit seinem ehemaligen Dienst in Deutschland, Standort Sennelager, und weitere Telefonate mit seinem Kontakt in Istanbul.

All das sollte nun in Clermont-Ferrand durchgeführt und der weitere, sichere Weg geregelt werden.

Nachdem alles besprochen war und sich auch alle wieder beruhigt hatten, setzten sie ihre Fahrt fort, fuhren in Richtung Clermont-Ferrand.

In der Stadt angekommen, bezogen sie Zimmer in einer kleinen Pension in der Rue Breschet.

Hier hatten sie wohlweislich darauf geachtet, in nächster Nähe einer Schnellstraße, des Boulevard Lafayette, zu bleiben, um im Notfall ziemlich zügig die Stadt verlassen zu können.

Von der Pension aus hatte Sundström eine einzelne, gut verschließbare Garage gemietet, wo sie ihren Land Rover abstellen konnten.

Gut rückwärts eingeparkt, mit der hinteren Stoßstange stramm bis an die Rückwand der Garage. So hatte vorerst niemand die Chance, die Heckklappe zu öffnen. Alles safe.

Ein stabiles Hochdruckgebiet über Südfrankreich sorgte weiterhin für herrlich warmes Sommerwetter.

Was sie aber nicht davon abhielt, wieder ihre mit der Walther bestückten Schulterhalfter direkt am Körper unter ihrer locker-legeren Sommerbekleidung zu tragen.

In der Pension hatten sie sich ein größeres Gemeinschaftszimmer gemietet. Es gab nur eins.

»Sag mal, Clint«, begann Hagos, nachdem sie das Zimmer einigermaßen nach ihrem Bedarf umgestellt und auch ein zweites Telefon erhalten hatten, »wäre es für uns nicht eine Option, zuerst einmal nach Norddeutschland zu gehen? Dort ist alles ruhig, die dortigen Sturköppe sind ja ziemlich konservativ, und außerdem leben in Hamburg-Bergedorf einige meiner Landsleute. Auch alle aus meiner Gegend in Eritrea.«

»Mmmmh, könnte man ja mal drüber nachdenken.« Checkter blinzelte. »Hamburg wäre nicht so schlecht, hat gute und schnelle Verbindungen in alle Richtungen. Mogens, was ist mit dir, hast du auch noch einen Vorschlag?«

»Na, meine Meinung sollte euch doch wohl bestens bekannt sein, ich würde am liebsten in den tiefsten schwedischen Wäldern sein, aber das ist natürlich nicht die Lösung. Ich habe aber noch irgendetwas im Hinterkopf. Mir fiel nämlich soeben ein, dass deine Ehemaligen, die SAS und auch MI 6, früher immer in Hamburg oder Umgebung einige sichere Häuser in petto hatten!«

Blitzschnell zuckten, ein Zeichen von höchster Konzentriertheit, Checkters Augenbrauen in die Höhe.

»Sieh an, Mogens, da hast du aber ordentlich das Ohr an der Heizung gehabt und gelauscht, was? Tja, vor etlichen Jahren war das noch so, aber ob heute so etwas noch Bestand hat, wer weiß? Aber ein guter Denkanstoß. Okay, ich muss telefonieren!«

Checkter drehte sich um und griff zum Telefonhörer, und gleichzeitig betätigte er seiner anderen Hand die Wählscheibe des Telefons.

Nach geraumer Zeit kehrte wieder Ruhe im Zimmer ein, auch Hagos hatte mittlerweile einige Telefonate geführt.

Nachdem auch Checkter alle seiner Meinung nach wichtigen Gespräche geführt und beendet hatte, setzten die drei sich zusammen.

»So weit, so gut. Wir müssen noch mindestens bis morgen Mittag hier im Ort verharren, obwohl ich befürchte«, wobei er sich nachdenklich sein unrasiertes Kinn kratzte, »dass das sogenannte ›Helferteam‹ bereits in Aubusson sein könnte, also ziemlich nah. Morgen Vormittag erhalten wir Abbildungen von sogenannten Kopfgeldjägern, Bilder von Personen, die alle in diesem Metier arbeiten. Vielleicht hilft uns das ja etwas weiter, auf alle Fälle müssen wir von nun an äußerst umsichtig vorgehen und immer auf der Hut sein. Von einem Freund in Sennelager habe ich erfahren, dass in Hamburg-Bergedorf zwei absolut sichere Häuser sind. Eines ist seit circa einem Jahr nicht mehr benutzt worden, das werden wir beziehen. Ist alles schon gebongt! Es sei denn, Abiel, du willst ein paar Tage bei und mit deinem Clan verbringen und dort wohnen.«

»Ja, würde ich schrecklich gern. Nur, lasst uns erst einmal die Situation vor Ort abchecken, dann kann ich mich ja immer noch entscheiden.« Und bescheiden setzte er hinzu: »Na, so dicke ist die Freundschaft ja nun auch wieder nicht, man kennt sich.«

»Hallo, noch etwas.« Checkter versuchte, noch einmal die Aufmerksamkeit von Hagos und Sundström auf sich zu lenken. »Der Türke bietet uns neunzig Millionen US-Dollar für das komplette Paket!«

»Wooow, damit lässt sich aber gut neu durchstarten, auf alle Fälle langt es, um für eine ganze Weile unterzutauchen!«

»Wir bekommen drei Millionen US-Dollar Anzahlung in bar, der Rest wird auf Konten unserer Wahl auf den Cayman Islands überwiesen. Die Übergabe erfolgt zur Hälfte, sobald die Bestätigung von den Caymans eingetroffen ist, erhält er den Rest. Bis dahin gilt es vielleicht, noch einige fette Hindernisse zu umschiffen!«

»Okay, nun lasst uns unters Volk gehen und noch wenigstens einmal richtig französisch essen gehen, denn in Aubusson war das doch wohl nicht so der Bringer.«

Der Vorschlag von Sundström stieß bei Checkter und Hagos sofort auf offene Ohren, und so begaben sich die drei nach draußen, um sich eine vernünftige Lokalität zu suchen.

Nicht allzu weit entfernt von ihrer Pension, in der 5 Rue sous le Augustes, fanden sie auch recht schnell ein nettes Lokal, das Lecture les Augustes.

Dort machten sie es sich auf der Terrasse, mit der Hauswand des Lokals im Rücken, die Straße und deren Umgebung voll im Blick, bequem.

Das Restaurant war gut besucht, und an den Nachbartischen tummelten sich bunt gemischt viele junge Leute, aber auch einige reifere Semester weilten unter den anwesenden Gästen.

Checkter und Hagos hatten das komplette Areal einen kurzen Augenblick lang abschätzend beobachtet und dabei nichts Auffälliges bemerkt, als Checkters Blick auf eine zierliche Blondine fiel, die einige Meter von ihnen entfernt mit einer weiteren jungen Dame am Tisch saß und ihren Rotwein in der warmen Abendsonne genoss.

Oh damn, was für eine schöne Frau. Die wäre noch was für mich, mit der könnte ich es aushalten, glaube ich. Für sie würde ich auch mein jetziges Leben aufgeben.

Doch dann schüttelte er vehement seinen Kopf. Hagos und Sundström blickten ihn überrascht an.

Mannomann, was für ein Blödsinn schießt mir hier denn plötzlich in die Birne? Und wieder schüttelte er den Kopf.

Auch Nicole Moldenhauer, so hieß die kleine, zierliche Blondine, hatte aufgesehen, und für einen kurzen Augenblick hatten sich ihre Blicke getroffen, und ein wohliges Gefühl durchströmte sie.

O je, welch ein Mann, es läuft mir heiß den Rücken hinunter!

Und um sich nichts anmerken zu lassen, begann sie spontan eine Unterhaltung mit ihrer Freundin, Ursula Mohns, die mit ihr am Tisch saß, über eine ihrer Wandertouren rund um Clermont-Ferrand, die sie angedacht hatten.

Aber ihre Gedanken wanderten immer wieder zu dem stattlichen Mittvierziger mit dem zerschundenen Gesicht, der ihr gegenüber am Nachbartisch saß.

Sieh ihn nicht an, nicht hinsehen! Wenn sich unsere Blicke treffen, werde ich bestimmt rot und verlegen!

Nur noch zwei Tage Urlaub.

PK 42 Hamburg-Billstedt

In einem alten, muffigen Büroraum des Kommissariats 42 in Hamburg-Billstedt, unter anderem auch zuständig für den Bereich Hamburg-Bergedorf, saßen sich Hauptkommissar Karl Moldenhauer, ein 1,75 Meter großer, knurriger Endfünfziger, sowie sein Freund und Kollege, Polizeiobermeister Charly Bencken, ein drahtiger Mittfünfziger, gegenüber.

Bencken fuhr sich mit der linken Hand gedankenverloren durch das volle, dunkle Haar und blickte dabei zu seinem Kollegen hinüber.

»Sag mal, Karl«, begann er, »macht Nicole nicht gerade Urlaub in Südfrankreich?«

»Ja, sie ist mit Uschi in Clermont-Ferrand zum Wandern. Weshalb? Ist irgendwas?«

»Nö, nö, nur so. Hab da gerade eine Nachricht auf den Tisch bekommen, irgendwo dort in der Nähe ist ein unbekannter Flieger abgeschmiert, unter bisher ungeklärten Umständen. Wenn es dich interessiert, kann ich dir den Bericht ja mal holen, dann liest du ihn dir am besten selbst durch. Hier ist ja im Augenblick nicht so viel los.«

Kurze Zeit später lag die Nachricht vor Moldenhauer auf der alten, abgeschabten braunen Schreibtischplatte.

Moldenhauer vertiefte sich augenblicklich in den Bericht der Interpol.

Als er nach einiger Zeit damit durch war, hatte er nur noch einen Gedanken im Kopf, er musste unverzüglich seine Tochter Nicole kontaktieren. Er machte sich ein klein wenig Sorgen um seine Tochter.

Sofort ließ er sich mit ihrem Hotel in Clermont-Ferrand verbinden und hinterließ eine Nachricht mit der Bitte um sofortigen Rückruf.

Einige Zeit später läutete das Telefon auf dem Schreibtisch von Hauptkommissar Moldenhauer, am anderen Ende der Leitung war seine Nicole.

»Hallo Vater, geht es dir gut? Was gibt es denn so Wichtiges, dass du mich hier im Urlaub anrufst?«

Nicole war äußerst erstaunt über den merkwürdigenden Anruf ihres Vaters und dessen Sorge.

War etwas Schlimmeres passiert?

»Hör mal, mein Kind, ich lese hier soeben einen Bericht über den Absturz einer ehemaligen Militärmaschine. Ist das ganz in eurer Nähe, und ist euch etwas geschehen?«

»Vadder, ich verstehe dich nicht ganz. Wo du auch immer hindenkst. Pass du man lieber etwas besser auf deine eigene Gesundheit auf. Aber nein, bei uns ist alles in Ordnung, und wir befinden uns etliche Kilometer von dem Unglücksort entfernt. Laut den Pressemitteilungen ist dort alles vom Militär und der Polizei abgeriegelt. Aber das muss ich dir sicherlich nicht erzählen, das hast du gewiss schon in irgendeinem internen Bericht nachgelesen. Ach, wo ich dich gerade an der Strippe habe, habe hier einen ganz netten, reiferen, gut aussehenden Mann kennengelernt.

Man kann ja auch mal etwas übertreiben.

Ich muss nun Schluss machen, alles Weitere in zwei Tagen zu Hause.«

»Ja, in Ordnung. Gebt Acht auf euch und seid immer schön vorsichtig.«

»Okay, bis bald, tschüss!«

Und schon lag der Hörer auf der Telefongabel.

Nachdenklich legte Moldenhauer ebenfalls seinen Hörer aus der Hand.

Jetzt hat sie schon wieder irgendeinen Kerl kennengelernt. Na, das bleibt im Urlaub wohl nicht aus. Ich hasse Urlaubsbekanntschaften mit dem ewigen Sonntagsgesicht!

»Hallo Karl? Was ist, alles in Ordnung mit den beiden?«

Bencken hatte im Gesicht seines Kollegen etliche tiefe Sorgenfalten ausgemacht, nachdem er das Gespräch beendet hatte. Er wusste nur zu gut, was das zu bedeuten hatte, er kannte ihn lange genug.

»Ach was, nichts los. Sie hat mal wieder so einen Kerl kennengelernt, und sie hörte sich wieder verliebt an.«

»Mensch Karl, mach dir doch bloß nicht immer solch einen Kopp! Das Mädel ist Mitte 20, du musst ihr aber auch mal etwas zugestehen, und lass mal etwas los!«

Seit vor zwei Jahren Moldenhauers Frau verstorben war, hatte er sich einmal mehr intensiver um Nicole gekümmert und war dabei ab und an auch übers Ziel hinausgeschossen.

»Ja, Charly, vielleicht sehe ich auch schon wieder weiße Mäuse.«

»Tja, so ist das ja leider ab und zu bei dir. Ich habe hier etwas, das wird dich bestimmt etwas ablenken, unser alter Bekannter, der dämliche Kuno, hat sich mal wieder bei einem Einbruch schnappen lassen.«

Mit einem satten Klatschen landete der Akt des Vorganges genau zwischen den Händen Moldenhauers vor ihm auf seiner Schreibtischplatte.

Aufbruch

Nicole war im Moment so übernervös und aufgeregt, wie in einem wohligen Dämmerzustand, wobei sie urplötzlich ihre Handtasche vom Tisch stieß und diese vor ihren Füßen zum Liegen kam.

Blitzschnell war Checkter aufgesprungen, hob die Handtasche auf und legte sie vor Nicole auf den Tisch, mit hochrotem Gesicht bedankte sie sich, und wie aus einer Eingebung heraus fragte sie Checkter: »Möchten Sie nicht einen Augenblick an unserem Tisch Platz nehmen?«

»Sehr gern, wenn es Ihrer Bekannten«, dabei nickte er Ursula Mohns freundlich zu, »und Ihnen nichts ausmacht.«

»Nein, das glaube ich nicht. Außerdem ist sie nicht meine Bekannte, sondern meine beste Freundin!«

Checkter stellte sich höflich als Clifford Sounds vor.

Nachdem sie sich eine Kleinigkeit bestellt hatten, bemerkte die scharfsinnige Nicole mitleidsvoll und neugierig: »Sagen Sie mal, Herr Sounds, Ihr Gesicht weißt ja etliche kleine Schnitte und Risse auf? Wie kommt man dazu, hatten Sie einen Unfall?«

Checkter war auf der Hut, reagierte aber sofort: »Tja, war bei einer Wanderung etwas tollpatschig, bin abgerutscht und in einem dichten, deftigen Dornenbusch gelandet«, um dann plötzlich verschmitzt lächelnd zu gestehen: »Normalerweise passiert mir so etwas nie!«

Woraufhin alle drei laut zu lachen begannen.

Am Nachbartisch stieß Hagos Sundström an.

»Siehst du, was ich sehe? Was treibt Clint da mit den beiden Hühnern? Ich kriege das mit dem Kerl bald nicht mehr gebacken! Verstehe einer die Engländer.«

»Mensch, Abiel, nun bleib doch mal geschmeidig. Wir arbeiten schon so lange zusammen, da müsstest du doch am besten wissen, dass alles, was er macht, einen tieferen Sinn hat.«

Und nachdenklich setzte er hinzu: »Und auch wenn er sich hier verlieben sollte?!«

»Ist ja schon gut, Sundström. Dann lass uns man lieber die Umgebung checken und alles weiter gut im Auge behalten, wenn er so stark abgelenkt ist. Vielleicht treibt sich ja irgendwelches Gesindel herum, das es auf uns abgesehen hat. Entschuldige Mogens, ich müsste mal zum WC. Halte die Augen offen.«

Hagos stand auf und verschwand in den Räumen der Bar.

In der Toilette näherte er sich soeben einem Urinal, als sich von der Seite her Schritte näherten, er warf einen Blick in einen der Wandspiegel und erblickte hinter sich eine wilde, bedrohlich wirkende Gestalt. Instinktiv trat er einen Schritt zur Seite, riss seine Walther aus Schulterhalfter und presste den Lauf der Waffe dem Fremden mit aller Gewalt gegen dessen Hals, dabei zischte er wie eine im höchsten Grade erregte Schlange: »Was ist los mit dir, mein Freund? Willst du was von mir?«

Die wilde Gestalt verharrte stocksteif und starrte ihn mit riesengroßen, angsterfüllten, weit aufgerissenen Augen an.

Doch er brachte in dieser extremen Situation nicht ein Wort über seine merkwürdig blutleeren Lippen.

Hagos verstärkte noch einmal leicht den Druck seiner Waffe und wiederholte leise, aber sehr deutlich seine Frage.

Daraufhin lispelte der Fremde, immer noch total verängstigt und zu Tode erschrocken: »Ich, ich … wollte doch nur pinkeln.«

Langsam senkte Hagos die Waffe, immer noch in Alarmbereitschaft, sah sich dann aber den Toilettengänger neben ihn genauer an sowie dessen Hose.

»Na, ich glaube, das mit dem Pinkeln hat sich für dich bereits erledigt. Sieh zu, dass du dich vom Acker machst, aber zügig!«

Der Fremde machte augenblicklich eine Kehrtwende um 180 Grad und verließ im Laufschritt das WC.

Hagos schlug in aller Ruhe sein Wasser ab, ohne sich auch nur noch einmal umzudrehen.

Ich muss aufpassen, bin schon leicht nervös, so etwas darf mir normalerweise nicht passieren. Merde!, versuchte er, sein Agieren gedanklich zu ordnen.

Am Tag zuvor in der Cocotaco Mine in Angola.

Nach einer äußert rasanten Fahrt erreichten Smith und Liffers die Mine.

Unangefochten und ohne besondere Vorkommnisse war die sehr riskante Rückfahrt von der Hochebene verlaufen.

Wieder auf dem Minengelände, wurden sie ohne Zeitverzug sofort in die Zentrale begleitet.

Stumm wies ein dunkelhäutiger Bediensteter auf das Telefon, augenblicklich war die Verbindung mit Antwerpen wieder hergestellt.

Der Auftraggeber Smith' kam ohne Umschweife zum Thema: »Wir haben erfahren, dass ein Flugzeug in der Nähe von Felletin, in Südfrankreich, in einer Waldschneise notgelandet ist und dabei komplett zerstört wurde. Es wurden in der Maschine einige wenige Rohdiamanten gefunden und zwei Tote. Ein Flug für Sie und Ihren Partner nach Frankreich ist bereits gebucht. Beeilen Sie sich, ich erwarte Ergebnisse!«

Damit war das kurze, überaus wichtige Gespräch abrupt beendet worden.

Die Flüge waren perfekt organisiert, und am späten Abend kamen beide nach einem Umsteiger am Aéroport Marseille Provence in Limoges an.

Ohne Zeitverzögerung bestiegen sie den bereitstehenden Mietwagen, und Minuten später waren sie in Richtung Aubusson-Felletin unterwegs.

Smith hatte inzwischen mit der CIA-Zentrale in Frankreich gesprochen und seinen ehemaligen Dienst um Hilfe gebeten, aufgrund eines bestimmten Code-Wortes wurde ihm sofort Hilfe zugesagt.

Er war zuversichtlich, dass alles, was dort er angefragt hatte, zu seiner Zufriedenheit erledigt werden würde.

Sie fuhren die Nacht durch, und in aller Frühe erreichten sie Aubusson, sie hatten im Flieger etwas schlafen können, es reichte aus.

In Aubusson herrschte im ganzen Ort mittlerweile ein wenig Unruhe, weil aufgrund des Absturzes in der Nähe etliche Presseleute angereist waren und sich im Ort breitgemacht hatten.

»So, James, und nun?«

Liffers blickte Smith an, und sein grobflächiges Bulldoggengesicht wirkte unter seiner Glatze noch faltiger und ratloser als sonst.

»Ganz einfach, wo erfährt man am meisten?«

Smith lächelte sein schönstes Lächeln, hintergründig, und sein Gesicht wirkte vollkommen gelöst.

»Natürlich im Bistro, du Pfeife, ich dachte immer, du bist ein Franzmann?«

Doch sofort wieder nachdenklich: »Hoffentlich bereue ich es nicht eines Tages, dass ich dich zu meinem Partner gemacht habe.«

Der hoch aufgeschossene, kräftige Körper von Liffers spannte sich kurzzeitig. So etwas hatte Liffers schon oft gehört, dann war aber auch schon wieder alles im grünen Bereich.

Relaxt.

»Na, denn man los!«

Sie parkten ihren Citroën genau vor dem Bistro.

Das Bistro wirkte sehr einladend, recht gemütlich.

Der vordere Teil wurde von einem langen Tresen dominiert, vor dem sehr viele Barhocker aufgereiht waren. Im linken hinteren Bereich, auf dem Weg zu den Sanitärräumen, standen einige wenige Tische mit jeweils vier Stühlen.

Die Wände waren mehr oder weniger mit Bildern oder Zierrat aus der Region bestückt.

Als Smith und Liffers das Bistro betraten, blickten einige der frühen Gäste kurz auf, beschäftigten sich aber umgehend wieder mit ihrem Kaffee oder Frühstück.

Die beiden setzten sich auf zwei freie Barhocker am Tresen und bestellten sich ein Frühstück.

Nachdem die Bedienung den dampfenden, tiefschwarzen Kaffee vor ihnen abgestellt hatte, lächelte Liffers die Dame, sie musste so Ende 30 sein, und in ihrem Gesicht hatten sich schon tiefe Spuren eines bewegten Lebens eingegraben, charmant an.

»Sagen Sie, meine Liebe, sind Ihnen hier im Ort in den letzten Tagen Fremde, Touristen oder Durchreisende aufgefallen?«

Sie blickte Liffers abschätzend an, und was aus ihrer Perspektive von seinem Körper zu sehen war, dieser kräftige, durchtrainierte Oberkörper mit dem Bulldoggengesicht und der Glatze, schien ihr zuzusagen, also setzte sie ihr schönstes Lächeln auf und antwortete ruhig: »Seit dem Flugzeugabsturz ist hier echt die Hölle los. Wir arbeiten nur noch und kommen kaum dazu, eine Pause zu machen oder auch nur mal zu quatschen. So gut wie keine Gelegenheit. Und zum Leuteanschauen schon gar nicht mehr. Aber ... warten Sie ... gestern ... da tauchten hier plötzlich ...«

Gleichzeitig kreuzten sich die Blicke von Liffers und Smith: Das musste der Tag nach dem Absturz gewesen sein!

»Na, Süße, was war gestern?«

Liffers machte das freundlichste Gesicht, welches ihm mit seinem Bulldoggengesicht möglich war, er entwickelte sich regelrecht zu einem Charmeur.

Dann fuhr die Dame hinter dem Tresen bereitwillig fort: »Ja, da tauchten hier drei Männer auf, aber das waren Waldarbeiter aus England. So wie ich hörte, machen die hier bei unserer Forstwirtschaft ein Praktikum.«

Liffers erschien einen Augenblick nachdenklich, irgendwie ungläubig.

Er trank noch einen ordentlichen Schluck Kaffee, um ihr dann noch eine weitere Frage zu stellen.

»Sie sagten, drei Männer aus England, Forstpraktikanten?«

»Ja, wenn ich es Ihnen doch sage!«

Schnippisch wandte sie sich ab, wobei sie noch im Weggang ein paar Worte von sich gab: »Ich habe hier noch mehr Gäste zu versorgen!«

Es sollte keine Entschuldigung sein, aber das Ende des Gesprächs.

»Scheiße!« Smith blickte Liffers stinkig an. »Du bist mir ja ein toller Diplomat, hättest du das nicht mit etwas mehr Schmalz machen können?«

Liffers blieb still, antwortete daraufhin nichts.

»Nun Claude, be nice, geh noch einmal auf die Bedienung zu und befrage sie nach Möglichkeit zu den einzelnen Personen.«

Widerwillig stand Liffers auf und ging den verhältnismäßig langen Tresen entlang, an dessen Ende die Dame nun an der Kasse stand.

»Entschuldigen Sie bitte, wenn ich Sie genervt habe, aber könnten Sie mir vielleicht nicht doch noch etwas zu den einzelnen Personen erzählen?«

Er bot allen Charme auf, der ihm zur Verfügung stand, und wuchs dabei fast über sich hinaus, scheinbar gnädig drehte die Angestellte sich um.

»Fahrt mal zur Forstpräfektur, dort wird man euch sicherlich eine zufriedenstellende Auskunft über die Männer geben können.«

Liffers verabschiedete sich überfreundlich: »Vielen herzlichen Dank, meine Verehrteste!«

Liffers erzählte Smith, was sie ihm gesagt hatte, und kurze Zeit später hatten die beiden das gemütliche Bistro bereits wieder verlassen.

Auf dem Parkplatz davor blickte Smith sich noch einmal um. Sein konzentrierter Blick wanderte die Straße hinauf und hinunter, auch zu den gegenüberliegenden Häusern, er konnte nichts Auffälliges entdecken, was seinen Jagdinstinkt weiter anstachelte.

Smith startete den Citroën, und Liffers holte das Kartenmaterial aus dem Handschuhfach, um Smith den Weg zur Forstpräfektur zu beschreiben.

Auf dem Weg dorthin hatte Smith eine Idee.

»Claude, wir knicken den Besuch bei den Forstleuten vorerst und fahren direkt zur Gendarmerie, damit wir zuerst einmal den Flieger und die Absturzstelle in Augenschein nehmen können.«

Kurzerhand wählten sie einen neuen Weg und folgten der Ausschilderung zur ortsansässigen Polizeiwache.

Auf der Wache ging alles formlos vonstatten, nachdem sie sich als Interpol-Beamte ausgewiesen hatten, stellte man ihnen eine Begleitung zur Seite, die sie in das Absturzgebiet brachte.

An der Absturzstelle sah es immer noch wüst und chaotisch aus.

Smith und Liffers ließen sich die bisher erstellten Protokolle aushändigen und überflogen sie kurz. Ihr Hauptinteresse galt natürlich den Resten der Maschine, den verbliebenen Fragmenten des Transporters.

Überall auf dem Gelände wuselte immer noch Polizei und Militär herum.

Liffers und Smith gingen, systematisch suchend, durch die Waldschneise, immer wieder einzelnen Trümmerstücken ausweichend. Schließlich standen sie vor den verbliebenen Resten des Rumpfes und stiegen hinein.

Hoch konzentriert suchte Smith den Laderaum ab. Viel war davon nicht mehr erhalten geblieben, allerdings waren die beiden riesigen Zusatztanks herausgerissen worden und lagen einige Meter hinter dem Wrack.

Er stieß mit dem Fuß dagegen. Klong, klong,

Ein total hohles Geräusch überzeugte ihn davon, dass die Tanks ziemlich leer waren.

»Hatte ich also die richtige Vermutung, fette Zusatztanks! Ich hätte mir auch nicht vorstellen können, dass sie die Möglichkeit des Landens und Tankens ins Auge gefasst hatten. Ohne dem konnte die ganze Chose nicht laufen!«

Smith sah sich und seine Verdächtigungen bestätigt, blickte zurück zu den Resten des Fliegers, wo irgendwelche zerbrochene Glasteile in der vormittäglichen Sommersonne glitzerten.

Er bückte sich, nahm sie auf, und plötzlich erschien in seinen Augen ein gieriger Glanz.

Rohdiamanten, keine Glassplitter!

Ohne auch nur mit der Wimper zu zucken, ließ er die soeben gefundenen drei Diamanten in seiner Sakkotasche verschwinden.

Nach einer weiteren Weile des Suchens, aber ohne sichtbare Erfolge und nach einer Rekonstruktion des Absturzes, meinte Liffers: »James, ich glaube, es ist an der Zeit zum Gehen. Hier sind wir durch.«

Zustimmend nickte Smith, und somit begaben sich beide zu dem geparkten Citroën.

Irgendwie verloren blieb ihre uniformierte Begleitung zurück.

Nach kurzer Wegstrecke stoppte Smith das Fahrzeug vor dem Verwaltungsgebäude der Forstwirtschaft.

Ohne Verzögerung wurden sie beim obersten Forstverwalter vorstellig.

»Natürlich«, bestätigte er die Frage von Liffers bezüglich der drei Praktikanten, »die waren schon hier und sind bereits seit einigen Stunden im Forst unterwegs. Sie haben eine Flurkarte erhalten und machen sich mit ihrem neuen Betätigungsfeld vertraut.«

Der Nachsatz ließ Smith und Liffers aufhorchen.

»Sind die drei denn im Besitz einer Sondergenehmigung, mit der sie jederzeit die Sperrzone rund um das abgestürzte Flugzeug betreten dürfen?«

Woraufhin der Forstverwalter freundlich bestätigend nickte.

Smith und Liffers sahen sich mit großen, verstehenden Augen an.

»Scheiße!«, kam es einstimmig wie aus einem Mund.

Smith legte nun seinen gut gefälschten Interpol-Ausweis auf den Tisch.

»Hätten Sie noch eine identische Flurkarte? Und könnten Sie uns den Bereich kennzeichnen, wo jetzt das abgestürzte Flugzeug liegt?«

Verdattert blickte der oberste Forstverwalter auf, tat aber wie ihm geheißen.

Sein helles, freundliches Büro erschien ihm auf einmal dunkel und trist.

»Ist Ihnen vielleicht auch noch bekannt, wo die Herren hier im Ort logieren?«, fragte Smith nun mit Nachdruck.

»Ja, sie wohnen im Hotel Le Chapitre, hier im Ort, in der Rue Grande.«

»Alles klar, los, Claude, Abfahrt!«

Smith entriss dem obersten Verwalter die Flurkarte, griff seinen Ausweis, und schon hatten die beiden das Büro wieder verlassen.

Im Auto brach es dann aus dem sonst so beherrschten Smith hervor.

»Diese Schweinebande, holt die Ware. Wie abgefuckt, ich glaub es ja wohl nicht!«

Liffers saß nun hinter dem Volant des Citroëns und jagte über die Landstraße von Aubusson nach Felletin und holte alles aus dem Motor heraus, was möglich war, nur auf der Schotterpiste, dem Waldweg, musste er es ein ganz klein wenig ruhiger angehen lassen.

Und dann saß Liffers nicht mehr hinter dem Lenkrad, nein, er stand im Auto und trat das Bremspedal mit aller ihm zur Verfügung stehenden

Kraft bis zum Bodenblech durch, sodass sofort die Hinterreifen blockierten und das Fahrzeug auf dem Waldweg beängstigend hin und her schleuderte, bevor es in einer dichten Staubwolke direkt vor den Schienbeinen der beiden Soldaten zum Stehen kam, die urplötzlich vor dem Citroën wie aus dem Nichts aufgetaucht waren, sie hielten ihre schussbereiten Maschinenpistolen im Anschlag, und ihre Gesichtsausdrücke verhießen nichts Gutes.

Unvermutet rissen die Soldaten brutal die vorderen Türen des Citroëns auf und brüllten die beiden Insassen an und nötigten sie, sich unverzüglich bäuchlings vor das Auto auf die Schotterpiste zu legen und ihre Hände im Nacken zu verschränken.

Liffers schrie aus Leibeskräften zurück und versuchte, ihnen zu erklären, dass sie Beamte von Interpol seien, aber das fruchtete im ersten Augenblick nicht.

Schließlich, nachdem sich die Lage etwas entspannt hatte, kniete der eine Soldat sich auf den Rücken von Smith und gestattete ihm, vorsichtig mit zwei spitzen Fingern den Ausweis hervorzuholen.

Der Soldat schaute, kontrollierte, verglich das Bild im Ausweis mit dem Gesicht des am Boden liegenden, stinksauren Smith und half ihm dann unter einer Menge gemurmelter Entschuldigungen wieder auf die Füße.

»Sagt mal, ihr beiden Idioten, seid ihr nicht ganz dicht?«, lauteten die ersten erbosten Beschimpfungen von Smith, als er wieder auf den Beinen stand.

Und der einfach gestrickte Soldat antwortete brav: »Tschuldigung, Befehl ist eben Befehl!«

»Jetzt hör mir mal gut zu, du Clown, habt ihr hier heute auf diese Art schon andere Leute angehalten oder gestoppt?«

Smith war immer noch stinksauer, seine edle Garderobe war versaut, er sah aus wie ein Schwein, total verdreckt, und sicherlich waren auch noch einige Fingernägel abgebrochen.

Da er ja immer allergrößten Wert auf sein Äußeres legte, brachte ihn dieser Gedanke noch mehr auf die Palme.

Und dann verlor er beinahe die Beherrschung, weil die beiden Soldaten weiterhin stumm blieben, deswegen brüllte er sie an: »Jetzt kommt endlich raus mit der Sprache, habt ihr hier heute Personen kontrolliert?«

»Wenn ich so recht bedenke, nicht.« Nachdenklich und sichtlich verlegen kratzte der antwortende Soldat an seinem kantigen, stoppelbärtigen Kinn herum.

Nun ging Liffers ums Auto herum und baute sich langsam in voller Größe vor dem Soldaten auf, begann sanft und freundlich: »Warum bist du denn so ausweichend, da ist doch noch was gewesen? Nun komm mal raus mit der Sprache!«

Liffers blickte nun abwechselnd beide an: »Euch reißt hier keiner ein Bein aus, aber nun rückt mal endlich mit der vollen Wahrheit raus! Wenn ihr euch weiterhin stur stellt, laden wir euch ein und bringen euch zu eurem Vorgesetzten. Dann gibt es richtig einen auf den Sack. Von wegen Verlassen des Postens und …«

»Halt, halt«, wild gestikulierend begann nun der zweite Soldat, »okay, hier sind heute Morgen drei Waldarbeiter durchgekommen. Hatten auch eine Sondergenehmigung. Wir mussten hoch und heilig versprechen, niemandem zu verraten, dass sie hier waren.«

»Was ist das denn schon wieder für ein Schwachsinn?«

Smith sträubten sich beinahe schon wieder die Nackenhaare.

»Und warum solltet ihr es denn niemanden mitteilen? Bei normalen Waldarbeitern doch eher etwas ungewöhnlich! Oder nicht, ihr dämlichen Säcke? Mannomann, ich glaub das einfach nicht. WEITER!«

Nun sprach wieder der erste Soldat: »Na ja, vielleicht weil sie allesamt so kaputte, verletzte Gesichter und Hände hatten, überall kleinere Schnitt- und Platzwunden, Kratzer. Also, sie sahen nicht so gut aus, wenn Sie mich fragen, so, als hätten sie mit einem Bären gerungen!«

Und dann lachte er lauthals wie über einen spitzenmäßigen Witz.

»SCHNAUZE!« Dieses sehr laut und drohend ausgesprochene Wort wirkte Wunder, augenblicklich herrschte absolute Stille.

»Seid ihr so hohl, oder weshalb gebt ihr hier die ganze Zeit eigentlich nur solch geistigen Dünnpfiff von euch?«

Der Soldat blickte Smith ungläubig an.

»Jetzt, mein Lieber, letzte Frage, und die Antwort nur militärisch: kurz und präzise! WO – SIND – SIE – HIN?«

Die letzten vier Worte von James Smith waren bestimmt im Umkreis von 100 Metern deutlich zu hören.

Soldat eins schien total erschüttert und blieb stumm, er zeigte nur den Weg entlang, weg von ihnen.

Total genervt machte Smith Liffers ein Zeichen, dann stiegen die beiden in ihr Auto und setzten unbeirrt ihre alte Richtung fort.

Einen kurzen Augenblick später meinte der über die Flurkarte gebeugte Liffers: »James, da unten in der Kurve, dort halte mal kurz an. Das ist die direkte und nächste Verbindungsachse zum abgestürzten Flieger. Aber die sind mit den Diamanten längst über alle Berge. Was wir hier machen, ist reine Zeitverschwendung.«

»Trotzdem, Claude, wir werden nachsehen, wir haben noch keinen Zeitdruck!«

Er blickte ihm direkt und tief in die Augen. »WIR sind die Jäger! Und nun komm.«

Langsam bewegten sie sich durch das lichte Unterholz, und nach kurzer Zeit erkannte Liffers aufgrund seiner in der Legion gemachten Erfahrungen: Hier musste irgendetwas gewesen sein.

Vielleicht täuschte ihn sein Gefühl, aber er stocherte mit einem dicken, trocknen Tannenast, und tatsächlich: nur weiches Erdreich und viel Laub.

»Merde, nun bin ich mir wirklich sicher, dass wir nichts haben und sie alles!«

Beinahe etwas melancholisch bemerkte er noch im Weggehen: »Und sie sind auf Nummer sicher weg! Merde!«

Liffers beschleunigte nun seine Schritte, wartete nicht auf Smith, sondern bewegte sich zügig zurück zum Auto, dem Citroën.

Als Smith den Waldweg erreichte, hatte Liffers das Auto schon gewendet, und sofort schwang er sich auf den Beifahrersitz.

Zügig fuhr Liffers den Waldweg in der alten Richtung zurück.

Zurück blieben die beiden verdutzten Soldaten in einer dichten Staubwolke, die das Fahrzeug hinter sich herzog, als es an ihnen vorbeischoss.

In Aubusson stoppten sie zunächst wieder vor dem Bistro, sie tranken einen Kaffee und machten sich danach im Waschraum etwas frisch.

Smith hatte seine komplette Garderobe gewechselt, was bei Liffers nur ein müdes Lächeln erzeugte.

Dann besprachen sie ihr weiteres Vorgehen und fuhren umgehend zum Hotel Le Chapitre, wo der Rezeptionschef sie freundlich begrüßte.

»Würden Sie die Güte haben, mir mitzuteilen, ob die drei Gentleman, Sie wissen schon, noch im Hause sind, und wenn ja, welche Zimmernummer haben sie?«

So freundlich Liffers seine Fragen auch gestellt hatte, so nett erteilte der Mann hinter dem Empfangstresen ihm eine Abfuhr.

»Nein, es tut mir sehr leid, die drei Herren sind bereits abgereist. Die Bezahlung erfolgte in bar! Und um Ihrer nächsten Frage gleich zuvorzukommen: Nein, sie haben keine neue Anschrift hinterlassen.«

Smith zückte seinen Interpol-Ausweis woraufhin der Angestellte leicht die Augenbrauen hochzog.

»Und nun einmal das Zimmer bitte! Aber pronto!«

Es erschien ein weiterer Angestellter, und dieser führte sie zum ehemaligen Zimmer von Hagos, Checkter und Sundström, und auch hier war wiederum NICHTS zu holen oder zu finden. Nicht der kleinste verräterische Hinweis.

Wieder nichts, wieder zu spät.

»Verfluchter Mist.« Smith fluchte leise vor sich hin. »Sie haben alles gereinigt, nicht die kleinste Staubflocke hinterlassen. Claude, komm, es macht keinen Sinn, dass wir uns hier noch länger aufhalten. Wir setzen uns ins Auto und übernachten in Clermont-Ferrand. Da kann ich wenigstens duschen. Ich beziehungsweise wir müssen morgen Vormittag im Postamt Clermont-Ferrand-Valliéres am 6 Place Littré eine postlagernde Sendung aus Paris abholen. Ich hoffe, dann sind wir ein Stück weiter und etwas schlauer. Also los, ab nach Clermont-Ferrand.«

Weiter, gen Norden

Hagos kehrte vom WC zurück, und Checkter saß immer noch bei den beiden jungen Frauen am Tisch und schien Süßholz zu raspeln.

»Was ist denn nur mit Clint los?«, fragte Hagos Sundström, und beide blickten unverwandt zum Tisch mit den beiden Frauen und Checkter hinüber, wo Checkter genau in diesem Augenblick in lautstarkes Lachen ausbrach, in welches die beiden Damen augenblicklich einfielen.

Als hätte er einen hammerharten Witz gerissen.

»Weißt du was, Abiel? Die Ältere der beiden ist zwar nicht so schön wie die Blonde, aber gefallen könnte die mir auch!«

»Sag mal, fängst du jetzt auch noch an? Seid ihr beide läufig, oder was?« Der kleine Hagos geriet nun fast in Rage. »Ich beende das jetzt, das hält ja kein normaler Mensch aus, Clint macht sich da richtig zum Affen!«

Hagos stand auf trat an den Tisch der drei, grüßte flüchtig und flüsterte Checkter etwas ins Ohr, woraufhin dessen Gesicht ernste Züge annahm.

Sundström stand etwas abseits, blickte die Mohns an, und ihre Blicke kreuzten sich ganz kurz, unabsichtlich.

»Entschuldigt bitte, aber ich muss leider schon gehen. Nicole, deine Anschrift hast du mir ja gegeben, also sollte ich mal in der Nähe in Norddeutschland sein … Ich rufe dich an und komme dich besuchen. Versprochen!«

Er gab Nicole einen Kuss auf die Wange, an und für sich zu lange für einen Abschiedskuss und umarmte sie noch zärtlich.

Wieder durchzog Nicole ein herrliches, wohliges, bis dahin nie gekanntes Gefühl.

Checkter, Hagos und Sundström verließen nun den Außenbereich der

Bar. Checkter hob noch einmal seine Hand zu einem letzten Gruß, danach verschwanden sie in der Dunkelheit der Nacht.

Es standen bereits einige Sterne am wolkenlosen Nachthimmel über Clermont-Ferrand. Und man spürte immer noch die sommerlichen Temperaturen.

»Hallo, Clint! Hallo, wach auf!«

Hagos stieß ihm unvermittelt, dafür aber ziemlich kräftig seinen Ellenbogen in die kurzen Rippen.

»Was ist los mit dir, Clint? Machst du hier jetzt einen auf Liebeskasper? Wir sind keine Touristen auf Urlaub, wo man jede Uschi angraben kann. Denk an deine Worte, wir sind auf der Flucht vor imaginären Jägern, und ich habe das Gefühl, als wären einige ganz nah, und mein Gefühl täuscht mich selten.«

Zu diesem Zeitpunkt schien es, als wäre Sundström wieder erwacht.

»Ja, was geht eigentlich vor mit dir? Es ist doch sonst nicht deine Art, während der Abwicklung eines Auftrages plötzlich mit der Damenwelt anzubändeln?«

Checkter blickte die beiden mit einem noch nie da gewesenen Gesichtsausdruck an. »Nicole Moldenhauer, welch ein Name, und was für eine außergewöhnliche junge Frau!«

»Menschenkinder Clint, wach endlich auf, die Kleine ist mal locker 20 Jahre jünger als du!«

Genau in diesem Augenblick kam ihre Pension in Sicht, und plötzlich war Checkter wieder er selbst, ganz der Alte.

»Los Jungs, checkt mal die Lage, muss ja nicht unbedingt jeder mitkriegen, wo wir logieren.«

Alles war ruhig, nichts Ungewöhnliches zu bemerken.

»Mogens, geh du noch mal zur Garage und sieh nach, ob beim Auto alles okay ist, danach treffen wir uns auf dem Zimmer.«

Im Zimmer angekommen, ließen die drei sich entspannt auf den vorhandenen Sitzgelegenheiten nieder.

»Abiel, Mogens«, der Kopf von Checkter schwenkte hin und her, »ihr werdet mittlerweile immer nervöser, warum? Es ist doch gar nichts los. Allerdings wäre ich hier auch schon gerne weg, geht aber nicht!«

»Ja, das kann ich mir vorstellen«, ließ Hagos nun giftig von sich vernehmen, »mit der Kleinen natürlich!«

Und nun wurde Checkter mit einem Mal ganz ruhig, und diese Ruhe barg eine riesengroße Gefahr in sich.

»Jetzt hör mir mal gut zu, mein Kleiner!«

Ganz ruhig, mit gesenkter Stimme, aber überaus deutlich sprach er Hagos an, und der mochte diese Anrede überhaupt nicht.

KLEINER!

»Also, wir haben diesen Auftrag gemeinsam begonnen und ziehen die Sache jetzt durch, bis zum bitteren Ende. Wem irgendetwas nicht mehr passt, sagt es jetzt! Wir, gemeinsam, und nur so sind wir stark. Daran wird auch die eine oder andere vielleicht gewöhnungsbedürftige Situation nichts verändern. Und wenn wir nicht morgen früh die Bilder und Dokumente von der Post holen müssten …«

Der Rest des Satzes schwebte unausgesprochen im Raum.

»Okay, okay!«

Ganz allmählich hatte Hagos sich wieder berappelt, Sundström dagegen wirkte unheimlich in sich gekehrt, warum auch immer.

»Okay, dann ab in die Betten. Ich glaube, morgen wird ein harter Tag.«

Der Land Rover, er stand mittlerweile vor der Pension, war vollgetankt und die Habseligkeiten der drei bereits verladen.

Der Weggang nach dem kurzen Aufenthalt in Clermont-Ferrand sollte mit der Abholung der postlagernden Sendung vom Postamt am Place Littre besiegelt werden.

Gegen 10 Uhr trafen die drei dort ein, denn der morgendliche Verkehr war doch beträchtlich gewesen.

Sundström blieb im Rover hinter dem Lenkrad, die Außenspiegel und alles Weitere voll im Blick, während Checkter und Hagos die große Schalterhalle der Post betraten.

Hagos sicherte unauffällig, währenddessen ging Checkter zu einem der freien Schalter.

Einige Minuten später kam er mit einem großen grauen Kuvert zurück, und sie durchquerten gemeinsam die von Menschen durchflutete große Schalterhalle.

Am Ausgang stieß Hagos aus Versehen mit einen kräftigen, gut durchtrainierten Mann mit einem Bulldoggengesicht zusammen.

Es wirkte auf Hagos wie ein Markenzeichen. Ein weiterer unbeteiligter Blick, eine gemurmelte Entschuldigung, und schon war er in der Menge verschwunden. Kurze unauffällige Kontrolle seiner am Körper befindlichen Ausrüstung, Waffe – alles vorhanden. Er blickte noch einige Sekundenbruchteile hinter dem Kerl her, dann verließ er mit gesenktem Kopf die Poststelle.

Die Dogge war also kein Taschendieb.

Dann verließ der Allradler in zügiger Fahrt Richtung Lyon den Parkplatz. Immer wieder blickte Hagos, der auf der Rückbank saß, kontrollierend nach hinten. Ebenso beobachteten Sundström und Checkter über die Spiegel den nachfolgenden Verkehr, bis sie sicher waren, dass ihnen niemand folgte.

Checkter öffnete nach einer gewissen Zeit den Umschlag und begann, den Inhalt durchzusehen. Und als Erstes fiel ihm ein Bild in die Hände, das Mister X darstellte, ihren belgischen Auftraggeber.

Mit bürgerlichem Namen: Mijnheer Hendrik van de Groot.

Ein gepflegtes, nichtssagendes Gesicht unter dem weißen Haarschopf, eben ein untadeliger Geschäftsmann.

»So sieht also der Mann aus, von dem ich bisher nur die Telefonnummer kannte«, murmelte Checkter vor sich hin. »Du bist ein Auftraggeber, den ich wirklich einmal persönlich kennenlernen möchte!«

»He, Checkter, führst du schon Selbstgespräche?«

Checkter reichte die acht erhaltenen Abbildungen mit den Konterfeis der für eine Jagd infrage kommenden Personen nach hinten zu Hagos.

»Blätter mal durch und sieh sie dir genau an, vielleicht ist da ja jemand dabei, den du kennst und dem du den Job als Skalpjäger zutraust.«

Checkter schob sich eine Zigarette zwischen seine schmalen Lippen und wollte sie soeben anzünden, als er beinahe zu Tode erschrak, denn von hinten hörte er urplötzlich und sehr laut nur noch: »Fuck, fuck. Fuck!«

Checkter drehte sich sofort um, und Hagos saß wie erstarrt auf der Rückbank des Rovers.

Sundström folgte derweil unbeirrbar der Autobahn Lyon-Mulhouse-Strasbourg.

»Komm, Abiel, was soll das Geschrei? Was ist denn jetzt schon wieder los?«

»Hier, der Kerl mit dem Bulldoggengesicht, den kenn ich«, wobei er Checkter das Din A4 große Bild mit der Abbildung von Claude Liffers Gesicht hinhielt, »mit dem bin ich eben im Eingangsbereich der Poststelle zusammengestoßen!«

»Waaaas? Verdammter Mist!«

Sofort wanderten ihre Blicke nach hinten auf die Straße, dort geschah aber nichts Außergewöhnliches, und niemand schien sich an sie rangehängt zu haben.

»Mogens, los, nächste Ausfahrt raus! Wir fahren auf der Landstraße weiter. Sollte sich tatsächlich niemand in unserem Schatten befinden, fahren wir zurück auf die Autobahn! Okay?«

Sundström nickte zustimmend hinter dem Volant, und Hagos beobachtete weiterhin mit Argusaugen den nachfolgenden Verkehr.

Plötzlich war er mehr als hellwach.

»Du, Clint, siehst du den roten Mercedes hinter uns?«, er wies mit der Hand auf den angesprochenen PKW, »der scheint uns schon eine Weile zu folgen!«

»Na, das werden wir ja in einigen Minuten sehen!«

Wie zur Bestätigung seiner Worte, was auch kommen könnte, zog er seine Walther PPK, lud sie durch und legte sie schussbereit ins Handschuhfach des Rovers.

»So, von nun an gilt es«, war ohne jeglichen Anflug von Emotionen die Stimme Sundströms zu vernehmen.

Souverän lenkte er das Fahrzeug der drei in die kommende Autobahnausfahrt.

»Wir werden die Angelegenheit etwas forcieren. Ich fahre dort unten den Parkplatz der Raststätte an und halte dort.«

»Okay, es ist zwar eine etwas andere Variante, aber lasst es uns so machen. Abiel, zieh dir deine leichte Jacke über, darunter kannst du die Uzi gut verbergen.«

Sofort nachdem das Auto stand, verließen sie gemeinsam das Auto und betraten den Gastraum der Raststätte.

»Wir trennen uns hier, ihr wisst, was zu tun ist, wir treffen uns nach zehn Minuten am Auto.«

Sie durchquerten den Gastraum und gingen zu den Toiletten. Hagos betrat die Sanitärräume und suchte ein Fenster, einen Ausgang. Nichts.

Er verließ das WC und fand daneben eine Tür, die in den Hof führte, die anderen beiden hatten diese Tür wahrscheinlich auch schon benutzt.

Er trat in den Hof, hielt sich aber im Schatten des Gebäudes, blickte sich sichernd um und schlich sich dann geduckt zur Hausecke. Dabei stieß er immer wieder leise, kaum hörbare Klicklaute aus, welche sofort aus einem Busch am Rande des Parkplatzes beantwortet wurden.

Gut, gut, sie sind schon in Position.

Nun konnte Hagos auch sehr gut ihren Land Rover auf dem Parkplatz stehen sehen, anscheinend unberührt.

Von dem roten Mercedes war weit und breit nicht zu sehen.

Hagos stieß einen afrikanischen Tierschrei aus, wiederholte ihn mehrfach, dann wurde er von der gegenüberliegenden Seite des Parkplatzes sowie aus dem Busch auf der anderen Seite beantwortet.

Er verharrte noch circa zehn Minuten in seiner Deckung, immer ihr Auto und die komplette Gegend im Auge.

Es tat sich nichts.

Weitere Minuten zogen dahin, angefüllt mit Warten und Beobachten, dann ertönte das verabredete Zeichen.

Langsam erhoben sich alle aus den verschiedenen Positionen ihrer Deckungen, näherten sich ihrem Auto, weiterhin sichernd um sich blickend, die Waffen verdeckt, aber so gut wie schussbereit.

Sundström schloss das Auto auf, nichts geschah, kein Schuss ertönte, niemand schoss auf sie, alles war friedlich und ruhig.

»Okay, Fehlalarm, besser so als andersrum!« Checkter grinste etwas verlegen. »Ihr könnt euch hinhauen zum Schlafen, ich fahre bis zum nächsten Tankstopp.«

Von nun an lief alles gesittet ab, der Motor des Rovers schnurrte wie ein Kätzchen, lief rund, und nur das zählte im Augenblick.

Sehr spät am Nachmittag erreichten sie Freiburg, hier erwarben sie ein neues Transportmittel: einen Ford Taunus P5 Turnier Kombi.

Auf einem einsamen, nicht einsehbaren Parkplatz in der Nähe Freiburgs wurde alles umgeladen, danach übergossen den Land Rover mit Benzin und zündeten ihn an.

Dann setzten sie ihre Fahrt in Richtung Norddeutschland fort.

Auf der Spur

Am La Poste Clermont-Ferrand-Valliéres, 6 Place Littre, 10 Uhr.
Smith und Liffers hatten ihren Citroën-Pallas etwas abseits geparkt und gingen total relaxt in das Postamt.

Im Eingangsbereich herrschte rege Betriebsamkeit, und Liffers wurde dadurch von einem kleinen Schwarzafrikaner aus Versehen angerempelt. Nach einer gemurmelten Entschuldigung entfernte sich der Afrikaner in Richtung Place Littre. Liffers hatte dem Schwarzen kurz in dessen Gesicht geblickt und sah einige verschorfte, kleine Verletzungen. Ging weiter, war in Gedanken schon wieder bei den Dokumenten, die sie abholen wollten.

Smith hatte sich ausgewiesen, und man händigte ihm einen großen, braunen Umschlag aus.

Sie setzten sich in ihr Auto und überprüften den Inhalt des Umschlages.

Plötzlich stutzte Liffers, blätterte daraufhin die Schwarz-Weiß-Aufnahmen wieder und wieder durch, blieb aber immer bei dem gleichen Bild hängen. Die Abbildung zeigte den kleinen, drahtigen Schwarzafrikaner, das zweite Bild dazu nur sein Gesicht.

»Merde, das ist er, das ist der kleine Kanake, der mich vor einigen Minuten im Eingangsbereich der Post angerempelt hat! Ich glaube es nicht, sie sind hier! Sie müssen noch hier sein! Los, komm, James, wir trennen uns und suchen, vielleicht erwischen wir sie noch? Sie können noch nicht weit sein.«

Blitzschnell überprüften sie ihre Handfeuerwaffen und sprangen aus dem Wagen, begaben sich in verschiedene Richtungen.

Nach einer knappen halben Stunde des Suchens fanden sich beide wieder, ohne ein zählbares Ergebnis erzielt zu haben, am Auto ein.

»Es ist zum Kotzen, hätte ich mir doch bloß diesen Kerl gegriffen, dann wären wir jetzt wenigstens einen kleinen Schritt weiter.«

Nun besahen sie sich noch einmal alle Bilder außerordentlich gründlich und prägten sie sich ein.

»Also«, begann nun Smith, »ich weiß, und das steht hier als Randnotiz, wer mit ›Spider‹ zusammenarbeitete und immer mit ihm arbeitet. ›Spiders‹ richtiger Name lautet: Clint Checkter. Aber es gibt ihn nicht, siehst du hier!« Und er deutete auf ein Blatt, worauf stand: ›Spider‹ = Clint Checkter, null Erkenntnisse.

Es gab nichts, keine Fingerabdrücke, keine Abbildung seines Konterfeis und absolut nichts zu seiner Person.

Was war er, ein Geist?

Andererseits hatten sie gute Abbildungen von Colin McDermott, Ronaldo Ferreiro, Abiel Hagos, Mogens Sundström und einigen mehr.

Die beiden zuerst genannten waren nach dem Absturz von der Polizei identifiziert worden, deshalb gab es über sie ein lückenloses Dossier.

Leider nutzlos.

»Ich glaube«, meinte Smith nun nonchalant, »wir grenzen die ganze Geschichte etwas ein. Wir konzentrieren uns auf ›Spider‹, Hagos und Sundström. Sie haben schon ein paar Jobs gemeinsam erledigt und, wie es scheint, sind sie eng vertraut. Ich gehe davon aus, dass wir damit richtig liegen. Da wir leider niemanden gekrallt haben, bleibt uns nur noch die Drückertour. Wir müssen Hotels und Bars abklappern, um überhaupt irgendwie weiterzukommen. Allerdings gibt es hier, wie du siehst, dieses Blatt über den ehemaligen Dienst von ›Spider‹. Es ist schon irgendwie seltsam, aber wir können es uns ja mal ansehen. Ach, sieh mal an, das ist ja interessant. Hier wird ganz genau beschrieben, dass der MI 6 im Norden der Bundesrepublik sichere Häuser hatte, die aber leider nicht näher benannt werden. Sollte gar nichts gehen, nehmen wir das als letzte Option.«

»So«, Liffers blickte etwas frustriert zu seinem Ex-CIA Kollegen hinüber, »dann lass uns nun endlich aufbrechen und die große Fragestunde beginnen. Ich hasse diese abartige Fragerei.«

Sie steckten sich die Bilder ein und machten sich auf zum ersten Hotel auf ihrer Liste.

Und so begannen sie, natürlich teilten sie sich auf, aber es war die reinste Sisyphusarbeit.

Sie hatten sich ein Zeitlimit von drei Stunden gesetzt und wollten sich dann in einer Bar treffen.

Die Bar lag in der 5 Rue sous les Augustes, und ihr Name ähnelte dem Straßennamen: Leeture les Augustes.

Die Sisyphusarbeit, die sie bisher in Sachen Nachforschung geleistet hatten, war niederschmetternd, ohne Resultat.

Sie saßen an der frischen Luft vor der Bar, und Liffers bestellte für sich einen Pastis, für Smith einen Whisky. Sie breiteten noch einmal die Bilder auf dem Tisch aus, um sich alle noch einmal ganz genau anzusehen.

Vielleicht hatten sie dadurch ja eine Eingebung.

Der Kellner kam und servierte die Getränke, dabei hantierte er aber so ungeschickt, sodass er das Tulpenglas mit dem Whisky für Smith statt hinzustellen umwarf, und der edle Tropfen ergoss sich über einige Bilder.

Er entschuldigte sich unentwegt, während er mit seinem Tuch versuchte, die Flüssigkeit von den Bildern durch leichtes Tupfen aufzusaugen.

Liffers ging hoch wie eine Rakete.

»Kannst du nicht aufpassen, du Dussel! Arbeitest du den ersten Tag in diesem Job, oder was ist los mit dir?«

Smith versuchte, ihn zu besänftigen, und der Kellner machte einen Bückling nach dem anderen.

»Selbstverständlich bringe ich Ihnen augenblicklich einen neuen Whisky, es tut mir unendlich leid!«

Mittlerweile hatte Liffers sich auch wieder beruhigt und versuchte, sich zu konzentrieren.

»Wie sollte man weiter vorgehen?«

Der Kellner trat erneut an ihren Tisch auf der Freifläche. Liffers lehnte sich übertrieben auf seinem Stuhl zurück, aber gekonnt servierte er Smith nun erneut den Whisky und blickte auf seine beiden Gäste.

»Wenn Sie gestatten«, sprach er nun die beiden eher etwas zurückhaltend an, »als ich nach meinem Missgeschick versuchte, Ihre Bilder abzutrocknen, habe ich zwei der dort abgebildeten Personen wiedererkannt.«

Atemlose Stille, nur der fließende Verkehr auf der vorbeiführenden Straße war im Hintergrund zu erahnen.

Um sie herum schien in diesem Moment alles zu schweigen.

»Wie bitte? Noch mal! Was haben Sie hier soeben von sich gegeben?«

Smith glaubte seinen Ohren nicht trauen zu können, und Liffers saß mit halb geöffnetem Mund vor seinem Glas Pastis, was ihn nicht gerade intelligenter erscheinen ließ.

Smith beugte sich etwas über den Tisch, und nun konnte man es ihm förmlich ansehen, er war angespannt bis in die Haarspitzen. Er hatte sich sofort wieder im Griff und fragte kurzerhand. »Wen?«

Der Angestellte ließ sich nicht lange bitten und zeigte unumwunden auf die Abbildungen von Abiel Hagos und Mogens Sundström.

Er beschrieb Hagos und Sundström sehr treffend, und auf die nachträglich gestellte Frage nach einer dritten, männlichen Person, antwortete er nur ganz allgemein: groß, durchtrainiert, soweit er das beurteilen konnte, nur das Gesicht war von einigen verschorften Verletzungen etwas gezeichnet. Ansonsten ein Durchschnittsmensch, so wie man ihn immer und überall antreffen kann.

Smith blickte den Kellner ernst an.

»Ist Ihnen sonst noch irgendetwas Erwähnenswertes aufgefallen?«

»Mmmmh, ja! Der Letztgenannte gesellte sich im Laufe des Abends zu zwei jungen Frauen am Nachbartisch, und wie es ausschaute, verstanden sie sich auf Anhieb. Haben viel gescherzt und gelacht.«

»Und weiter?«

»Weiter gab es da nichts.«

»Wissen Sie vielleicht, wo die Damen logieren?«

Der Kellner blickte Smith ein ums andere Mal erstaunt an und zuckte dann mit den Schultern.

»Nein, wo sie wohnen, weiß ich nicht, nur, die Damen waren schon etliche Male in unserer Bar, daran kann ich mich gut erinnern.«

»Weiter, weiter, fahren Sie fort!«

»Na, man hört ja nicht alles mit, man schnappt aber hier und da so einiges auf, vielleicht wohnen sie hier in der Nähe, wer weiß. Ich hörte mal, wie sie über de la République sprachen, damit könnte unser Staat als Urlaubsland gemeint gewesen sein. Mehr kann ich Ihnen beim besten Willen nicht erzählen, mehr weiß ich leider nicht. Und nun muss ich wieder arbeiten, mein Chef wirft mir schon scheele Blicke zu und macht wilde Armbewegungen.«

Dann ging er wieder seiner Arbeit nach und ließ Smith und Liffers mit ihren Gedanken allein.

»Das war ja beinahe wie ein Gewinn in einer Lotterie. Wer hätte so etwas heute Nachmittag erwartet?«

Liffers strahlte übers ganze Gesicht, und dabei wirkte sein Bulldoggengesicht noch faltiger als zuvor, und seine Glatze glänzte matt im Schein der Beleuchtung.

»Claude hast du dir eigentlich ein paar Notizen gemacht?«

»Selbstredend!«, sagte er im Brustton der Überzeugung.

»Gut, dann leg mal den Stadtplan und das Hotelverzeichnis auf den Tisch.«

Gesagt, getan.

James Smith blieb weiterhin ganz ruhig und sachlich, während sich in den Augen von Claude Liffers ein verräterischer Glanz widerspiegelte.

JAGDFIEBER!

Gemeinsam durchforsteten sie das Hotelverzeichnis und die Karte, immer darauf bedacht, irgendetwas mit »République« zu finden.

»Nun, wie weit bist du, Claude? Konntest du schon etwas Konkretes ausmachen?«

»Nein, bisher habe ich noch keine gleichlautende Straße gefunden, in der der Name ›République‹ vorkommt.«

»Normalerweise bräuchtest du dich nur in der Nähe der Bar umsehen. Aber nun lass man stecken, ich habe mir schon zwei ähnliche Hotels notiert. Dort sind die Straßennamen mit aufgeführt, und die eine heißt tatsächlich: Avenue de la République. Los, bezahl eben, und dann fahren wir. Vielleicht haben wir heute Abend ja zum zweiten Mal Glück.«

Kurze Zeit später parkten sie vor dem Hotel, auf den ersten Blick nicht gerade ein Prachtbau.

Inter Hotel République.

Smith zeigte Gefühle und stieß übermütig dem kräftigen Liffers seinen Ellenbogen in die Seite. »Na, was sagst du? Sieht doch fast brauchbar aus, die reinste Touristenabsteige.«

Sie stiegen einige Stufen empor und landeten wenige Schritte weiter direkt vor dem Tresen des Empfangs.

Hier wurden sie freundlich empfangen, aber das freundliche Lächeln schwand, als die beiden ihm ihre Interpol Ausweise unter die Nase hielten. Sie wollten und hatten keine Zeit mehr zu verlieren.

Liffers und Smith kamen ohne große Umschweife direkt zum Kern der Sache, sie gaben dem Herrn hinter dem Tresen die Beschreibung der beiden Frauen, eins zu eins, so wie der Kellner sie beschrieben hatte, weiter.

»Natürlich, aufgrund Ihrer detaillierten Beschreibung kann ich mich auch sofort wieder an die jungen Damen erinnern.«

Liffers und Smith warfen sich einen kurzen, verstehenden Blick zu, dann sofort wieder in Richtung Empfang: »Ja? Und? Wo sind sie? Auf ihrem Zimmer?«

»Nein, nein, wo denken Sie hin? Die Damen sind heute Vormittag abgereist. Leider zwei Tage früher als geplant.«

»Merde!« Liffers fluchte wieder einmal leise vor sich hin. »Es kommt mir so vor, als hätte sich alles gegen uns verschworen, um uns immer wieder im letzten Augenblick zu entwischen!«

»Ruhig, Claude, bleib man ganz locker und relaxt.« Und dann wieder dem Rezeptionsbediensteten zugewandt: »Und von welcher Nationalität waren denn die netten jungen Damen?«

»Oh, die beiden jungen Frauen waren aus Deutschland, genauer gesagt aus Norddeutschland.«

Im Nu schrillten bei James Smith sämtliche Alarmglocken in voller Lautstärke.

Norddeutschland?, MI 6, ›Spider‹, sichere Häuser?

»Sie haben doch sicher in dem Anmeldebogen die Heimatanschrift der beiden jungen Frauen, oder nicht?«

»Ja, selbstverständlich, die darf ich aber leider nicht an Sie weiterreichen! Datenschutz!«

Er war nun wieder zu seiner geschäftsmäßigen, nervtötenden Freundlichkeit übergegangen.

Smith beugte sich, so gut er konnte, über dem Tresen und beorderte mit Zeichen seines rechten Zeigefingers den Angestellten zu sich und begann leise, aber unaufgeregt, eindringlich auf den Mann einzureden.

Und das, was er ihm klarzumachen versuchte, passte in der Tonart und Wortwahl so gar nicht mehr zu der gepflegten Erscheinung.

»Jetzt hör mir mal ganz genau zu, du Pappnase«, die Worte kamen wie das Zischeln einer Schlange aus Smith' Mund, »solltest du mir nicht unverzüglich das Anmeldeformular der beiden Damen aushändigen, dann ziehe ich dich hier kurzerhand über den Tresen. Und glaube mir, spätestens zu diesem Zeitpunkt beginnst du dir zu wünschen, du hättest dir heute lieber einen Urlaubstag genommen. Los jetzt, beweg deinen Arsch und hol das Formular!« Bei den letzten Worten stieß Smith ihn einfach vor die Brust.

Der junge Mann hinter dem Tresen schlotterte jetzt am ganzen Körper und reichte Smith ohne weitere Einwände das Anmeldeformular.

»Na, was sage ich immer«, Smith grinste den Mann hämisch an, als er ihm das Formular überreichte, »man muss nur wollen!«

Er notierte sich die Adresse von Nicole in seinem kleinen Notizbuch:

Nicole Moldenhauer

Töpfertwiete 5

Hamburg-Bergedorf

West Germany

Smith gab Liffers ein Zeichen, und schon setzten die beiden sich in Bewegung, ohne sich noch ein einziges Mal umzudrehen.

»Wir fahren jetzt zum Flughafen und buchen uns einen Flug, von hier über Paris nach Hamburg. Damit wir überhaupt Plätze in der nächsten Maschine bekommen, müssen wir noch einmal meinen ehemaligen

Dienst bemühen. Wenn wir fliegen, dann, so hoffe ich, werden wir den Abstand um ein Vielfaches verringern. Und glaube mir, ›Spider‹ sucht bestimmt die Nähe der blonden Deutschen, darauf möchte ich meinen Arsch verwetten!«

Liffers grinste genüsslich, soweit es mit seinem Bulldoggengesicht möglich war, aber überhaupt nicht so wirkte.

»Diese Wette gehe ich mit!«

Norddeutschland – Hamburg

Morgens 4 Uhr, Sennelager, Niedersachsen, Deutschland.
Checkter hatte von unterwegs beim letzten Tankstopp telefoniert und somit genaue Info, wo sie ihren Kontaktmann treffen sollten.
In der Nähe von Hövelhof an Apels Teich.
Als sie zum angegebenen Zeitpunkt den Treffpunkt erreichten, blinkten sofort an einem bereits parkenden Fahrzeug kurz die Scheinwerfer auf.
Alles klar, der Kontaktmann.
Checkter verließ den Ford Taunus, Hagos und Sundström stiegen mit aus, blieben am Fahrzeug und sicherten mit schussbereiten Waffen.
Man konnte ja nie wissen.
Okay, alles war gut, Checkter übernahm drei Schlüssel und die konkrete Anschrift.
Zusätzlich gab der Kontakt ihm einen kurzen Schrieb mit einigen Pflichten und Hinweisen fürs sichere Haus.
Das sichere Haus sollte sich am äußeren Rand eines locker mit Einzelhäusern bebauten Bereichs des Hamburger Bezirks Bergedorf befinden.
Der Kontakt verließ als Erster ohne Beleuchtung den Treffpunkt.
Die Abmachung lautete, dass die drei den Treffpunkt erst fünf Minuten nach seiner Abfahrt verlassen durften.
Diese hielten sie auch ein, und dann hatten sie noch circa zweieinhalb Stunden zu fahren, bis sie an ihrem vorläufigen Ziel anlangten.
Das Haus hatte für sie einen enormen Vorteil, es lag relativ einsam, eingerahmt von etlichen alten Bäumen und hohen Büschen.
Das Haus besaß zudem im Kellergeschoss des Hauses eine abgeschlos-

sene Garage. Von der Straße her, maximal zehn Meter, entsprach zwei Minuten mit Einparken in der Garage.

Nachdem die drei nun ihr Ziel, das sichere Haus, erreicht hatten, den Ford Turnier in der Garage abgestellt, die Gartenpforte und Garagentor wieder geschlossen hatten, sahen sie sich im Haus zuallererst einmal gründlich um.

Im Erdgeschoss, angrenzend an eine kleine Diele mit der Eingangstür, empfing sie ein großer, funktionell eingerichteter Wohnraum. Davon gingen Türen ins Büro und in die Küche, an die Küche grenzte das Bad.

Von der anfangs erwähnten kleinen Diele ging eine Treppe in den Keller und eine in den ersten Stock, dort befanden sich zwei Schlafzimmer und ein Gäste-WC.

Die zwei Schlafzimmer waren für Checkter, Hagos und Sundström sowieso nicht wichtig, weil sie sich alle im größeren der beiden einrichteten.

Hagos wollte sofort weg, zu seinen Verwandten, doch das unterband Checkter fürs Erste.

»Du kannst morgen zu ihnen gehen, wenn du unbedingt möchtest. Heute bleiben wir alle hier beieinander und schlafen uns richtig aus, dann beraten wir uns. Okay?«

Im Augenblick sah Hagos zwar etwas zerknirscht aus, aber er fügte sich der Gruppe. Sundström war im Moment alles egal, er wollte nur noch schlafen.

Am darauffolgenden Morgen setzten die drei sich zusammen.

»Gut«, ergriff Checkter das Wort, »ich werde den Türken anrufen, die Telefonanlage habe ich schon kontrolliert, ist abhörsicher, auch wenn jemand von euch telefonieren möchte. Der Türke oder einer seiner Mittelsmänner sollen sich die Ware ansehen und das Geld überweisen, danach sind wir abgetaucht, auf Nimmerwiedersehen. Eine kleine plastische OP, ein neues Gesicht und dann ganz tief abtauchen in südliche Gefilde, in die ewige Sonne, und alles ist geritzt.«

»Das werden wir dann wohl auch bitter nötig haben, um nicht von der halben Unterwelt gejagt zu werden. Meinem geliebten Schweden kann ich dann wohl für immer Adieu sagen.«

»Meint ihr nicht, es wäre zuerst einmal wichtiger, die Diamanten auszulagern? Die Rohdiamanten müssen an einen absolut sicheren Ort. Hier im Haus ist mir das mit der ganzen Ware einfach zu heiß.«

»Ja, stimmt«, Checkter nickte zustimmend, »wir sollten uns ein wirklich idiotensicheres Versteck suchen, wo sie für eine Weile auch 100 Prozent sicher sind und lagern können. Vor allen Dingen muss das ein Ort sein, den niemand mit uns oder der Ware in Verbindung bringen kann.«

»Ja.« Auch Sundström stimmte dieser Idee zu.

»Dann werde ich den Türken etwas später anrufen, sobald wir einen sicheren und geeigneten Ort für die Rohdiamanten gefunden haben.«

Hagos und Sundström nickten beifällig.

Zeitgleich landete auf dem Flughafen Fuhlsbüttel in Hamburg eine Linienmaschine aus Paris, James Smith und Claude Liffers waren nur zwei der Fluggäste dieses Fluges, die diese Maschine in Hamburg verließen.

Nach einer kurzen, unbedeutenden Zollkontrolle gingen sie zu ihrem vorbestellten Mietwagen.

Eine tiefblaue Mercedes-Benz-Limousine wartete bereits auf sie.

Sie verstauten ihr Gepäck und nahmen auf ihren Sitzen Platz, Liffers hinter dem Lenkrad.

Bevor sie losfuhren, vertieften sie sich in eine Stadtkarte von Hamburg, und danach machten sie sich auf den Weg nach Bergedorf.

Im Fußraum hinter dem Fahrersitz befand sich ein Karton, den ein ehemaliger Kollege von Liffers dort freundlicherweise abgestellt hatte.

Hagos holte das komplette Kartenmaterial hervor, das sich in ihrem Besitz befand und welches schon ansehnliche Ausmaße angenommen hatte, ihnen hier aber absolut nicht weiterhalf.

»Wir benötigen unbedingt eine detaillierte Karte über Bergedorf und Umgebung!«

»Okay, Jungs, was fehlt noch? Wir benötigen auch ein wenig Nahrung für den Kühlschrank und unsere Mägen. Gut, lasst uns kurz in den Ort fahren.«

In Bergedorf verfuhren sie sich zwar einige Male, nachdem sie aber ihr neues Kartenmaterial hatten, war alles Weitere ein Kinderspiel, und nach einer knappen Stunde kehrten sie wieder ins sichere Haus am Brookdeich zurück.

Unverzüglich wurde das neue Kartenmaterial ausgebreitet, um sich mit der neuen Umgebung vertraut zu machen.

»Ach ne, sieh mal hier! Daran sind wir vorhin vorbeigefahren.«

Und Hagos zeigte mit einen Stift auf einen kurzen Straßenzug: »Töpfertwiete! Sagt dir das was?«

Checkter blickte kurz erstaunt auf.

»Das ist hier? Da ist doch die Wohnung von Nicole!«

Nachdenklich lehnte er sich zurück.

»Also«, fuhr Hagos nun fort, »ich habe zwei Objekte gefunden, die eventuell für unsere Zwecke infrage kommen würden. Mit Chance sind sie ja brauchbar, das müssten wir überprüfen. Erstens, eine alte, ehemalige Maschinenfabrik, ›Marstahl‹, circa in der Mitte der Kurt-A.-Körber-Chaussee gelegen, hier in Bergedorf. Zweitens, ein fast ungenutztes Motorsportgelände, am Rand der Stadt Geesthacht. Sind round about 10 bis 15 Fahrminuten nach Osten, von unserem jetzigen Standort.«

»Gibt es eine Telefonnummer zu der Anlage in Geesthacht?«

»Ja, bevor wir losfahren, versuche ich mal, Kontakt zu dem ersten Vorsitzenden des Klubs aufzunehmen, um mich über die Aktivitäten vor Ort zu informieren. He, Mogens, das könntest du eigentlich übernehmen.«

Ohne ein weiteres Wort zu verlieren, reichte er Sundström den Zettel mit der besagten Telefonnummer.

Das Telefonat war von kurzer Dauer.

»Und? Was ist?«

Fragend blickten Checkter und Hagos Sundström an.

»Da ist tote Hose, die haben nur im Frühjahr und im Herbst je eine Motocross-Veranstaltung, und ansonsten ist die Anlage verwaist. Ich glaube, wir sollten uns das Areal mal anschauen.«

»Okay, dann macht euch fertig, in fünf Minuten fahren wir los.
Zuerst nehmen wir uns die verlassene Fabrik hier in Bergedorf vor.«

Sie fuhren den Brookdeich zurück Richtung Innenstadt, und somit konnte Checker sich schon einmal informieren, wo die Töpfertwiete lag.

Dabei gingen ihm einige Gedanken durch den Kopf, begleitet von einem leichten Kribbeln.

Da könnte ich doch heute Abend gut vorbeischauen, zu Fuß sind das nur schlappe fünf Minuten von unserer Hütte. Abwarten, mal sehen und hören, was der Türke nachher so von sich gibt!

Nach kurzer Fahrtzeit durch die Innenstadt Bergedorfs erreichten sie die Kurt-A.-Körber-Chaussee und parkten ihr Fahrzeug etwas entfernt von der ehemaligen Fabrik mit den baufälligen Gebäudeteilen.

Gegenüber auf der anderen Straßenseite befand sich eine Straßenbaufirma, deren Lieblingsfarbe wohl gelb war, auf alle Fälle erstrahlten alle Gerätschaften in diesem Farbton.

Im Zweifelsfall könnte man sich hier des Nachts ja mit etwas Werkzeug und Gerät behelfen, natürlich so, dass der Eigentümer davon nichts mitbekam.

Es war wiederum ein herrlicher, heißer Sommertag, allerdings wurde es zusehends schwüler, und der Schweiß floss bereits bei der geringsten Bewegung.

Sie ließen sich dadurch aber nicht ablenken und erkundeten das Gelände und die zum Teil schon eingefallenen Gebäude und Werkshallen.

Alles war ruhig, richtig einsam, kein Mensch zu sehen. Wahrscheinlich wurden eventuelle neugierige Besucher durch den hohen Zaun abgeschreckt, der das ganze komplette Areal absicherte.

Allerdings hatte der Zaun schon an einigen Stellen Schlupflöcher, und durch so eines waren die drei auf das Gelände gelangt und befanden sich nun in einer der ehemaligen Fertigungshallen.

Hier war alles feucht und klamm, roch fürchterlich muffig, und das diffuse Licht im Gebäude verbreitete nicht gerade wahres Wohlbefinden.

Außerdem musste man gut aufpassen, überall lagen Trümmerteile und alte Maschinenreste herum.

»Wir könnten hier die Kisten mit den Rohdiamanten verstecken«, meinte Sundström arglos.
»Bist du meschugge?«
Checkter blickte ihn mit großen, fragenden Augen an und auch Hagos war von dem Vorschlag wenig begeistert.
»Das war doch wohl nicht dein Ernst!«
»Na, ich meinte ja nur, in den Kellergewölben zum Beispiel, das wäre doch eine gute Gelegenheit!«
»Vergiss das hier, hier könnten zu viele Leute herumstöbern. Das ist mir einfach zu suspekt! Abiel, hier organisieren wir aber das Treffen mit dem Türken. Eine ganze Weile vor dem Zeitpunkt des Treffens versteckst du dich hier irgendwo in der Halle, so, damit du alles im Blick hast. Am besten nimmst du das Präzisionsgewehr, und sollte die Situation zu eskalieren drohen, legst du alles um, was wir nicht im Blickwinkel haben.«
»Gut, habe auch schon einen idealen Platz ausgeguckt, der mir Rundumsicht und genügend Deckung garantiert.«
»Alles klar? Habt ihr euch das Gelände einigermaßen eingeprägt?«
Hagos und Sundström nickten bejahend.
»Okay, dann wollen wir uns mal die Einöde ... wie hieß das Kaff noch mal?«
»Geesthacht!«
»Alles klar ... in Geesthacht ansehen. Ich hoffe, sie genügt für unsere Zwecke.«
Kurz darauf saßen wieder alle in ihrem PKW und verließen Bergedorf in Richtung Geesthacht auf der Bundesstraße 5.
Unterwegs stoppten sie einen Augenblick an einer Telefonzelle für ein kurzes Telefonat, danach setzten sie unverzüglich ihre Fahrt fort.
Nach erreichen des Ortseingangs Geesthachts bogen sie in den Fahrendorfer Weg, auf der linken Straßenseite, ein.
Ein, zwei Minuten später stoppten sie vor einem großen Eingangstor, an dessen Seite ein alter, ungepflegter Turm stand, ein ehemaliges Transformatorenhaus.
Sie hatten das Areal des MSC Geesthacht erreicht, die Motocross-Strecke.

Sie betraten die Anlage durch eine unverschlossene Pforte, direkt neben dem maroden Transformatorenhaus.

Weiter ging es durch einen Schlagbaum, dessen Hangschloss keine Hürde darstellte, dann überquerten sie die Strecke und waren einige Augenblicke später im Infield der Anlage.

Die Anlage war wie ein riesengroßes Loch, eine ausgebeutete, ehemalige Kieskuhle, in deren Zentrum stand eine alte Hütte, inmitten eines von Gras bewachsenen Platzes, der von einigen Asphaltbahnen durchzogen wurde. Gleich nach Betreten dieses Innenraumes der Anlage befanden sich linker Hand einige alte, vergammelte 40-Fuß-Container. Lagerräume?!

Checkter runzelte bedenklich die Stirn: »Dieses Loch ist die reinste Falle, aber vielleicht ist es gerade deshalb für unsere Zwecke wie geschaffen? Seht ihr, da oben«, dabei wies er mit der Hand in östliche Richtung, zum oberen Rand der Motocross-Strecke, »dort steht auch noch so ein alter, verrotteter Container. Kommt mit ins Auto, wir versuchen mal, dorthin zu gelangen.«

Sie verließen die Cross-Strecke wieder durch die unverschlossene Pforte und begaben sich in ihr Auto.

Sie folgten nun weiter dem Fahrendorfer Weg nach Norden und bogen schon kurze Zeit später nach rechts auf einen noch schlechteren Feldweg ab, und einen Wimpernschlag darauf befanden sie sich auf einer großen Wiese, oberhalb der Motocross-Bahn, wo sie parallel zu dem von unten entdeckten Container an dessen Rückwand stoppten.

Ein stabiler Zaun, verkleidet mit Brettern, stellte die Einfriedung der Anlage dar. Vielleicht auch als Sichtschutz für nicht zahlende Zuschauer gedacht.

Einige Meter neben dem Container stand ein stark verrostetes, stählernes Rondell, das schon bessere Tage gesehen hatte. Mit einem gemauerten Tresen, der wahrscheinlich dem Verkauf bei Veranstaltungen diente.

Sundström blickte sich suchend um und nickte beifällig. »Clint, das wäre doch der ideale Beobachtungsposten, von dem Rondell aus kann man das komplette Gelände und beinahe die ganze Strecke einsehen.«

»Ja, du hast recht. Abiel, du bleibst erst einmal hier und beobachtest alles. Sollte irgendjemand auftauchen, der dir suspekt ist, dann pfeifst du, okay?«

»Ja, in Ordnung, aber vergesst mich nicht, holt mich ja wieder ab, ich will hier nicht einziehen! Was ist jetzt eigentlich? Kann ich nun heute Abend meine Leute aufsuchen?«

»Das wird wohl nichts, heute Abend gegen 20 Uhr haben wir einen Termin in der alten Fabrik, der Türke schickt einige Vertreter, um sich eine Probe der Rohdiamanten anzusehen!«

»Das ist doch Asche! Aber zu meinen Leuten werde ich auf alle Fälle gehen!«

»Na gut, wir fahren wieder runter und begutachten mal den Laden!«

Sie parkten erneut vor dem Haupteingang und betraten dann das Areal.

Links von der inneren Durchfahrt in den Innenbereich standen die beiden L-förmig angeordneten 40-Fuß-Container, wovon der Äußere halb in den die erste Kurve begrenzenden Erdwall eingearbeitet war.

Sundström und Checkter sondierten das Gelände, konnten aber nichts Auffälliges ausmachen.

Checkters Interesse galt nur einem der Container, nämlich dem Äußeren, der etwas im Erdwall eingegraben war. Er holte ein Besteck hervor, und im Handumdrehen hatte er das Hangschloss des Containers problemlos geöffnet.

Sie machten die Containertür auf und blickten erstaunt auf ein kompaktes Stromaggregat, das vorn links im Container stand, ihr Interesse aber nicht sonderlich erregte.

Die Lichtkegel ihrer Taschenlampen huschten durch den Container, es roch modrig, und irgendwie barg der Container eine stetige Feuchtigkeit.

Zum Ende des Containers, hinter einer ganzen Reihe von grauen Stahlschränken, stießen sie auf mehrere längliche, braune Holzkästen. Jede maß so circa drei Meter in der Länge.

»Das ist es, hier verstecken wir unsere Diamanten. Diese Holzkästen sind seit Jahr und Tag nicht bewegt worden. Sieh dir nur mal den Dreck an, der unberührt auf der Oberfläche liegt. Wir räumen den ganzen

Scheiß raus, unsere Boxen an die Wand und dann die alten braunen Kästen wieder davor und darauf, und alles ist gebongt!«

»Ja«, Sundström rieb sich die blonden Bartstoppeln an seinem immer noch Spuren des Absturzes aufweisenden Kinn, »ja, das könnte funktionieren. Hier ist kein Betrieb, sieht sowieso alles ziemlich öde aus.«

»Okay, so machen wir es! Komm, lass uns jetzt hier abhauen.«

Er verschloss den Container wieder, so als wäre nichts gewesen, danach holten sie Hagos an seinem Beobachtungsposten, dem Rondell, wieder ab.

»Hört zu«, Checkter blickte die beiden beschwörend an, »das hier wird das zukünftige Versteck für unsere Diamantenkisten. Jetzt fahren wir zurück und setzten Abiel an der Fabrik ab. Abiel, du bist später in der Fabrik für jedermann unsichtbar, behältst aber alles im Blick. Wir verlassen uns auf dich. Mogens und ich werden dann gegen 19:30 Uhr dort aufschlagen.«

Schweigend fuhren sie zurück nach Bergedorf und setzten Hagos in der Nähe der stillgelegten Fabrik ›Marstahl‹ ab.

Checkter und Mogens holten einige Rohdiamanten aus dem sicheren Haus und waren pünktlich wieder zurück.

Ein schweres Gewitter schien heraufzuziehen. Die Schwüle der Luft war kaum mehr auszuhalten, und vom Westen her zogen schon dichte dunkle Wolken auf.

Sie parkten ihren Kombi an unverdächtiger Stelle, zwischen anderen bereits hier parkenden Fahrzeugen und begaben sich daraufhin in die verlassene Fabrik.

Von Hagos war nichts zu sehen, aber sie wussten genau, dass er sie im Blick hatte.

Sie checkten die ehemalige Werkshalle mit den alten, verrotteten Betonsäulen und die angrenzenden, noch begehbaren Räumlichkeiten.

Der Gewährsmann des Türken schien aber noch nicht anwesend zu sein.

Plötzlich hörten sie ein Geräusch von einer der Maueröffnungen und erblickten zwei kräftige, untersetzte Typen, deren dunkles Haar im diffusen Licht der Halle ölig glänzte.

Checkter und Sundström hatten beide je eine Hand hinter dem Rücken, die Waffe im Hosenbund fest im Griff.

»He!«, rief die Gestalt, die als erste die Halle betreten hatte und Checkter sowie auch Sundström entdeckt hatte. »Bist du ›Spider‹?«

Wobei er mit seiner behandschuhten Rechten direkt auf Checkter wies.

»Hello, weshalb trägst du Typ bei diesem Wetter Handschuhe?«

Checkter nickte unmerklich Sundström zu, der sich sehr langsam zur Seite bewegte.

Leise läuteten bei ihm die Alarmglocken.

»Ja, der bin ich«, meinte er nur trocken, behielt seine Rechte aber hinter dem Rücken und rückte die Walther im Hosenbund zurecht.

»So, Jungs nun zeigt mir mal eure Hände!«

Checkters Aufforderung war unmissverständlich, Sundström stand nun etwas abseits, beinahe auf der Höhe der beiden Türken.

Die beiden Türken kamen auch sofort ohne viel Gezeter dem Ersuchen Checkters nach.

Checkter begann erneut: »Wer hat euch geschickt?«

Nun schien dem ersten Türken beinahe der Kragen zu platzen, und ziemlich ungehalten antwortete er: »Du hast doch dieses Treffen selbst angesetzt! Wir sind im Auftrage von Acem Balyan hier! Oder erwartest du noch jemanden?«

Dabei blickte er sich suchend um und legte nach.

»Was machst du hier eigentlich für einen Aufriss?«

Urplötzlich ließ ein äußerst gewaltiger Donnerschlag das marode Gebäude bis in seine Grundfesten erschüttern.

Das Sommergewitter war da und entlud sich nun mit aller Macht.

Die beiden Türken blickten hektisch um sich, aber es war eben nur das Gewitter.

Sundström und Checkter blickten sich nun relaxt an.

»Also«, begann Checkter, »dann wollen wir doch mal sehen, was wir so mitgebracht haben.«

Er griff in seine Hosentasche und holte ein Tuch hervor, öffnete es, und augenblicklich wurden die Rohdiamanten sichtbar und glitzerten leicht im spärlichen Licht der Halle.

Er legte das Tuch auf einen Sockel, und die beiden Türken traten näher. Sofort leuchteten ihre Augen.

»Acem hat mir gesagt, du hättest eine große Menge?«

Gierig blickte der Behandschuhte Checker an.

»Du redest zu viel, du Pfeife! Prüfe die Steine, und dann sehen wir weiter.«

Der zweite Türke nahm seinen Diplomatenkoffer, öffnete ihn und entnahm ihm ein Stück Glasscheibe und zog Diamant für Diamant über das Stück Glas, dabei war nur das starke Kratzen des Diamanten zu hören.

Danach schlug er die Scheibe kurz auf die Kante seines Koffers, und die Glasscheibe fiel, in fein geschnittene Streifen, auf den Hallenboden.

Der olivfarbene Türke grinste zufrieden: »Das war schon mal in Ordnung.«

Daraufhin nahm er ein kugelschreiberähnliches Gerät, es erzeugte Hitze, hielt es an einen der Diamanten, augenblicklich war die gegenüberliegende Seite des Diamanten warm.

Echte Diamanten haben eine sehr hohe Wärmeleitfähigkeit, und das hatte der Türke nun ebenfalls überprüft.

»Okay«, meinte der Behandschuhte nun lang gezogen und grinste zufrieden.

Das Gesicht unter der öligen Matte hatte auf einmal sehr viel Ähnlichkeit mit Kater Carlo aus einem Comicheft.

»Die Tests sind zufriedenstellend verlaufen, das werde ich Acem sofort mitteilen, wenn ich später mit ihm telefoniere.«

Der Handschuhmann wandte sich nun direkt an Checker: »Alles Weitere musst du mit Acem selbst besprechen. Ich gebe dir seine Hamburger Telefonnummer, dort kannst du Acem sicherlich in kürzester Zeit erreichen. Denn eines ist sicher, die Übergabe führt er selbst durch.«

»Na, du Pfeife, davon gehe ich doch mal aus. Da wird er sicherlich nicht seine Schergen schicken.«

Und dabei blickte er die beiden Türken provozierend an, worauf sie aber nicht eingingen.

»Okay, ihr könnt jetzt abzittern. Teile Acem mit, dass ich ihn noch heute Nacht anrufen werde!«

»Gut, geht klar.«

Und damit verschwanden die beiden Türken durch das gleiche Loch in der Mauer, durch das sie die alte Halle auch betreten hatten.

Wie aus dem Nichts stand plötzlich Hagos neben Checkter und Sundström.

»Das hört sich ja alles in allem recht gut an!«

»Ja«, erwiderte Checkter plötzlich kurz angebunden, »lasst uns hier verschwinden, aber sichern, vielleicht schleicht hier ja noch so ein Ölauge herum. Wir benötigen heute Abend keine Überraschungen.«

Einen Augenblick später hatten sie gemeinsam ihr Auto erreicht.

»Abiel, ich setze dich auf der Höhe der Töpfertwiete ab, dann kannst du deine Leute besuchen, okay?«

»Super, Clint, ich komme dann später zu Fuß nach. Ich hoffe ja, dass es meinen Leuten einigermaßen gut geht.«

Sundström und Checkter bemerkten so etwas wie Besorgnis in Hagos' Stimme. Das war bisher sehr selten vorgekommen.

Wie abgesprochen setzten die beiden Hagos einige Zeit später an der verabredeten Stelle ab.

Schnell verschwand Hagos gegenüber der Töpfertwiete im Gelände.

Checkter folgte dem Brookdeich, fuhr am sicheren Haus vorbei, weiter um die Kurve der Brookkehre herum, immer einen Blick in den Rückspiegeln. Ob sie wohl beschattet wurden?

Nichts.

Sundström war schon vor der Kurve aus dem langsam fahrenden Auto gesprungen und hatte sich unauffällig dem Haus genähert, das Gartentor und die Tür der Tiefgarage geöffnet, und genau zu diesem Zeitpunkt fuhr Checkter ihr Fahrzeug schon rückwärts die Auffahrt herunter und war in der Garage verschwunden. Sekundenbruchteile später war alles wieder geschlossen.

In den Wohnräumen angekommen, ging Checkter gleich weiter ins Büro, nahm den Telefonhörer auf und wählte die Nummer von Acem Balyan.

Phase III, Kontakt

Zufrieden in sich hineinlächelnd machte sich Abiel Hagos auf den Weg von seinen Leuten zum sicheren Haus, er hatte sich unter seinen Landsleuten sehr wohl gefühlt.

Der Gewitterregen hatte sich etwas abgeschwächt, und der immer unscheinbar wirkende Hagos war in der Dunkelheit aufgrund seiner dunklen Hautfarbe und den gedeckten Farben seiner Kleidung kaum auszumachen.

Plötzlich, kurz bevor er den Straßenzug Brookdeich erreichte, stolperte er über einen Stein, fing sich aber gut ab, ohne sich zu verletzen.

Als er im Begriff war, sich wieder vollends aufzurichten, hörte er vor sich Stimmen, die aus dem Wageninneren eines am Straßenrand parkenden Autos drangen. Augenblicklich kam in ihm wieder der alte Geheimdienstmann durch. Nun richtete sich ganz auf, vorsichtig und aufs Äußerste konzentriert.

Er erkannte trotz des immer noch fallenden Regens vor sich eine Mercedes-Limousine, er versuchte, geräuschlos hinter den PKW zu kommen, um zu erkennen, was in dem Auto vor sich ging.

Die vorderen Seitenfenster waren trotz des Regens heruntergelassen, und je näher er sich heranpirschte, umso deutlicher konnte er den Wortlaut des geführten Gesprächs vernehmen. Dabei warf er einen Blick in das Innere des Mercedes und wich erschrocken zurück.

Auf dem Beifahrersitz saß wie hingegossen das Bulldoggengesicht.

Er saß dort in dem Auto und unterhielt sich angeregt mit dem Fahrer, während der Zigarettenqualm aus dem geöffneten Fenster in die feuchte Nacht entwich.

Hagos hatte sich sofort wieder gefangen und lauschte nun überaus konzentriert der Unterhaltung in dem Benz.

Etwas später, als er genug gehört hatte, zog er sich flott, aber geräuschlos von dem Auto samt Insassen zurück.

Nachdem er nach seiner Meinung außer Sicht war, verfiel er in einen leichten Dauerlauf und hatte dadurch in sehr kurzer Zeit das sichere Haus erreicht.

Er klopfte mit dem verabredeten Zeichen an die Haustür, welche auch sofort geöffnet wurde.

Sundström und Checkter blickten leicht erstaunt auf den durchnässten, aber total ruhigen Hagos.

Und sie merkten sofort, dass irgendetwas absolut nicht stimmte.

»Was ist los? Irgendetwas mit deinen Leuten?«

Sundström sah ihn fragend an, während Checkter sich die Walther in den Hosenbund steckte. Er hatte ein verdammt mulmiges Gefühl.

»Nein«, antwortete Hagos knapp, »da ist alles in Ordnung. Nur, gegenüber zur Einfahrt in die Töpfertwiete parkt ein dunkler Mercedes, und auf dem Beifahrersitz hockt das Bulldoggengesicht aus Clermont-Ferrand. Den Typen am Steuer konnte ich nicht erkennen, sein Gesicht war im Schatten. Los, nehmt eure Waffen, jetzt haben wir die einmalige Chance, sie ein für alle Mal auszuschalten!«

»Solltest du nicht lieber dein Präzisionsgewehr nehmen und dann …«

»Nein, wir erledigen das auf kurze Distanz. Wenn jeder ein Magazin in den Wagen feuert, dann sind die hin!«

»Macht jetzt, ins Auto und ab.«

Sie liefen in die Kellergarage, und schon waren sie auf der Straße Richtung Töpfertwiete.

»Ruhig, ganz ruhig«, murmelte Checkter vor sich hin und meinte Sundström damit, der etwas ungestüm gestartet war.

Einen Augenblick später fuhr Sundström an dem immer noch parkenden Mercedes vorbei, von Checkter und Hagos war nichts zu sehen, sie lagen zusammengekauert in ihren Sitzen.

Sekunden später war ihr Auto für einen Schnellstart bereit eingeparkt.

Flink und geräuschlos schlichen sie sich aus verschiedenen Richtungen an den parkenden Mercedes heran.

Plötzlich, sie waren nur noch knappe fünf Meter vom Benz entfernt, wurde dessen Motor angelassen. Sofort eröffnete Checkter mit seiner Waffe das Feuer, klatschend durchschlugen die Kugeln der Walther das Blech der Limousine, welche nun mit durchdrehenden Reifen und einem laut aufheulenden PS-starken Motor durchstartete.

Hagos feuerte immer noch, einige seiner abgefeuerten Kugeln hatten mit lautem Krachen die Heckscheibe bersten lassen.

Sundströms Waffe hatte eine Ladehemmung, während Checkter routiniert ein neues Magazin in den Griff seiner Waffe einführte, durchlud, zielte und schoss, und da sah man im Gegenlicht der Straßenlaternen, wie sich plötzlich im Beifahrerbereich die Frontscheibe verdunkelte.

Spritzendes Blut, der Beifahrer war getroffen, angeschossen?

»Stopp, stopp! Nicht mehr schießen!«, schrie Checkter unvermittelt, und urplötzlich schwiegen die Waffen.

Im zerstörten Heckfenster des flüchtenden Fahrzeugs war ein weiblicher, blonder Haarschopf zu sehen gewesen.

War es Nicole?

Irgendwo gingen nun einige Zimmerfenster auf und Stimmen wurden laut.

»Was soll der Lärm? Wird hier geschossen? Was machen Sie da? Wir rufen die Polizei!« So oder ähnlich schallte es über die nächtliche Straße.

»Mogens, hol das Auto! Ich bin in Nicoles Wohnung, Töpfertwiete 5, pick mich dort auf«, schrie er schon im Laufen begriffen.

Er rannte die paar Meter bis zum Hauseingang, in zwei großen Schritten hatte er die Treppe im Eingangsbereich überwunden und stand vor der gewaltsam geöffneten Haustür von Nicoles Wohnung.

Er zog seine Waffe aus dem Hosenbund, betrat die Wohnung konzentriert, sichernd um sich blickend, jeden Raum einsehend. Die Unordnung zeugte von einem heftigen Kampf, der hier stattgefunden haben musste.

Die Wohnung war leer.

Eine sehr gemütliche, geschmackvoll eingerichtete Wohnung, schoss es Checkter durch den Kopf, *wenn es hier nur nicht so wüst aussehen würde.*

Diesen kleinen Augenblick der Unaufmerksamkeit musste er sofort teuer bezahlen. Die kreisrunde Mündung einer Makarov presste sich auf sein Genick, und eine raue Frauenstimme flüsterte: »Mach keine Zicken, Clifford Sounds, ansonsten bist du hin! Die Waffe her, ganz langsam, den Lauf zwischen zwei Fingern, nach hinten reichen!«

Checkters Gedanken rasten, während er vorsichtig seine Waffe nach hinten reichte.

Den Namen Clifford Sounds habe ich nur einmal benutzt, in Frankreich, am Tisch mit den beiden jungen Damen, also kann das hier nur Nicoles Freundin, Ursula Mohns, sein!

Checkters Waffe war weg, und wieder herrschte ihn die Frauenstimme an: »Langsam umdrehen, die Hände im Nacken verschränken, bei einer falschen Bewegung hast du eine Kugel zwischen den Augen!«

Checkter drehte sich fast in Zeitlupe herum und dachte: *Verdammter Mist, uns läuft die Zeit davon, unsere beiden Gegner sind bestimmt schon über alle Berge.*

Vorsichtig ertasteten seine Hände den Griff seines Wurfmessers, das sich zwischen seinen Schulterblättern befand.

Vor sich sah er nun tatsächlich Ursula Mohns, aber nicht mehr die mild und freundlich lächelnde Endzwanzigerin aus der Bar in Clermont-Ferrand, nein, sondern eine entschlossene Frau mit harten Gesichtszügen. Und ihre Körpersprache verriet Checkter, sie war zu allem bereit, und das konnte für ihn äußerst gefährlich werden.

Checkter, lass dir was einfallen! Wie kommt sie überhaupt an die Waffe und handhabt sie auch noch so sicher?

Sein Körper spannte sich unmerklich, und seine Rechte hatte schon den Griff des Wurfmessers gepackt, aber seine Gedankengänge noch nicht ganz zu Ende geführt, da fiel die Makarov plötzlich polternd auf den Boden und wurde von einem Fuß zur Seite gekickt, dann fingen zwei kräftige Arme die in sich zusammensinkende Mohns auf.

Hagos hatte sie mit dem Griffstück seiner Waffe einfach niedergeschlagen.

»Clint, was machst du hier? Wir warten auf dich, und du unterhältst dich hier mit der besten Freundin von Nicole!«

Der letzte Satz hörte sich aufgrund der Ereignisse doch ein wenig ironisch an.

»Das ist eine ganz gefährliche Braut. Fesselt sie, wir nehmen sie mit und dann ab, es wird hier in Kürze von Polizei nur so wimmeln!«

Im Ford angelangt, legten sie die immer noch ohnmächtige Mohns auf einen der Rücksitze, und Hagos setzte sich neben sie. Als sich ihr Fahrzeug nun endlich in Bewegung setzte, hörten sie schon schnell näherkommendes Sirenengeheul von einigen Streifenwagen.

Hamburg-Billstedt, Oberkommissar Charly Bencken und Hauptkommissar Karl Moldenhauer wollten soeben Feierabend machen, als der Notruf einging.

Das Polizeirevier Bergedorf in der Wentorfer Straße hatte den Notruf weitergeleitet.

Schusswechsel in Hamburg-Bergedorf, Brookdeich, Ecke Töpfertwiete.

Anwohner hatten beobachtet, wie drei Personen auf ein Fahrzeug schossen. Zwei Streifenwagen waren bereits auf dem Weg zum Tatort.

»Verdammte Kiste.« Oberkommissar Bencken hatte bereits sein Sakko übergestreift und seine Dienstwaffe eingesteckt. »Das ist doch die Ecke, wo deine Tochter wohnt!«

Sein Freund und Vorgesetzter, Hauptkommissar Moldenhauer, stand schon abfahrbereit in der Bürotür. »Ja, natürlich, komm in die Socken, geht los!«

In Windeseile bestiegen sie ihr Dienstfahrzeug, und ab ging die wilde Jagd mit Sonder- und Wegerechten über die Bundesstraße 5 nach Bergedorf.

Charly saß am Volant ihres Autos und holte das Letzte aus dem Motor des Fords heraus, um kurze Zeit später vor der Absperrung der Polizei am Tatort mit blockierenden, rutschenden Rädern zu stoppen.

»Mannomann, welch ein Höllenritt!«, stieß Moldenhauer zwischen den Zähnen hervor und löste allmählich seine verkrampften Hände vom Haltegriff.

Das Blaulicht flackerte noch unruhig auf dem Dach des Dienstfahrzeuges und spiegelte sich tausendfach in den überall vorhanden Wassertropfen des vorab gefallenen Regens.

Dann waren sie am Tatort und ließen sich von einem Schutzpolizisten die Lage erklären.

»Tja, Herr Hauptkommissar, der Regen hat die meisten Spuren verwischt. Aber …«, und nun machte der Schupo eine wichtig erscheinende Pause, um das Folgende zu unterstreichen, »… wir haben etliche Patronenhülsen gefunden, Kaliber 7,65, wahrscheinlich Walther PPK.«

Beifallheischend blickte er Moldenhauer und Bencken an.

»Na, Mann! Was ist denn?«, fuhr Moldenhauer den Polizisten harsch an. »War das jetzt alles? Oder?«

»Nein, nein«, stotterte er erschrocken, »wir haben glücklicherweise noch mehr, und die Spurensicherung ist immer noch bei der Arbeit. Es gab nämlich auch einige verwaschene Blutflecken und Glassplitter auf dem Pflaster. Ich vermute, Teile einer zerschossenen Fahrzeugscheibe. Also, ich würde mal zusammenfassend sagen. W…«

Wieder unterbrach Moldenhauer ihn unwirsch. »Malträtieren Sie Ihren Gehirnschmalz nicht allzu sehr, das Denken überlassen Sie in diesem Fall, besser uns! Sonst noch irgendetwas Wichtiges?«

»Na ja«, meinte der Beamte nun kleinlaut, »einige Anwohner haben einen der Schützen hier vorn in den Hauseingang laufen sehen.«

Es war wie ein heißer Stich in die Magengegend von Hauptkommissar Moldenhauer: Der Polizist hatte von der Eingangstür des Wohnblocks, in dem Nicole wohnte, gesprochen.

»Charly, los komm mit!«

Im Sturmschritt bewegten sich die beiden Kommissare nun zum Eingang Töpfertwiete Nummer 5.

Und dann blieb Moldenhauer wie angewurzelt vor der aufgebrochenen, halb offenen Wohnungstür seiner Tochter stehen.

Nicht fähig, im Moment auch nur noch einen Schritt zu tun.

Charly war mit zwei riesigen Sätzen sofort wieder auf dem Bürgersteig vor dem Wohnblock und schrie aus voller Brust: »Augenblicklich zwei Beamte zu mir, aber flott!«

Und schon war er wieder im Wohnblock verschwunden.

Mit der Dienstwaffe im Anschlag stand er nun in der Wohnungstür von Nicole, Moldenhauer hatte sich schnell wieder gefangen und hielt seine Waffe ebenfalls in der Hand.

Sie gaben den Schupos unmissverständliche Zeichen: absolute Ruhe. Dann betraten sie die Wohnung im Schleichgang, jegliches Geräusch vermeidend.

Vorsichtig, die Waffe immer im Anschlag, durchsuchten sie Raum für Raum.

NICHTS!

Das Einzige, was sie vorfanden, war die Unordnung, die von einem erbittertem Kampf herrühren musste und bezeugte, dass Nicole gewaltsam entführt worden war.

»Scheiße, Scheiße und noch einmal Scheiße!«

Moldenhauer war kurz davor, seine Beherrschung komplett zu verlieren.

»Was ist das? Das ist doch alles nicht wahr! Und wo in aller Welt ist Nicole?«

»Karl, nun beruhige dich doch erst einmal, komm runter! Wir werden die Spurensicherung hier auch gleich reinschicken, danach sehen wir weiter, klarer.«

»Mensch, Charly.« Moldenhauer gab Bencken ein Zeichen, etwas näher zu ihm zu kommen und raunte ihm zu: »Gib mir mal deinen Flachmann, jetzt brauch ich unbedingt einen guten Schluck!«

Moldenhauer wusste, dass Bencken immer einen Flachmann mit Korn bei sich führte, für den Fall der Fälle. Und der war nun eingetreten.

Moldenhauer trank erst einmal einen ordentlichen Schluck. Er hüstelte ein wenig, und dann schüttelte er sich, er trank normalerweise überhaupt keinen Alkohol, und war dann aber wieder sofort im Thema.

»Nun lass uns mal wieder sachlich werden: Hatte die Schießerei etwas mit Nicoles Verschwinden zu tun? Und weiter: Worum geht es hier überhaupt?«

Bencken blickte Moldenhauer an und sinnierte: »Von irgendwelchen Banden oder Bandenstreitigkeiten ist mir im Moment nichts bekannt.

Was mir allerdings auch starke Kopfschmerzen bereitet, sind Nicoles verwüstete Wohnung und ihr plötzliches Verschwinden.«

Nachdenklich kratzte er sein markantes Kinn.

»Wir müssen zuerst einmal alle Befragungsprotokolle der Nachbarn sichten, um uns dann vielleicht ein besseres Bild machen zu können.«

»Gut, okay. Aber zunächst muss eine Fahndung anlaufen, und zwar nach dem Auto, zwei männliche Personen und Nicole! Und zwar pronto!«

Während sich Karl Moldenhauer und Charly Bencken noch ihre Hirne zermarterten über den Tathergang in Bergedorf und dabei waren, den Fall oder die beiden Fälle zu rekonstruieren, jagte der waidwunde, dunkelblaue Mercedes über das feuchte Kopfsteinpflaster der engen Straßen, die vom Tatort wegführten, und dabei schlitterte der Mercedes immer mal wieder in den Kurven ob seiner überhöhten Geschwindigkeit.

Auf der Rückbank lag die gefesselte Nicole, die die Welt überhaupt nicht mehr verstand, und schwebte in Todesängsten, während sich vorn auf dem Beifahrersitz Claude Liffers unter Schmerzen wand. Er hatte einen satten, glatten Schulterdurchschuss in seiner rechten Schulter erlitten, als sie schon im Aufbruch begriffen waren. Er hatte schon einigen Blutverlust, derweil sie noch keine Chance zum Stoppen gehabt hatten.

Am Lenkrad des Benz versuchte der Gentleman, James Smith, natürlich, so zügig wie möglich aus Bergedorf herauszukommen.

Er bewegte das Fahrzeug zum Teil am Limit, in der feuchten Nacht nun bereits auf der Bundesstraße 5 Richtung Südosten.

Auf dem Beifahrersitz stöhnte Liffers einmal mehr vor Schmerzen, und dabei versuchte er krampfhaft, die Blutung seiner Schulterwunde zu stoppen.

»James, du musst irgendwo anhalten und meine Schulter verbinden, sonst laufe ich aus«, kam es schwach über die schmerzverzerrten Lippen von Liffers.

»Okay, okay, ich werde sehen, was ich tun kann.«

Und dann schlug er auf einmal wie ein Irrsinniger auf das Lenkrad ein: »Fuck, fuck, what a bullshit!«

Liffers blickte ihn von der Seite her an, war über den Ausbruch aber nicht erschüttert, nur Nicole auf der Rückbank war zusammengezuckt und hatte sich noch mehr in die Rückbank gekauert.

In diesem Moment tauchte vor ihnen auf der rechten Fahrbahnseite die Leuchtreklame einer Apotheke auf.

»He, Claude, ich parke jetzt unseren Wagen, und dann werde ich der Apotheke mal einen kleinen Besuch abstatten.«

Dabei grinste er hämisch vor sich hin.

»Und achte gut auf unseren Gast, nicht dass sie sich aus dem Staub macht, wir brauchen sie noch.«

Er drosselte die Geschwindigkeit und parkte den stark lädierten Mercedes in der Dunkelheit am Straßenrand.

Er verstaute seinen Revolver am Körper und drapierte sein leichtes Sommerhemd locker darüber, dann ging er die paar Schritte zurück zur Apotheke. Er betätigte die Nachtklingel, und kurze Zeit später erschien der Apotheker in dem nun taghell erleuchtetem Verkaufsraum der Apotheke.

Vorsichtig, mit fragendem Gesichtsausdruck, öffnete er die Tür. Sofort drängte Smith den Apotheker zurück in den Raum und verschloss hinter sich die Eingangstür, hielt dem Apotheker wie selbstverständlich die ganze Zeit seine schussbereite Waffe drohend vors Gesicht.

Der ältere Apotheker war dermaßen erschrocken, sodass er nicht ein Wort hervorbringen konnte.

»Los, los, Bewegung, Alter!« Mit diesen Worten trieb er den Apothekenbediensteten hinter den Tresen. Der vor lauter Angst am ganzen Körper schlotternde Mann war nicht in der Lage, auch nur den geringsten Widerstand zu leisten.

»Ich benötige schmerzstillende Mittel in Spritzenform, Morphium! Verbandsmaterial, Puder gegen Wundbrand und reichlich Mullbinden und Kompressen! Und zwar etwas zügig, sonst gibt das hier langen Hafer, und packen Sie etwas Falsches ein, dann komme ich zurück und lege Sie um!«

Dem alten Mann lag noch auf der Zunge, dass das Morphium rezeptpflichtig sei, aber das verkniff er sich.

Der Apotheker war so eingeschüchtert und verschwendete daher nicht einen Gedanken daran, irgendwelche falsche Arzneien in die Tüte zu packen. Dann reichte er wortlos Smith die gefüllte Tüte, mit allem, was er benötigte.

Dieser hob kurz und unvermutet die Waffe und schlug sie dem Apotheker gegen die Schläfe. Er sackte ohnmächtig wie ein nasser Sack hinter dem Tresen in sich zusammen.

Smith riss die Verpackung einer Mullbinde auf und fesselte den Ohnmächtigen, danach verließ er eilig die Apotheke, die Tüte mit dem Verbandsmaterial unter dem Arm.

Als er wieder im Auto hinter dem Lenkrad Platz genommen hatte, begann Liffers sofort, unter fortwährenden Schmerzen zu reden.

»Ich habe mal unser Kartenmaterial durchforstet, um zu sehen, wo wir im Augenblick am besten unterkommen könnten.«

»Und wo? Was ist dir da ins Auge gefallen?«

»Es gibt hier in der Nähe eine fast stillgelegte Motocross-Anlage. Dort sollten wir uns mal umtun!«

»Okay, vielleicht hast du recht, vorher sollten wir uns allerdings des Autos entledigen.«

Genau in diesem Augenblick kam von der Rückbank des Mercedes wildes, aber gedämpftes Gemurmel, Nicole wollte etwas sagen, konnte aber nicht, weil ihr Mund verklebt war.

Smith drehte sich um, richtete sich im Fahrersitz auf, beugte sich nach hinten und schlug ihr brutal seine Faust gegen ihre linke Schläfe, woraufhin sie sofort ohnmächtig wurde.

»Sei ruhig, Mädel, du störst!«

Das war der einzige Kommentar, den Smith dazu abgab.

Langsam fuhren sie durch die Straßen von Geesthacht, auf der Suche nach einem für sie passenden Auto.

Plötzlich tauchte vor ihnen am Straßenrand ein unscheinbarer Opel Manta auf.

»Das!« Smith stoppte sofort. »Das ist das richtige Fahrzeug für uns!«

Ohne größere Probleme hatte er den Manta innerhalb weniger Minuten geknackt und kurzgeschlossen. Er verfrachtete die immer noch ohnmächtige Nicole auf die Rückbank des Opels, und im Nu war alles, was sie an Klamotten und natürlich an Verbandsmaterial hatten, umgeladen.

Er fuhr den Benz an den Straßenrand, öffnete, den Tankstutzen und hängte einen großen Lappen hinein, nachdem sich dieser richtig vollgesogen hatte, zog er ihn heraus, warf ihn ins Auto und zündete ihn an.

Während sie in dem Manta davonfuhren, entwickelte sich hinter ihnen im Mercedes ein Feuer, welches schnell auf alles im Innenraum übergriff, und somit stand in Windeseile das komplette Auto in Flammen.

Gut, gut, so sind wenigstens alle vorhandenen Spuren wie von Zauberhand weg, grinste Smith in sich hinein.

»Okay, Claude, wo muss ich nun hinfahren? Was hast du ausgeguckt?«

Mittlerweile hörte sich die Stimme von Liffers doch schon ziemlich matt an.

»Du fährst jetzt hier die Straße hoch, siehst du das Schild, Richtung Hohenhorn? Nach dem Ortsausgang gleich links, eine Anliegerstraße, ein besserer Schotterweg. Fahr zu, ich weise dich ein.«

Kurze Zeit später stoppten sie auf der großen Wiese oberhalb der Motocross-Strecke, im Schlagschatten eines 40-Fuß-Containers.

Zuerst einmal checkte Smith ihre neue Umgebung, eine sehr große Wiese, der Grenzzaun des Motorsport-Geländes, und viel mehr konnte er im Augenblick auch nicht erkennen.

Dunkle Nacht. Totenstille.

»Claude, hier sind wir im Augenblick sicher. Jetzt werde ich dich erst einmal gründlich verarzten.«

Er leuchtete mit der Taschenlampe, die er im Handschuhfach des Opels gefunden hatte, und besah sich Liffers Wunde.

Glatter Schulterdurchschuss, wie durch ein Wunder war kein Knochen verletzt.

Er setzte Liffers eine der schmerzstillenden Spritzen und gab ihm etwas Traubenzucker, den er in der Apotheke einfach eingesteckt hatte, und nachdem er die beiden Seiten der Wunde versorgt hatte, verband er sie beinahe fachmännisch.

Liffers war ein harter Hund, und mit der schmerzstillenden Flüssigkeit im Körper ging es ihm schon nach kurzer Zeit etwas besser.

»Komm mit, jetzt werden wir mal schauen, was für eine Karre wir überhaupt erbeutet haben.«

Sie gingen zum Kofferraum des Wagens, den Smith sehr schnell geöffnet hatte.

»Donnerwetter!«, entfuhr es Liffers, und auch Smith meinte seinen Augen kaum zu trauen.

In der rechten Ecke des Kofferraums lag sauber zusammengelegt ein Tarnnetz, daneben drei AK 47 und in einer Kiste mit vielen, voll aufmunitionierten Reservemagazinen und zu guter Letzt eine kleinere Kiste mit einigen Handgranaten.

Neben der Holzkiste stand noch ein unscheinbarer, schmaler Pappkarton mit Prospekten. Liffers nahm sich eines heraus und versuchte, es im Licht der Taschenlampe zu entziffern.

»Was ist denn eine ›Wehrsportgruppe G.‹?« Nachdenklich gab er Smith das Prospekt, und der war nicht sonderlich überrascht.

»So wie ich das sehe, sind das Neonazis. Hier unten steht sogar noch die Adresse eines Klublokals. Das sehen wir uns morgen an.«

Smith grinste immer noch in die Dunkelheit hinein.

»Die Deutschen sind schon merkwürdig, an was die alles glauben und was die alles durch die Gegend kutschieren! Sagenhaft! Oder sind wir hier in einem Kriegsgebiet?«

»Na, Letzteres glaube ich wohl weniger, obwohl …?«

Er hatte sich eine der Kalaschnikows herausgenommen und durchgeladen. Alles funktionell.

»Ich finde, die Sachen können uns im Zweifelsfall gut helfen. Aber nun lass uns mal schauen, was es mit dieser vergammelten Stahlbox auf sich hat!«

Sie schlossen den Kofferraum des Opels und stiegen durch ein Loch im Zaun, umrundeten den Container.

Auf der Seite zur Rennstrecke entdeckten sie zwei verschlossene Türen. Schnell waren sie geöffnet.

»Ach du dickes Ei! Was ist das denn? Ich glaube es nicht!«

Liffers versuchte, in der Dunkelheit in die Augen von Smith zu blicken, was ihm aber nicht gelang. Der Lichtstrahl der Lampe strich derweil über sauber in geschlossenen Abteilen aufgestelltes Porzellan.

»Die Frage hättest du dir sparen können, das siehst du doch, nur Toiletten. Aber ich finde, ein geeigneter Platz, um die Kleine zu parken. Sieh mal, hier rechts, ein riesiger Wassertank. Auch nicht schlecht.«

Er zerrte einen Stuhl aus der Ecke neben dem Tank, als sie vom Auto her plötzlich Geräusche hörten. Eine Tür war zugeklappt.

»Verflucht noch mal, die Alte haut ab!«

Mit großen Sätzen war Smith durch den Zaun und auch gleich beim Auto, leuchtete mit der Lampe und sah Nicole schon circa 15 Meter vom Auto entfernt über die Wiese laufen. Er sprintete los, holte sie in Kürze ein, riss sie zu Boden und zischte sie an.

»Lass dir so etwas nicht noch einmal einfallen, solltest du noch einmal versuchen zu fliehen, knall ich dich ab!«

Unsanft stellte er sie wieder auf ihre Füße.

»Los, ab jetzt, zum Container!«

Im Container setzte er sie auf den Stuhl und fesselte sie an diesen. Er kontrollierte noch einmal das Klebeband, welches ihren Mund verschloss. Alles okay so weit.

»Komm, Claude, wir legen uns ins Auto und schlafen ein paar Stunden.«

Sie zogen das Tarnnetz über das Auto, ließen dabei die beiden vorderen Türen geöffnet, um im Notfall schneller reagieren zu können.

Das Wetter hatte sich schon seit Stunden wieder beruhigt, es herrschte zwar noch eine hohe Luftfeuchtigkeit, aber die Luft war insgesamt etwas besser geworden, und es hatte sich abgekühlt.

Bergedorf, Brookdeich, sicheres Haus.

Nachdem sich der Ford mit seinen Insassen in Bewegung gesetzt hatte, war auch dreien der vier Insassen klar, das Bulldoggengesicht und der Gentleman waren mit Nicole, nur sie konnte es gewesen sein im Heckfenster, auf und davon. Sie in der Dunkelheit der Nacht zu suchen, ohne die geringsten Anhaltspunkte, utopisch!

»Mogens, wir fahren heim.«

Er sagte extra nicht ›sicheres Haus‹, die Mohns musste nicht zu viel wissen.

»Abiel, verbinde Ursula mal ihre hübschen Augen.«

Hagos hatte diese Aufgabe schnell erledigt, und Mohns ließ es ohne Gegenwehr über sich ergehen.

»Mogens, sobald wir im Haus sind, gehst du ins Büro und übernimmst den Funk! Wir müssen wissen, wo die Polizei steht, wir sollten wenigstens in der Richtung auf dem Laufenden bleiben.«

Einige Minuten später parkte Sundström den Ford im Kellergeschoss des sicheren Hauses ein.

Sie beobachteten aus dem unbeleuchteten Erdgeschoss die Umgebung des Hauses, alles ruhig, nichts Auffälliges zu sehen.

Dann schlossen sie alle Vorhänge und schalteten die Beleuchtung ein.

Die Mohns hatten sie zwischenzeitlich dazu genötigt, auf der Couch Platz zu nehmen. Widerwillig, mit trotziger Miene, hatte sie sich, immer noch an den Händen gefesselt, auf die Couch fallen lassen.

Die Augenbinde trug sie nun auch nicht mehr, und dann begann sie überaus giftig: »Was seid ihr eigentlich für Chaoten? Und was wollt ihr von mir?«

Weder Checkter noch Hagos reagierten auf ihre provokante Frage.

»Abiel, geh doch mal ins Büro und lös Mogens ab, vielleicht gibt es dort ja etwas, was uns weiterbringt!«

Hagos tat, wie ihm geheißen, und verschwand im Arbeitszimmer, das bestens mit der neuesten Technik der Nachrichtendienste ausgestattet war.

Checkter setzte sich zu Mohns auf die Couch, während Sundström es sich ihr gegenüber in einem Sessel bequem machte.

»Nun erzähl mal«, begann Sundström, »wie kommt eine Frau wie du zu einer Makarov? Und was machst du damit in der Wohnung deiner besten Freundin?«

Giftig blickte sie die beiden an: »Das geht euch einen feuchten Schmutz an! Erklärt ihr euch erst einmal! Was macht ihr hier, und was war das in

Clermont-Ferrand? Wenn ihr weiterhin die Behauptung aufrechterhaltet, ihr seid Touristen, dann bin ich die Königin von Saba!«

Checkter grinste verhalten, und auch Sundström konnte sich eines schwachen Lächelns nicht erwehren.

»Na ja, Touristen im herkömmlichen Sinne sind wir nicht, eher Durchreisende!«

Das Grinsen beherrschte immer noch Checkters Gesicht.

»Und was versteht ihr unter Durchreisende? Durchreisende mit schwerem, gefährlichen Gepäck?«

Mohns Blick wanderte fragend von Checkter zu Sundström und wieder zurück.

Keiner verzog auch nur eine Miene ob ihrer speziellen Frage.

Plötzlich war das Grinsen aus Checkters Gesicht entschwunden und hatte einem todernstem Ausdruck Platz gemacht, dabei blickte er der Mohns tief in ihre braunen Augen.

»Weißt du, mein Schatz, deine Waffe und die Art und Weise, wie du dich in der Wohnung bewegt hast, all das kommt mir irgendwie bekannt vor. Das Muster habe ich schon einige Male gesehen.«

Sie zuckte leicht, fast unmerklich mit ihren Augenlidern, während Checkter sie unverwandt ansah.

»Mogens, sag an! Hast du irgendeine Idee?«

»Mmmmh, tja, ich weiß nicht so recht. Ich habe sie ja nicht so sehen können wie du, aber ich würde auf Ostblock tippen! Hier läuft normalerweise keiner mit einer Makarov rum. Schon gar nicht eine junge Frau!«

»Nee, nee, sie hat sich bewegt wie ein gut ausgebildeter KGB-Agent. Ich habe so etwas schon gesehen, während meiner Zeit in Fernost. Immer das gleiche Muster. Also, nun mal los, erzähl! Wer bist du wirklich, und was ist dein Auftrag?«

Mohns schreckte hoch, weil Checkter urplötzlich ein Wurfmesser in seiner Rechten hielt, dessen Klinge an beiden Seiten sehr scharfe Schnittkanten hatte. Mit seiner Linken hatte er jetzt ihren Hals umklammert.

Äußerst langsam nahm der Druck auf ihren Kehlkopf zu und lockerte sich nur, als ihr Gesicht eine bläulich-rote Färbung annahm.

»Nun!«, herrschte er sie an. »Raus mit der Sprache!«

Sie krächzte und rang nach Atem, versuchte, sich der Umklammerung zu entziehen, dabei arbeitete ihr Gehirn routiniert, so wie sie es in ihrer Ausbildung bei den Sowjets gelernt und immer wieder trainiert hatte.

Deswegen konnte sie die beiden auch ohne Panik ansehen.

Und sie fragte dennoch einmal mehr, wiederholte sich: »Sagt ihr mir lieber, was für eine Bande ihr seid.«

Nun grinste Checkter wieder spitzbübisch übers ganze Gesicht, ohne es dabei vor Schmerz zu verziehen, denn seine Risse und Schrunden im Gesicht verheilten bereits recht ordentlich.

»An sich ist es kein Geheimnis, was wir hier treiben. Wir reisen durch Europa und rekrutieren Söldner für einen afrikanischen Herrscher! Nur deine Frage nach dem schweren Gepäck, die habe ich nicht so recht verstanden, das musst du mir schon etwas näher erläutern.«

Hagos hatte sich zwischenzeitlich wieder zu ihnen gesellt, er blickte Sundström an, und beide waren höchst erstaunt über die fette Lüge aus dem Mund von Checkter.

Hagos, der hinter der sitzenden Mohns stand, wandte sich ab, hielt sich seine Rechte vor den Mund, um nicht vor Lachen laut loszuprusten.

»Okay, okay, ihr wart in Frankreich alle leicht lädiert, und in nächster Nähe von uns ist soeben ein Flugzeug unbekannter Herkunft bei einer Notlandung zu Bruch gegangen. Die Behörden finden in der Maschine zwei Tote und eine Handvoll Rohdiamanten. Sehr merkwürdig, wo doch gerade vor sehr kurzer Zeit in Angola der größte Diamantenraub aller Zeiten stattgefunden hat. Diesen Raub können die beiden Toten niemals allein bewerkstelligt haben! Was sagt ihr denn dazu?«

»Menschenkinder«, meinte Hagos daraufhin hinter ihr, »du bist ja wirklich ein fantasievolles Mädel. Wirklich, eine ganz tolle Geschichte, nur leider haben wir damit nichts zu tun, oder meinst du, wenn wir die Steine hätten, wären wir hier?«

Checkter wandte sich nun wieder der Mohns zu: »Los, nun mal raus mit der Sprache! Was hast du mit den Russen zu tun?«

In ihrem Kopf rumorte es, ihre Gedanken, arbeiteten fieberhaft: *Ich hasse Schmerzen, eigentlich könnte ich dem Engländer ja auch alles erzählen, kann er sowieso nichts mit anfangen. Bevor er mir doch noch weitere, stärkere Schmerzen zufügt!*

»Also gut«, begann sie, »ich erzähle euch jetzt meine Geschichte, aber glaubt mir, ihr könnt damit wenig anfangen.«

»Nun, denn man los«, ermunterte sie Sundström, der anscheinend einige Sympathien für sie hegte.

Und dann schilderte Mohns in kurzen prägnanten Sätzen ihren Werdegang: Anwerbung, Ausbildung durch den KGB, Dienst in der DDR, Unstimmigkeiten mit dem Führungsoffizier, im Dienst und ihrer Dienststelle, Flucht in die Bundesrepublik, ein Job in Hamburg-Bergedorf und letztendlich, wie sie Nicole kennengelernt hatte und sie beste Freundinnen wurden.

»Na, siehst du, es geht doch«, äußerte Hagos sich nun süffisant. »Okay, so weit, so gut! Vielleicht glauben wir dir sogar.«

Checkter blickte kurz fragend in die Runde: »Was wollen wir mit ihr machen?«

Aber bevor überhaupt jemand zu Checkters Frage Stellung beziehen konnte, begann die Mohns erneut zu reden.

»Hört mir doch mal einen Augenblick zu, vielleicht kann ich euch ja helfen. Ich habe sehr gute Ortskenntnisse und wie bereits erwähnt eine gute Ausbildung genossen. Wenn du«, und dabei blickte sie Checker direkt an, »wenn du Nicole wiederfinden willst, was natürlich auch in meinem Interesse liegt, bin ich absolut bereit, euch zu unterstützen. Und ich werde mich immer loyal verhalten, versprochen!«

Hagos gab Checker ein Zeichen, und beide gingen in die angrenzende Küche.

»Sag mal, Clint, willst du die Alte etwa in unser Team integrieren? Keiner kennt sie! Niemand weiß, was in ihr vor sich geht, und ob ihre Story wahr war, das steht auf einem ganz anderen Blatt!«

»Bleib schön geschmeidig, Abiel. Wir behalten sie vorerst einmal bei uns. Sollte sie Sperenzien machen, dann legen wir sie kurzerhand um, basta!«

»Das Wichtigste ist im Augenblick aber nicht die Suche nach Nicole, das ist für mich ziemlich nebensächlich. Ich meine, wir sollten zuerst einmal die Diamanten im Blick behalten und sichern. Sobald uns hier jemand ausfindig macht, geht die ganze Chose den Bach runter.«

»Okay, stimmt. Morgen haben wir ein Date mit dem Türken, hier in Bergedorf, in der Kneipe ›Zum Goldenen Anker‹. Vorher verstecken wir die Diamanten, damit wir auf der sicheren Seite sind. Okay?«

»Ja, alles klar.«

Sie begaben sich wieder ins Wohnzimmer zu Sundström und der immer noch gefesselten Mohns auf der Couch.

»Ach, was ich euch noch mitteilen wollte, Jungs«, und dabei blickte sie alle drei etwas überheblich an, »der Vater von Nicole ist übrigens bei der Hamburger Kriminalpolizei, und seine Dienststelle ist für den Bezirk Bergedorf zuständig. Ich vermute mal ganz stark, dass er den Tatort schon in Augenschein genommen hat und eine Fahndung nach euch und den anderen Flüchtigen bereits läuft!«

Die Überraschung war ihr gelungen, für einen kurzen Augenblick wirkten die drei etwas verunsichert.

Erste Ratlosigkeit spiegelte sich auf ihren Gesichtern wieder.

Plötzlich lachte Sundström befreit, so als hätte eine Eingebung gehabt.

»Vielleicht ist das gar nicht so schlecht für uns und wir finden in ihm einen Verbündeten!«

Nun waren alle Augen auf ihn gerichtet und starrten ihn entgeistert an.

Liffers und Smith wurden morgens in aller Frühe wach. Liffers war durch starke Scherzen in seiner Schulter geweckt worden, in der Wunde war ein starkes Klopfen auszumachen, woraufhin ihm nur ein Gedanke durch den Kopf ging: *Bloß keine Entzündung, das kann ich zum jetzigen Zeitpunkt überhaupt nicht gebrauchen.*

Der herannahende Tag begrüßte sie wolkenverhangen, und ein starker Wind strich über die Wiese oberhalb der Motocross-Strecke und zerrte leicht an dem Tarnnetz, das immer noch den Manta verhüllte.

»Mensch, bin ich kaputt, mir schmerzt nicht nur meine Schulter, ne, ich spüre jeden einzelnen Knochen.«

Smith packte wortlos das Verbandszeug aus, legte Liffers einen neuen Verband an und verabreichte ihm danach eine weitere schmerzstillende Spritze.

»Einen kurzen Augenblick, dann tritt die Wirkung ein und es wird dir besser gehen.«

Smith stand ans Auto gelehnt und rauchte gedankenverloren eine Zigarette. Der sonst immer so adrett Gekleidete wirkte nach der letzten Nacht doch etwas derangiert.

»Claude«, begann er dann, »wir fahren jetzt in den Ort und frühstücken in irgendeinem Café. Danach besuchen wir die Behausung von den Neonazis.« Er kratzte sich sein bartstoppeliges Kinn. »Ich muss unbedingt mit Antwerpen telefonieren, du bist stark angeschlagen, wir benötigen hier mehr Manpower, tatkräftige Unterstützung. Und die Kleine kann hier auch nicht lange bleiben, ich finde es hier nicht wirklich safe.«

»Moment, James, wir wollen nichts überstürzen. Lass uns in Ruhe frühstücken, dann sieht die Welt schon ganz anders aus.«

Sie setzten sich ins Auto und fuhren in den Ort.

Das Frühcafé, das sie sich ausgeguckt hatten, war nur spärlich besucht. Nachdem sie den Wagen direkt vor dem Café geparkt und den Laden betreten hatten, erblickten sie in einer Ecke des Lokals zwei Männer mittleren Alters mit kahl geschorenen Köpfen, Lederjacken und Springerstiefeln an den Füßen.

Von den weiteren Tischen, die ordentlich angeordnet in dem Raum standen, waren nur noch zwei weitere besetzt, an ihnen saßen Männer in Arbeitskluft, die ihren Kaffee schlürften.

»Merkwürdige Typen, die beiden Glatzen dort hinten«, murmelte Liffers vor sich hin, nur für Smith verständlich.

Die in der Ecke sitzenden beiden Glatzen waren, was hier natürlich niemand wusste, Klaus und Uwe, zugehörig der ortsansässigen inoffiziellen ›Wehrsportgruppe G.‹, offiziell eingetragene Mitglieder eines Motorrad-Klubs.

Flüsternd unterhielten sich die beiden, äußerst frustriert, sie hatten in der vergangenen Nacht Türkenklatschen veranstalten wollen, waren aber keiner Opfer habhaft geworden.

Nun frühstückten sie hier und wollten sich danach in ihr Klubhaus zurückziehen.

Sie vermittelten auf Außenstehende den Eindruck, als wären sie nicht die hellsten Leuchten, aber der Anschein konnte ja manchmal auch täuschen.

»Also, Klaus«, begann nun Uwe, »das war ja ein echter Reinfall letzte Nacht!«

Klaus schwieg, antwortete nicht, blickte nur gelangweilt aus dem Fenster des Cafés und stieß Uwe plötzlich und ohne Vorwarnung vehement seinen linken Ellenbogen in die Seite, sodass beinahe beide Kaffeetassen umgefallen wären.

»He, hallo, sieh dir das mal an! Unser Manta steht draußen. Ich dachte, der ist letzte Nacht geklaut worden?«

»Wo, wo?«

Uwe richtete sich halb auf. »Ah, ja nun sehe ich ihn auch!«

Klaus blickte Uwe irgendwie merkwürdig an. »Ganz ruhig, irgendwie muss er ja hierhergekommen sein. Du gehst gleich mal raus und postierst dich in der Nähe, und sollten die oder der Typ aufkreuzen und sich dem Auto nähern, dann schlagen wir zu, und das Auto ist wieder unser. Ich tippe mal auf die beiden Typen dort in der Ecke. Los, mach schon, zisch ab!«

In der linken Ecke des Frühcafés saßen Liffers und Smith und verzehrten ohne jeglichen Argwohn ihr reichhaltiges Frühstück.

»Na, Claude, sieht die Welt schon wieder etwas besser aus?«

Fragend blickte Smith zu Liffers hinüber.

»Ja, das Frühstück war schon echt gut.«

»Wir fahren gleich zur Cross-Strecke und holen die Kleine aus dem Container, und dann suchen wir uns einen besseren Platz, um sie zu parken.«

»Okay, wir müssten uns auch umtun und uns unbedingt ein Hotel in

Bergedorf suchen, damit wir uns endlich mal wieder etwas frisch machen können.«

»Ja, sehr gut, da bin ich voll und ganz deiner Meinung. Wollten wir nicht noch einen Abstecher in das Klubheim der ›Wehrsportgruppe G.‹ machen?«

»Das läuft uns nicht weg, lass uns aufbrechen!«

Sie gingen hinüber zum Platz, wo sie den Opel Manta geparkt hatten, während Liffers sich einmal mehr den Arm hielt, um die verletzte Schulter zu entlasten.

Smith war im Begriff, seine Hand zum Türgriff des Opels auszustrecken, als er ein leises, verdächtiges Geräusch hinter sich hörte. Blitzschnell hatte er seine Waffe in der Hand und drehte sich dabei wegduckend um 180 Grad. Genau dadurch entging er dem von Uwe geführten Schlag mit dem Baseballschläger. Instinktiv sprang Smith in Uwe hinein, drückte seinem Gegner sofort den Lauf seiner Magnum in den Hals, woraufhin Uwe augenblicklich den Schläger fallenließ und erstarrte.

Aus den Augenwinkeln sah er den zweiten Gegner auf den verletzten Liffers zustürmen, aber der hatte den Ernst der Lage sofort erkannt. Er schlug dem Angreifer seine Waffe mit voller Wucht, ohne zu zögern, auf den Schädel, sodass dieser genau vor ihm auf die Knie sank. Bevor er wieder zu sich kommen konnte, lag er schon auf der Rückbank des PKWs. Smith hatte dem unterlegenen Uwe mittlerweile unmissverständlich zu verstehen gegeben, auf dem Beifahrersitz Platz zu nehmen.

Nachdem sich alle im Auto befanden, Liffers auf der Rückbank mit dem stark blutenden Klaus, Smith hinter dem Lenkrad und auf dem Beifahrersitz der total eingeschüchterte Uwe, er konnte seinen Blick einfach nicht von Smith' Waffe lösen.

Augenblicklich startete Smith den Motor und fuhr los.

Mit seiner bewaffneten Rechten stieß er hart gegen Uwes Rippenbögen: »Los, beschreib mit sofort den Weg zu eurem Klublokal!«

Der etwas einfältige, ansonsten aber brutal wirkende Uwe schlotterte vor Angst und lotste Smith ohne Umschweife auf dem direkten Weg zu dem Domizil der sogenannten »Wehrsportgruppe«.

»Hier, hier musst du anhalten«, rief Uwe und zeigte auf ein Gebäude zu seiner Rechten. Smith ignorierte ihn und folgte weiter der Geesthachter Straße in Richtung Bergedorf. Kurz vor dem Ortsausgang verließ er die Hauptstraße und bog rechts in den Fahrendorfer Weg ab.

Als sie einige Minuten später die Motocross-Anlage passierten, parkte vor dem Eingangstor ein Ford Taunus Turnier.

Wahrscheinlich irgendwelche Spaziergänger, dachte Smith sich und hatte den Ford gleich wieder vergessen, dann umrundete er die Motocross-Strecke, bis er den PKW auf der Wiese neben dem Container anhielt.

»Was soll das? Was wollt ihr hier?«, ließ sich nun der bullige Klaus von der Rückbank vernehmen. »Hier ist doch nur tote Hose!«

»Ruhig, Junge, immer ganz ruhig.«

Smith blieb ganz relaxt. »Raus jetzt aus dem Auto und keine Zicken, ansonsten, so könnt ihr mir glauben, habt ihr einen Scheißtag, Jungs!«

Alle stiegen aus dem Auto, und auf Druck von Liffers stiegen die beiden Glatzen gleich als Erste durch das Loch im Zaun neben dem Container.

Smith hatte die ganze Zeit über seine Waffe im Anschlag, aber die beiden Neonazis verschwendeten nicht einen Gedanken an Flucht oder Gegenwehr.

Schnell war die linke Tür des Containers geöffnet, und da die Sommersonne nun schon beinahe den ganzen Morgen auf das Blech des Containers schien, schlug ihnen ein bestialischer Gestank entgegen.

Ein Herren-WC mit Pinkelrinne, der Gestank rührte wahrscheinlich von Unmengen Urin her, der irgendwie nie den richtigen Weg gefunden hatte.

»Ab jetzt, rein da!«, trieb Smith die beiden an.

»Ich geh da nicht rein! Das stinkt ja schlimmer als im Pumakäfig!«

Klaus stemmte sich mit Händen und Füßen in den Türrahmen, aber ein deftiger Schlag mit der Waffe von Smith in seine Rippen ließ in augenblicklich seine Meinung ändern.

Zögerlich betrat er die Männertoilette.

»Claude, fessel die beiden an dem Wasserhahn von dem Handwaschbecken, das scheint mir am stabilsten zu sein.«

Schnell waren die beiden mit den Händen auf den Rücken an die Steigleitung gefesselt.

Währenddessen hockte Hagos in einer sehr guten Deckung für Liffers und Smith unsichtbar hinter dem Rondell und hatte natürlich alles beobachtet, was vor den Containern vor sich ging. Seine Walther hielt er schussbereit in der Hand, während seine Gedanken rasten.

Kein Angriff, kein Angriff! Gaaanz ruhig bleiben und nur beobachten. Hoffentlich entdecken die Bastarde Clint und Mogens nicht.

Genau zu diesem Zeitpunkt verließen Checkter und Sundström unten im Fahrerlager den Container.

Außerhalb der Sichtweite von Smith und Liffers machte Hagos aus seiner Deckung heraus Handzeichen für Checkter.

Da dieser sofort, nachdem er aus den Container trat, sicherheitshalber zu seinem Wachmann oberhalb der Cross-Strecke blickte, erkannte er blitzschnell die neue Situation.

Augenblicklich war der Container verschlossen und beide unbemerkt von der Bildfläche verschwunden.

Das Infield des Heidbergrings lag verlassen da wie eh und je, zwischen der alten Hütte und den Containern im hellen Sonnenlicht.

Von all dem hatten Liffers und Smith nichts bemerkt, sie waren zu sehr mit ihren Gefangenen beschäftigt.

Smith hatte mittlerweile die zweite Tür des WC-Containers geöffnet und gab der gefesselten Nicole etwas zu trinken.

Währenddessen schlängelte Hagos sich wie eine Schlange, jedwedes Geräusch vermeidend, durch das Unterholz Richtung Fahrendorfer Weg.

Als er die Motocross-Strecke und den abgrenzenden Zaun überwunden hatte, lief er den Weg hinab zu dem dort parkenden Ford Taunus, in dem Checkter und Sundström schon wieder Platz genommen hatten.

Auf der Rückbank des Kombi saß die Mohns, die aus Sicherheitsgründen wieder gefesselt war und eine Augenbinde trug.

Etwas außer Atem berichtete Hagos den beiden, was er dort oben am Container beobachtet hatte.

Er hatte kaum geendet, als sie ein sich schnell näherndes Motorengeräusch hörten. Sofort legten sie sich alle flach auf die Sitze und waren so von dem vorbeifahrenden Opel aus nicht zu sehen.

Hagos erhob sich als Erster. »Das waren die beiden, der Ami und das Bulldoggengesicht. Er bewegt sich schlecht, ist angeschossen. Los, Mogens, gib Sand, hinterher!«

Unverzüglich startete er den Kombi, fuhr zügig den Weg zur Bundesstraße 5 hinunter, hängte sich in einigem Abstand hinter den Manta, der sich nun flott in Richtung Bergedorf auf der Bundesstraße bewegte.

Hagos saß mal wieder hinten im Ford bei der Mohns und hatte die Augenbinde wieder entfernt.

Sollten Smith oder Liffers doch einmal in den Rückspiegel blicken, so war es ganz gut, dass Hagos hinten saß, auf einem der Vordersitze könnte seine Hautfarbe ihnen zu schnell ins Auge fallen.

»James, mach etwas ruhiger, die Germans sind sehr sensibel, wenn du im Tiefflug durch die Gegend bretterst!«

Smith hörte zwar, was Liffers gesagt hatte, und er ging auch etwas vom Gas, was ihm wiederstrebte, aber sie fuhren in Escheburg ein, geschlossene Ortschaft, 50 km/h.

Er blickte immer wieder konzentriert in den Rückspiegel, konnte aber nichts Verdächtiges ausmachen.

»Sag mal, James, warum hast du diese beiden tauben Nüsse eigentlich gechartert? Und dann noch für fünfzehntausend Mark pro Figur? Na, wenigstens können sie nicht weglaufen!«

»Du bist gut Claude, angeschossen, zugedröhnt mit Schmerzmitteln, so bist du im Augenblick auch nicht wirklich der Bringer! Allein kann ich das Ding nicht regeln, und wenn wir diesen Job mit Erfolg abschließen wollen, dann sollten wir allmählich wirklich in die Socken kommen, denn anscheinend sind die anderen uns immer einen Schritt voraus.«

Liffers schob sich im Sitz hin und her, versuchte, bequem zu sitzen, denn trotz der Schmerzmittel ging es ihm nicht wirklich gut.

Seine Beine konnte er auch nicht richtig ausstrecken, weil er in seinem Fußraum auch noch eine Kalaschnikow liegen hatte.

»Okay, wir sind gleich an der Rothenhauschaussee, immer noch auf der Bundesstraße 5, der folgen wir, und kurz hinter Bahnunterführung müssen wir dann links ab. In der Kurt-A.-Körber-Chaussee liegt irgendwo die verlassene, uralte Fabrik ›Marstahl‹. Mal schauen, ob das ein besseres Versteck für unsere Braut ist«, wobei er einen Blick nach hinten auf die Rückbank warf, wo gefesselt und zusammengekauert Nicole lag.

Urplötzlich schreckten beide in ihren Sitzen hoch.

»Ooooh, bullshit, James! Police Control!«

»Bleib ganz ruhig, Claude", in Smith rasten die Gedanken, »nimm die AK 47 auf deinen Schoß und lege deinen Pulli darüber, ansonsten immer schussbereit.«

Vor ihnen befand sich eine Straßensperre, unruhig flackerndes Blaulicht auf den Streifenwagen, dazu etliche Polizisten, davon einige mit Polizeikelle.

»Ich fahre jetzt auf die Sperre zu, die Lücke die sie zur Durchfahrt zwischen den beiden Polizeifahrzeugen gelassen haben, reicht uns. Sobald ich richtig Gas gebe, feuerst du, nur Feuerstöße über die Köpfe, okay, verstanden?«

»Ja, logo. So ein Scheiß, die suchen sicher uns! Immer noch!«

Ein scharfes, metallisches Ratschen zeugte davon, dass die AK 47 jetzt durchgeladen war.

Circa 20 Meter vor der Straßensperre trat Smith das Gaspedal voll durch, der Motor des Manta heulte auf, und das Auto schoss los. Es hatte eine wahnsinnige Beschleunigung.

Die Schutzpolizisten ruderten wie wild mit den Armen, und einige brachten ihre Schusswaffen in Anschlag.

Und dann ging alles blitzschnell.

Smith behielt den rechten Fuß am Gas, das Gaspedal durchgedrückt bis zum Bodenblech. In der Rechten hielt er seine Magnum und feuerte aus dem offenen Fenster. Liffers verschoss aus dem geöffneten Beifahrerfenster Feuerstöße aus seiner Kalaschnikow dicht über die Köpfe der Polizisten, die in Sekundenschnelle hinter ihren Dienstfahrzeugen Deckung suchten.

Aus den Augenwinkeln sah Smith, dass ein Schutzpolizist mit seiner MP 5 auf ihn zielte.

Kurz entschlossen legte Smith an: Wumm, wumm, zwei gezielte Schüsse, so gut es ging aus dem rasenden Wagen heraus. Er sah noch, wie der Beamte zusammensackte, dann hatten sie fast unbeschadet die Sperre durchbrochen und rasten in Richtung Bergedorf-Mitte weiter.

Nicole wurde auf der Rückbank hin und her geschleudert und kam irgendwann hinter den Vordersitzen im Fußraum zum Liegen.

Smith nahm die Hindernisse und Kurven mit Bravour, er driftete mit dem Hecktriebler um die Kurven, dass die Reifen nur so rauchten, und ehe sie sich versahen, lag die verlassene Fabrik vor ihnen.

Er fuhr durch das total verrostete, halb offene Tor, sodass Schotter und Splitt nur so spritzten. Ein kontrollierender Blick, niemand folgte ihnen.

Er brachte das Fahrzeug abrupt zwischen zwei der fast zerfallenen Gebäude zum Stehen.

Von der Straße her konnte diese Stelle nicht eingesehen werden.

Sie verharrten im Auto, schnell näherkommende Fahrzeuge mit eingeschaltetem Martinshorn waren zu hören, und das Geräusch schwoll noch weiter an, je dichter sie kamen.

Dann aber verebbten die Polizeisirenen, sie waren vorbeigerast.

Vorerst in Sicherheit?!

»Komm, Claude, alles aus dem Auto raus, was wir noch gebrauchen können. Vor allen Dingen die Waffen und die Munition!«

Liffers räumte, so gut es mit seiner Verletzung möglich war, alles, was er greifen und tragen konnte, in die Halle des ersten Gebäudes neben ihnen.

In Windeseile war das Auto leer geräumt.

Sie warfen gemeinsam das Tarnnetz über den Manta, und von Weiten sah alles nun aus wie ein vertrocknetes Gebüsch.

»Gut, und nun zu unserer Kleinen!«

Liffers blickte Smith eiskalt an. »An und für sich ist sie doch nur noch Ballast, lass sie uns umlegen und in den Keller werfen. Die Leiche wird nie gefunden.«

Nicole hatte die Aufforderung von Liffers an Smith mitgehört und strampelte nun wie wild mit den Beinen, aus ihrem verklebten Mund kamen dumpfe, verzweifelte Laute, keiner Sprache ähnlich.

»Nein, nein, noch nicht!« Smith schüttelte ablehnend seinen Kopf. »Noch benötigen wir sie als Sicherheit und Druckmittel gegenüber dem Engländer. Der Bursche ist uns im Moment mit seinen Jungs einfach zu dicht auf den Fersen. Lass mich mal in Ruhe nachdenken.«

Er zündete sich eine Zigarette an und begann, unruhig auf und ab zu gehen, soweit das zwischen den in der Halle verstreut herumliegenden Trümmern und verrosteten Maschinen überhaupt möglich war.

Er warf seine Zigarettenkippe in eine Pfütze, sein Gesicht hatte sich wieder aufgehellt. »Ich habe eine Idee!«

Ungläubig fragend blickte Liffers ihn an. »Und?«

»Hier, unter uns gibt es doch einige Kellerräume! Dort werden wir sie vorerst einmal einquartieren, damit wir uns frei bewegen können.«

Liffers riss mit einer Hand die am Boden hockende Nicole hoch, und Smith kramte in seinen Sachen, bis er gefunden hatte, was er suchte.

Mit der Taschenlampe suchten sie den Weg ins Untergeschoss. Auf dem Weg dorthin stießen sie auf eine verlassene Schlafstätte eines Penners.

»Siehst du, Baby«, grinste Smith fies übers ganze Gesicht, »hier ist sogar eine Matratze für dich, du musst also nicht einmal auf dem nackten Fußboden liegen!«

Liffers griff mit seiner freien Hand die total versiffte Matratze und zog sie hinter sich her.

Kurze Zeit später hatten sie die Treppe gefunden, und schnell standen sie vor den stark verrosteten Kellertüren.

»Gute Räume«, konstatierte Liffers und trat wichtig gegen eine der Türen. »Alles gut in Schuss, und jede Tür ist abschließbar. Los, bringen wir sie rein!«

Einige Minuten später war alles erledigt, Nicole lagerte auf der total verdreckten Matratze des verschwundenen Penners.

Sie war nun wieder gefesselt, sodass sie den Raum ohne fremde Hilfe nicht verlassen konnte.

Smith hatte großzügigerweise das Klebeband entfernt, so konnte sie wenigstens zwischendurch etwas trinken.

»Ihr Dreckschweine«, stieß Nicole wütend hervor, »ich hoffe, dass mein Vater euch bereits auf der Spur ist und euch schnellstens festsetzt!«

Die beiden blickten sie erstaunt an, sagten aber nichts.

Sie verschlossen trotz der lautstarken Proteste von Nicole die Tür von außen.

Oben in der ehemaligen Fertigungshalle packten sie fein säuberlich ihre Sachen zusammen.

Smith sah Liffers an. »Ich gehe an die Straße und halte ein Taxi an, und dann lassen wir uns in ein kleines Hotel fahren, okay?«

Liffers nickte zustimmend.

Ich muss unbedingt mit Antwerpen sprechen, ging es Smith durch den Kopf.

Entscheidende Schritte

Polizeikommissariat 42 Hamburg-Billstedt.
Charly Bencken und Karl Moldenhauer saßen in ihrem Büro im Kommissariat und sondierten die Vernehmungsprotokolle und weiteren Ergebnisse der vergangenen Nacht.
»Tja«, meinte Bencken, »nun haben wir doch mehr Informationen erhalten, als wir am Anfang erwartet hatten. Einige Anwohner konnten durchaus brauchbare Beschreibungen der Tatverdächtigen abgeben. Aufgrund dessen habe ich schon mal Kontakt zur Zentrale der Interpol aufgenommen und vier Abbildungen von Personen erhalten, die europaweit arbeiten.«
»Das hört sich ja schon ganz gut an. Trotzdem will mir diese Geschichte einfach nicht in den Kopf. Warum schießen drei Leute auf einen parkenden PKW und dessen Insassen? Das ergibt doch keinen Sinn!«
»Im Augenblick noch nicht, aber sieh dir einmal die Bilder an und lies dir die Legenden durch, dann formt sich ein grobes Bild. Damit kommen wir bestimmt etwas weiter.«
Bencken reichte Moldenhauer die vier Abbildungen samt der angehefteten Legenden.
James Smith, Claude Liffers, Abiel Hagos und Mogens Sundström.
»Für die fünfte Person waren die Beschreibungen zu vage, könnte also jeder beliebige Mensch sein, ohne Befund.«
»Was ist denn mit den Fingerabdrücken auf den Patronenhülsen?«
»Nichts, die Jungs müssen schon Profis sein, nicht ein Abdruck, alles sauber.«
Moldenhauer massierte sich nachdenklich seinen fast kahlen Schädel.

»Gib die Kerle allesamt sofort in die Fahndung!«

»Okay, geht klar!«

»Charly, lass uns doch noch einmal etwas weiter ausholen. Was spricht denn die Unterwelt, unsere V-Leute? Was geht vor? Gibt es von dort einige Anhaltspunkte?«

»Da rührt sich nichts, alles ruhig. Das Einzige war angeblich ein überraschender Besuch aus Istanbul, von Acem Balyan. Der Türke macht, soweit ich informiert bin, in Diamanten. Ein ganz kleines Licht, für uns absolut ohne Bedeutung.«

»Halt, Stopp, was hast du gerade gesagt?«

»An und für sich nichts. Oder meinst du diesen Kümmeltürken? Hier in Hamburg läuft nichts mit Diamanten, jedenfalls ist uns aus dieser Richtung nichts bekannt.«

Moldenhauer kratzte sich nun am Kinn.

»Langsam, Charly, ganz langsam«, kam es nun über seine Lippen, weiterhin sehr nachdenklich. »War da nicht vor einigen Tagen dieser mysteriöse Flugzeugabsturz in Südfrankreich und …?« Moldenhauer stockte beinahe der Atem über seine eigenen Gedanken, und er sprach sofort weiter: »Nicole war doch mit Ursula dort unten zum Urlaub?«

»Ach, komm Karl, du siehst Zusammenhänge, wo keine sind. Außerdem sind alle Personen, die in dem Flieger waren, tot aufgefunden worden.«

»Ja, natürlich, richtig, aber nur zwei. Über diese Brücke gehe ich nicht.«

Moldenhauer stand auf und nahm einen dicken Ordner aus dem Regal und vertiefte sich darin. Augenblicke später sah er auf und grinste Bencken siegessicher an.

»Hier haben wir es schwarz auf weiß, vor nicht allzu langer Zeit wurden in Angola Rohdiamanten im Wert von circa zweihundert Millionen US-Dollar geraubt. Niemand will bisher sagen wie. Alles nur reine Vermutungen. In dem abgestürzten Flugzeug wurden allerdings Rohdiamanten aus der geraubten Charge gefunden. Die zwei Toten in dem abgestürzten Transportflugzeug können das Ding auf keinen Fall allein durchgezogen haben. Und hier setzen wie an! Wir müssen unbedingt Ursula Mohns, Nicoles beste Freundin, befragen!«

»Das habe ich bereits veranlasst, die Kollegen von der Wache aus Lohbrügge waren bereits in ihrer Wohnung und auch auf ihrer Arbeitsstelle. Ursula Mohns ist spurlos verschwunden.«

»Waaas, und das sagst du mir erst jetzt? Mensch, Charly, sie ist eine überaus wichtige Zeugin!«

In diesem Augenblick begann das Telefon zu klingeln, Bencken nahm den Hörer ab und meldete sich und sprang unvermittelt von seinem Bürostuhl auf. Den Telefonhörer ließ er Augenblicke später wie eine heiße Kartoffel auf die Gabel des Apparates fallen.

»Komm, Karl. Schusswechsel an der Straßensperre Rothenhauschaussee. Ein Opel Manta mit einheimischen Kennzeichen hat die dortige Straßensperre durchbrochen. Aus dem Wagen heraus wurde mit einer Schnellfeuerwaffe auf die sichernden Beamten gefeuert.«

Die letzten Worte gingen im Türenknallen ihres Dienstfahrzeuges unter.

Mit Blaulicht und Martinshorn sowie durchdrehenden Rädern verließen sie ihren angestammten Parkplatz an der Wache in Billstedt.

Als sie an der durchbrochenen Straßensperre in Bergedorf ankamen, bot sich ihnen ein chaotisches Bild, obwohl schon alles abgesperrt war.

Die Autos stauten sich auf der Spur nach Bergedorf hinein bis Börnsen und auf der Gegenfahrbahn bis auf die Holtenklinker Straße zurück.

Am Tatort waren bereits zwei Rettungswagen und ein Notarzt eingetroffen.

Ein Beamter hatte einen Steckschuss in der Schulter und der andere einen Streifschuss im Gesicht.

Sie hatten beide sehr viel Glück gehabt.

»Sind die Beamten vernehmungsfähig?« Mit dieser Frage wandte sich der Hauptkommissar an den Notarzt.

»Ja, Sie können beide befragen, aber nur kurz, sie müssen unbedingt ins Krankenhaus!«

»Ja, geht in Ordnung«, war die lakonische Antwort von Moldenhauer, dann wandte er sich den Beamten zu.

»Nun erzählen Sie mal, schildern Sie den Tathergang.«

Im gleichen Atemzug zog er die vier Bilder hervor, die noch vor kurzer Zeit auf seinem Schreibtisch lagen, und zeigte sie den Beamten. Die nickten sofort bejahend.

»Ja, der mit dem Bulldoggengesicht saß auf dem Beifahrersitz und hat mit einer AK 47 gefeuert, Feuerstöße.« Dabei wies er auf das Bild mit dem Konterfei von Claude Liffers.

»Und weiter, Mann, wer saß am Lenkrad?«

»Herr Moldenhauer, es ging ja alles so verdammt schnell, aber wenn ich mich recht entsinnen kann, dann war es der da.« Dabei zeigte er auf ein weiteres Bild in Moldenhauers Hand.

Es zeigte James Smith.

»Na, Mensch, das ist doch wenigstens schon mal etwas. Wer war sonst noch im Fahrzeug? Eine Frau? Weitere Männer?«

»Weiß ich nicht, habe in der ganzen Hektik nicht mehr erkennen können. Es spielte sich ja alles blitzschnell ab, bevor wir überhaupt schießen konnten, waren die schon durch die Sperre und weg!«

»Na, herzlichen Glückwunsch«, meinte Bencken nur sarkastisch.

Ein Beamter reichte Moldenhauer einige Geschosshülsen im Plastikbeutel. Eindeutig Patronenhülsen einer Kalaschnikow.

»Ab ins Labor und unverzüglich auf Fingerabdrücke untersuchen lassen!«

»Ach, Herr Hauptkommissar«, meldete sich nun noch einmal der angeschossene Beamte zu Wort, »der Opel Manta hatte ein Ratzeburger Kennzeichen, das konnte ich noch erkennen.«

»Danke, sehr gut. Und das vollständige Kennzeichen lautet?« Fragend und abwartend blickte Moldenhauer zu dem verwundeten Beamten, der nun schon auf der Trage im Rettungswagen lag.

»Das konnte ich leider nicht mehr erkennen.«

Nach diesen Worten schlossen die Sanitäter die Türen ihres Transportmittels und fuhren mit Blaulicht davon.

»Scheiße, na, wenigstens haben wir etwas. Charly, gib den Manta gleich in die Fahndung, irgendwo muss die Karre ja wieder auftauchen.«

Bencken nahm sein Funkgerät und teilte seiner Dienststelle sofort alles

Wissenswerte mit, damit sie unverzüglich die Fahndung einleiten konnten.

»Charly, die Spurensicherung ist nun durch, wir lösen auf, okay?«

»Ja, in Ordnung.«

Sie standen noch eine Weile am Straßenrand und unterhielten sich weiter über den Fall, während der Verkehr wieder zu fließen begann.

Hagos saß neben der Mohns etwas in Gedanken versunken im Fond des Ford Kombis, als diese plötzlich Nicoles Vater am Straßenrand erblickte, und dann gab es für sie kein Halten mehr.

Mit wild fuchtelnden, immer noch gefesselten Händen versuchte sie, sich bemerkbar zu machen, was ihr anscheinend auch gelang.

Hagos schlug ihr kurz entschlossen seine kräftige Faust vor die Brust und drückte sie, jeden weiteren Versuch, sich bemerkbar zu machen, unterbindend, in die Polster des Rücksitzes.

»Mogens, geb Gas, überhol alle, wir müssen hier weg, koste es, was es wolle. Die blöde Kuh hat versucht, irgendjemanden am Straßenrand ein Zeichen zu geben!«

Mit aufheulendem Motor und radierenden Reifen, begleitet von wildem Hupen, bahnte Sundström sich rücksichtslos einen Weg durch den fließenden Verkehr.

»Mensch, Charly, hast du das gesehen, in dem Ford Taunus Kombi? Das war Ursula Mohns, mit gefesselten Händen neben dem Afrikaner von den Fahndungsfotos.«

Sie versuchten so schnell wie möglich, über die Straße zu ihrem Dienstfahrzeug zu kommen.

Wildes Hupen, quietschende Bremsen, blockierende Räder, all das begleitete sie, bis sie sicher und unversehrt die andere Straßenseite erreicht hatten.

Und dann sahen sie die Bescherung. Ihr Dienstwagen war komplett zugeparkt, vorn kein Platz, hinten kein Freiraum. Keine Chance zum Ausparken.

»Verdammte Kacke aber auch!«

Bencke fluchte wie ein Rohrspatz, zog unverzüglich sein Funkgerät aus der Tasche und gab augenblicklich sämtliche Fakten zum zweiten Fluchtfahrzeug durch.

Die nächste Fahndung war eingeleitet.

»Mogens, he, Mogens, nicht so schnell. Du musst in die nächste Straße abbiegen, nach links. Hier, Unterm Heilbrunnen, und dann gleich wieder links!«

Checkter hatte kühl und sachlich seine Anweisungen gegeben, und Sundström setzte diese eins zu eins um, einen kurzen Augenblick später waren sie auch schon am sicheren Haus, die Mohns, trotz Hektik, wieder mit Augenbinde.

Gartentor auf, Garagentor auf, Auto in die Garage, Gartentor zu, Garagentor zu. Alles eine Sache von wenigen Minuten und unauffällig.

Hagos stürmte die Kellertreppe hinauf und beobachtete sofort vom Wohnraum aus die nähere Umgebung des Hauses und das Stück Straße.

Alles ruhig fürs Erste.

Sundström hatte im Büro bereits den Polizeifunk eingeschaltet und konnte die Durchsagen sowie den Fortgang der Fahndung sehr gut mitverfolgen.

Für sie im sicheren Haus bestand im Moment kein Anlass, überstürzt ihre Zelte hier abzubrechen, zurzeit alles safe!

Und dann widmete sich Checkter der Mohns.

»Jetzt hör mir mal gut zu, du Kanaille, langsam habe ich die Faxen dicke mit dir! Ist das die Art, wie du uns deine Loyalität anbietest? Was war das denn für eine Aktion? Wolltest du uns komplett in die Pfanne hauen?«

Sundström steckte seinen Kopf ins Wohnzimmer, sein Gesichtsausdruck sagte klar und deutlich, dass er mit der Ausdrucksweise von Checkter gegenüber der Mohns nicht einer Meinung war. Er gab Checkter ein Zeichen, er möge ins Büro kommen.

»Abiel, du passt inzwischen auf unsere Freundin auf!« Mit diesen Worten auf den Lippen verließ er den Wohnraum.

Sundström begann ohne Umschweife: »Im Moment sind wir etwas im

Arsch! Die Fahndung nach uns läuft auf vollen Touren, sie drehen alles um. Sie haben das Kennzeichen unseres Fords, die Wagenfarbe sowieso. Was sollen wir jetzt machen? Der Wagen ist nicht mehr nutzbar, verbrannt! Wir benötigen unbedingt ein anderes Fahrzeug. Von Abiel und mir gibt es eine ganz konkrete Personenbeschreibung, nur dich scheinen sie nicht so wirklich auf dem Zettel zu haben.«

Seine breite Stirn unter der blonden Mähne wies im Augenblick allerhand Sorgenfalten auf.

»Was konntest du über die anderen in Erfahrung bringen, Smith und Liffers? Kam da was im Polizeifunk?«

»Nein, die Fahndung nach den beiden und dem Auto scheint sich total im Sande verlaufen zu haben. Anscheinend irgendwo abgetaucht.«

Seine Sorgenfalten schienen noch etwas tiefer geworden zu sein.

»Hör mal, Clint, wir müssen die Sache mit deiner Nicole erst einmal auf Eis legen. Wann ist denn überhaupt der Termin mit dem Türken?«

»In ungefähr einer Stunde, in der Kneipe am Serrahn, ›Zum Goldenen Anker‹.«

»Okay, geritzt, dann nehmen wir beide diesen Termin wahr. Abiel bleibt hier und bewacht die Mohns. Er würde draußen wohl im Moment von jedem Bullen aufgrund seiner Statur und Hautfarbe erkannt und gecasht werden. Es würde mir ja leidtun, aber das Beste wäre, wir würden die Mohns irgendwo bei Nacht und Nebel verschwinden lassen. Langsam nervt sie, geht mir leicht auf den Geist. Ich kann mir beim besten Willen nicht vorstellen, wie sie uns irgendwie hilfreich sein könnte. Nach dieser Aktion vorhin im Auto hat doch wohl jeder von uns gemerkt, wie die Alte tickt.«

»Wahrscheinlich hast du recht. Okay, ich rufe jetzt ein Taxi zur Ecke Brookkehre, und dann fahren wir in die Stadtmitte zum ›Goldenen Anker‹. Nicht ohne Knarre und Reservemagazin!«

»Willst du meine Meinung hören? Ich würde das Geschäft mit dem Türken sausen lassen, ich habe ein verdammt mulmiges Gefühl dabei.«

»Mogens, komm, immer ganz locker bleiben. Wichtig ist vor allen Dingen, dass wir uns immer gegenseitig sichern.«

»Na, das ist doch wohl selbstverständlich.«

»Ich glaube, das Taxi hat schon gehupt. Let's go!«

Als sie das Haus verließen, war Sundström kaum wiederzuerkennen: rötlicher Oberlippenbart, Schlapphut und eine leichte, legere Jacke. Mit dem Fahndungsfoto in dem Streifenwagen hatte er nun absolut keinerlei Ähnlichkeit mehr.

Nachdem das Taxi kurz vor dem ›Goldenen Anker‹ gestoppt hatte und die beiden es verließen, parkte dort schon ein dunkelfarbiger Opel Commodore GS/E, und an seinem linken Kotflügel lehnte ein vierschrötiger Fleischklops, ein etwas brutal wirkender Türke.

Er zeigte nur stumm mit seinen wurstförmigen Fingern auf die Eingangstür der Kneipe.

Hotel Bergedorfer Tiefe, Reinbeker Weg, Bergedorf.
Smith und Liffers hatten ein Taxi erwischt und sich ins Hotel ›Bergedorfer Tiefe‹ fahren lassen.

Das Hotel lag nur einige Fahrminuten mit einem Auto von der Stadtmitte Bergedorfs entfernt.

Sofort nachdem die beiden ihr Zimmer bezogen hatten, ließ sich Smith mit Antwerpen verbinden, schnell war eine Verbindung hergestellt.

Augenblicklich hatte er seinen Auftraggeber am Telefon.

Total emotionslos berichtete Smith über den bisherigen Verlauf ihrer Nachforschungen.

Über die Schießerei in Bergedorf und die beiden Glatzen verlor er natürlich kein Wort.

Er erklärte zum Ende des Telefonats, dass sie kurz vor der Übernahme der Ware seien, und ihr Auftraggeber zeigte sich äußerst zufrieden.

»Mannomann, James, du lügst ja schneller, als ein Pferd laufen kann. Du solltest mal lieber den Tatsachen etwas mehr ins Auge sehen!«

Liffers grinste spitzbübisch.

»Na ja man muss den Leuten ja nicht immer alles auf die Nase binden. Hast du eigentlich hier in der Nähe irgendjemanden sitzen, mit dem du schon mal zusammengearbeitet hast?«

»Nee, so hoch im Norden kenne ich niemanden, warum?«

»Nur so, wir benötigen noch einige Dinge, die wir so auf dem freien Markt nicht erwerben können. Wenn ich mich aber recht erinnere, hat mein alter Verein in Hamburg noch eine Niederlassung, ich werde mal mit den Leuten Kontakt aufnehmen. Gehe du doch mal zur Rezeption, wir benötigen einen Mietwagen. Wenn's geht, etwas mit richtig Wumms. Der Opel Manta war nicht schlecht, aber zu leicht. Also, du weißt Bescheid!«

Liffers begab sich ins Untergeschoss des Hotels, geradewegs an die Rezeption, während Smith mit einem Kollegen seines ehemaligen Dienstes telefonierte.

Liffers trat wieder in ihr Hotelzimmer, als Smith soeben sein Telefonat beendet hatte und sich eine Zigarette anzündete. Der Rauch waberte vor seinem Gesicht und verlieh ihm beinahe teuflische Züge.

»Und? Claude? Alles gut, hattest du Erfolg?«

»Selbstredend, alles geritzt. Es ist wieder ein Opel, nur dieses Mal ein Opel Diplomat V8 mit 5,4 Litern. Genau das Richtige, eine Karre mit wirklich viel Bumms, sobald du da aufs Gaspedal trittst, bewegt sich ordentlich was. Allerdings kommt das Auto erst in circa einer Stunde.«

»Das ist in Ordnung, in einer Stunde ist es 18 Uhr, und heute Abend so gegen 20 Uhr kommt mein ehemaliger Kollege und bringt die von mir georderten Sachen. Dann sollten wir auch schon wieder zurück sein.«

»Was heißt hier: zurück sein?«

Liffers beugte seinen Kopf etwas zur Seite, anscheinend damit er besser hören konnte, und sah Smith dabei neugierig an.

»Sobald der Wagen vor der Tür steht, fahren wir nach Geesthacht und holen die beiden tauben Nüsse aus dem Container, und dann instruieren wir sie, was sie für uns zu tun haben. Verstanden?«

Liffers hatte gar nichts verstanden, nickte aber vorsichtshalber erst einmal zustimmend mit dem Kopf.

»Und was ist mit der Kleinen?«

Er konnte sich dieser Frage einfach nicht erwehren.

»Die sitzt sicher in ihrem Kellerloch und spielt bei Langeweile etwas mit den Ratten. Die besuchen wir morgen.«

In diesem Augenblick vernahmen sie vom Parkplatz des Hotels das dumpfe Blubbern eines V8 Motors. Der Opel Diplomat, ihr Mietwagen, war eingetroffen.

Hafenkneipe ›Zum Goldenen Anker‹ am Serrahn in Bergedorf.
Sundström und Checkter betraten, sichernd um sich blickend, den ›Goldenen Anker‹. Sie durchschritten einen kleinen Vorraum. Links hinter dem Vorhang gab es zwei Stufen, die zu einem etwas höher gelegenen Gastraum führten.
Ein kurzer, suchender Blick, alles leer, gut.
In gerader Linie zu ihrer Laufrichtung stand ein großer, langer Tresen, rechts davor war eine kleine Anzahl von Barhockern, und der Raum selbst beherbergte etliche Tische, um die jeweils vier Stühle angeordnet waren. Die rechte Wandseite hatte drei große Fenster, durch die man direkt auf den Serrahn blicken konnte.
In der äußersten Ecke, mit einer Wand im Rücken und einem der Fenster neben sich, saß Acem Balyan. Schräg neben ihm stand der Behandschuhte, den Checkter und seine Jungs ja schon in der ehemaligen Fabrik kennenlernen durften.
Genauso habe ich mir diesen Kerl vorgestellt, fuhr es Checkter durch den Kopf, *untersetzt, leicht korpulent, ölige Haare, unrasiert. Drei-Tage-Bart und ein stechender Blick. Ein waschechter Kümmeltürke!*
»Hallo«, meinte Checkter nun reserviert, ging auf den Tisch zu und streckte seine Rechte dem Türken zur Begrüßung entgegen.
Acem Balyan ergriff Checkters Hand, aber sein Griff war kraftlos und schwammig.
O Gott, was ist das für ein merkwürdiger Typ mit so einem schlaffen Händedruck?
Checkter setzte sich zu ihm an den Tisch auf den angebotenen Stuhl. Sundström blieb hinter Checkter zwischen zwei Fenstern stehen, immer darauf bedacht, alles im Blick und den Rücken frei zu haben.
Aufmerksam und konzentriert sog er alle Bewegungen im Raum auf.
»Mein Name ist Acem Balyan«, stellte der Ölige sich nun vor, »meine rechte Hand, Herrn Gönül, haben Sie ja schon kennengelernt!«

Dabei wies er mit seinen dicklichen Wurstfingern auf den Behandschuhten schräg neben sich.

Checkter nickte nun zustimmend.

Balyan wollte soeben zu reden beginnen, wurde aber von dem herannahenden Kellner, der an den Tisch trat, unterbrochen, bevor er zu Wort kam.

Emotionslos gaben sie ihre Bestellung auf.

»Nun, mein Lieber«, begann dann auch Balyan süffisant, »wo sind denn nun die Diamantenberge?«, wobei ein immer noch fieses, ungläubiges Grinsen auf seinen feisten Wangen lag.

»Hier sind einige!«

Checkter legte vier mittelgroße Steine vor Balyan auf den Tisch. »Betrachten Sie diese einfach als Muster aus der anstehenden Lieferung.«

»Okay«, fuhr Checkter nach einer kurzen Pause fort, »selbstverständlich fahren wir die Diamanten nicht spazieren, sondern haben sie an einem sicheren Ort deponiert. Ich würde einen Teufel tun und Ihnen hier die komplette Ware präsentieren! Andererseits, was ist mit dem Geld?«

»Na, neunzig Millionen US-Dollar trägt man auch nicht mal so eben durch die Gegend. Allerdings erscheinen mir neunzig Millionen auch etwas unangemessen, daher habe ich nur fünfzig Millionen US-Dollar eingepackt!«

Checkter hörte, wie Sundström hinter ihm tief und deutlich einatmete, er beugte sich leicht über den Tisch, Balyan entgegen, blickte ihm tief in die braunen Augen und meinte todernst: »Ich glaube nicht, dass wir so ins Geschäft kommen! Der Gesamtwert der Ware liegt bei zweihundert Millionen US-Dollar, und ich habe absolut keine Lust zum Handeln. Mein Preis steht!«

Balyan blickte Checkter nun noch verschlagener aus seinen kleinen Augen an. Sein Gesicht glänzte, war von einem dünnen Schweißfilm überzogen, denn es herrschte immer noch bestes Sommerwetter mit hohen Temperaturen.

Nun fuhr Balyan fort. Seine Stimme hatte hämische Züge angenommen.

»Ich weiß nicht, was ihr wollt, Jungs. Ihr befindet Euch auf der Flucht, und ich weiß nicht, wie viele Banditen euch bereits jagen. Überleg doch mal, du kannst die fünfzig Millionen Tacken nehmen, und alles ist im Lack, du setzt dich ab und hast bis an dein Lebensende ausgesorgt.«

Über so viel Frechheit konnte Checkter nicht einmal mehr grinsen, aber er blieb weiterhin höflich.

»Herr Balyan, mein Kontakt hat Sie mir als fairen Geschäftsmann geschildert, leider hat er sich da, wie ich jetzt und hier erfahren habe, sehr getäuscht. Da war er wohl einer Fehlinformation aufgesessen. Ich werde jetzt aufstehen und ...«

In diesem Augenblick fuhr Gönüls behandschuhte Rechte unter sein Jackett. Aber Sundström hatte die Walther PPK bereits im Anschlag, die Waffe zielte genau zwischen Gönüls Augen.

»Mein lieber Freund«, meinte Checkter immer noch absolut relaxt, »mach keinen Fehler, es sei denn, du willst Istanbul niemals wiedersehen!«

Mit einer kurzen Handbewegung gab Balyan ihm zu verstehen, nichts zu machen.

Vorsichtig kam die behandschuhte Rechte wieder zum Vorschein, leer, ohne Waffe.

»Auch«, so fuhr Checkter nun fort, »solltet ihr nicht auf die Idee kommen, uns zu verfolgen. Es wird euch nichts bringen!«

»Okay.« Balyan war nun auch äußerlich ganz ruhig, dafür schwitzte er ungemein und musste sein Gesicht immer wieder mit einem Tuch abtrocknen. »Wie verbleiben wir nun?«

Checkter hatte sich derweil von seinen Stuhl erhoben und ihn zur Seite geschoben.

»Ich rufe Sie morgen Vormittag an. Unternehmen Sie keinen Versuch, uns zu finden, es wird Ihnen nicht gelingen und könnte für Sie nur böse enden.«

»Gut, gut«, meinte Balyan nun anscheinend resignierend, »ich erwarte umgehend Ihren Anruf.«

Langsam rückwärtsgehend und das komplette Szenario voll im Blick, verließen Sundström und Checkter das Lokal, vorbei an einem leichenblassen Kellner.

Vor dem Eingang der Kneipe bestiegen Sundström und Checkter wieder ein Taxi und fuhren davon.

Von einem Parkplatz des Busbahnhofes aus setzte sich zeitgleich ein dunkelblauer Mercedes in Bewegung und folgte dem Taxi.

Dem Taxifahrer gab Checkter vorerst einmal die Holtenklinker Straße als Ziel an.

Ab und an blickte er in den Seitenspiegel und hatte den Mercedes auch schon entdeckt, der wie ein Schatten an ihnen klebte.

»So«, wandte sich Checkter nun an den Fahrer des Taxis, »Sie biegen gleich in die Hessestraße ab, am Ende links in die Brookstraße. Dort fahren Sie dann wieder links in die Bleichentwiete, danach weiter rechts und wieder in die Holtenklinger Straße, dem Straßenverlauf folgend.«

Der Taxifahrer blickte Checkter kurz an, so als wäre er nicht mehr zurechnungsfähig, folgte dann aber den Anweisungen.

»Mogens, hör zu! Du springst Ecke Brookstraße/Bleichentwiete raus, da fährt das Taxi recht langsam. Wir treffen uns später im sicheren Haus.«

»Ja, okay! Ist geritzt.«

Nur wenige Augenblicke später bog das Taxi um die Straßenecke, und kurz dahinter sprang Sundström aus dem langsam fahrenden Auto, drückte sich sofort in einen Hauseingang.

Der Taxifahrer wollte nun unvermittelt sein Fahrzeug stoppen, woraufhin ihm Checkter sehr deutlich zu verstehen gab, flott weiterzufahren. Dem kam er dann auch unverzüglich nach.

Die Banknote, die Checkter ihm zugespielt hatte, war bereits in der unergründlichen Tiefe seiner Hosentasche verschwunden.

Augenblicke später rollte der dunkelblaue Benz an Sundström vorüber. Im Fahrzeug saßen zwei Personen, vom Aussehen her Männer türkischer Herkunft.

Ihre Blicke waren starr nach vorn gerichtet auf das in einigem Abstand vor ihnen fahrende Taxi. Den blonden Hünen in der Türnische sahen sie nicht.

Sundström blickte sich suchend um.

Nein, nichts, niemand starrte ihn an, niemand schien ihn zu bemerken, niemand hatte etwas gesehen.

Er lief leichten Schrittes die Bleichentwiete hinunter und folgte dann dem Brookdeich bis zum sicheren Haus. Langsam folgte er dem Fußweg um das Haus herum. Keine Menschenseele war zu sehen, da sprang er über den niedrigen Jägerzaun, und schon war er an der Haustür.

Aufgeschlossen, rein, alles gut.

Nachdem er den großen Wohnraum durch den kleinen Vorflur betreten hatte, staunte er nicht schlecht: Ursula Mohns stand in der Mitte des Raumes mit hocherhobenen, gefesselten Händen. Diese waren mit einem langen Stück Seil an einem Deckenhaken befestigt.

So hatte sie absolut keine Chance, auch nur einen Knoten zu lösen. Irgendwie tat sie Sundström etwas leid, wie sie so dastand.

Aus ihrem verklebten Mund drangen undeutliche Laute.

»Wo ist denn eigentlich dein Bewacher?«, entfuhr es nun Sundström.

Sie bewegte wild ihren Kopf und deutete damit immer wieder in Richtung Kellertreppe.

Irgendwie roch es im Haus nach frischer Farbe!

Plötzlich ein leises Geräusch an der Haustür, Sundström hatte sofort seine Waffe in der Hand und postierte sich blitzschnell an der Wand hinter der Eingangstür.

Behutsam wurde die Tür geöffnet, und vorsichtig trat Checkter in den kleinen Vorflur. Er grinste, als er in die Mündung von Sundströms Waffe blickte.

»Wenn ich gewollt hätte, wärst du jetzt schon im Reich deiner Ahnen.«

Dann erblickte er die Mohns und zog erstaunt eine Augenbraue hoch.

»Ist das ein neues Spiel von Abiel? Wo steckt der eigentlich?«

Suchend blickte er sich in dem großen Raum um.

»Nach ihren Bewegungen zu urteilen, muss er wohl im Keller oder der Garage sein.«

»Was riecht denn hier überhaupt so nach Farbe? Los, komm mit, mal sehen, wo er steckt!«

Gemeinsam stiegen sie die Treppe zum Keller hinab, und kurz darauf waren sie in der Garage. Da sahen sie die Bescherung: Abiel Hagos hatte während ihrer Abwesenheit die Zeit genutzt und den Ford Kombi umlackiert. Er glänzte, als würde er frisch aus der Fabrik kommen.

Checkter und Sundström staunten nicht schlecht, denn auch neue Hamburger Kennzeichen befanden sich bereits am Fahrzeug.

»Das ist ja super!«, entfuhr es Sundström.

Hagos blickte verschmitzt Checkter an. »Ich weiß ja, bei welchem Dienst du warst, aber was deine Ehemaligen hier alles in den Schränken lagern, Mannomann! Alleine die verschiedensten Kennzeichen, da muss ein guter Fälscher ganz schön arbeiten. Aber das Beste kommt noch!«

Er ging voraus in den angrenzenden, verhältnismäßig kleinen Kellerraum, an dessen Innenwand ein großer Schrank stand.

Er öffnete die rechte Schranktür, und sie blickten allesamt auf einen Haufen alter Klamotten und Utensilien.

»Und?«, fragte Sundström. »Was willst du uns damit sagen, dass hier ein Kostümfest stattgefunden hat, oder?«

Wortlos trat Hagos zwei Schritte vor, schob die im Schrank hängende Garderobe zur Seite und war verschwunden.

Überrascht blickten sich Checkter und Sundström an, folgten Hagos dann aber vorsichtig und standen plötzlich in einem hell ausgeleuchteten, schalldicht isolierten Raum von der Grundfläche des halben Hauses.

Sie konnten vorerst nichts sagen. Was sie sahen, verschlug ihnen schier die Sprache.

Der Erste, der das Schweigen brach, war natürlich Hagos. »Na, Clint, ihr müsst aber ein paar ganz schlimme Finger beim MI 6 gehabt haben. Nur der Kontakt, der uns die Hütte hier überlassen hat, wusste bestimmt nichts von diesem Kellerraum. So gut und komplett waren wir nicht einmal in der Zentrale unseres Geheimdienstes in Eritrea ausgestattet.«

Sie standen mitten in einem voll gekachelten Verhörraum, oder besser gesagt der Folterkammer des Grauens, denn hier fehlte es an nichts. Alles Werkzeuge und Anlagen, mit denen man Schmerzen erzeugen konnte – all das war vorhanden.

Checkter sah sich suchend um und erblickte in einer Wandhalterung neben dem großen Stromkasten ein Gewehr. Aber es war kein normales Gewehr, sondern ein Betäubungsgewehr. Im Fach daneben ruhten die Betäubungspfeile.

»Los, jetzt. Habt ihr genug gesehen? Das Betäubungsgewehr und die Pfeile nehmen wir mit und legen es hinten ins Auto. Ich hoffe, wir werden diesen Raum nicht benötigen.«

»Och«, meinte daraufhin Hagos, »ich könnte mir hier schon einige gemütliche Stunden vorstellen!«

Dabei strahlten seine Augen ein merkwürdiges Glitzern aus. Dann nahm er das Gewehr aus der Halterung und die Packung mit den fünf Pfeilen.

Auf dem Deckel der Verpackung war zu lesen: »Nur für Wildtiere!« Er zeigte die Packungsaufschrift Checkter.

»Das passt schon. Nun was anderes, ist das Auto trotz deiner Überarbeitung fahrbereit?«

»Ja, der Lack ist auch so eine Nummer, das Auto ist komplett trocken.«

»Gut, Mogens, du bleibst hier und bewachst unsere Süße. Ach, nee, lass man«, änderte er spontan seine Meinung. »Abiel, du bewachst die Kleine. Mogens spricht das bessere Deutsch von uns, den brauch ich. Wir fahren nach Geesthacht zu den Glatzen. Abiel, halt die Stellung, bis dann!«

Und schon waren Checkter und Sundström in dem Ford Kombi verschwunden und verließen die Garage.

Ein absolut unauffälliges Auto.

Abiel stand einige Sekunden gedankenverloren in dem geöffneten Garagentor, verschloss dieses dann aber sofort.

Der Weg nach Geesthacht war Sundström nun schon hinreichend bekannt, und schnell ließen sie die Wegstrecke hinter sich.

Als sie dann auf dem Fahrendorfer Weg fuhren, meinte Checkter: »Fahr mal an der Cross-Strecke vorbei und parke oben hinter der zweiten Kurve des Feldweges, dort wo der Weg wieder nach Geesthacht führt.«

Sundström tat, wie ihm geheißen. Schnell waren einige Zweige aus dem abgrenzenden Knick abgebrochen und aufgesammelt, damit wurde der Ford etwas getarnt, sodass er nicht jedermann sofort ins Auge stach.

»Wir müssen uns ruhig an den Container heranpirschen, vielleicht sind die beiden dort oder aber sie kommen noch. Wer weiß, also äußerste Aufmerksamkeit!«

Sundström war auch nur ein Mensch, und ihm ging das ewige Hin und Her langsam an die Nerven.

»Clint, an und für sich sollten wir endlich einen Schlusspunkt setzen! Wir fassen uns in Geduld, legen beide um, sobald sie hier auftauchen, und verscharren sie. Dann wären unsere Probleme so gut wie gelöst.«

»Nein, leider nicht ganz. Zuerst müssen wir wissen, wo Nicole steckt. Nicht dass sie in irgendeinem Rattenloch verreckt. Ich habe da eine Idee!«

In kurzen Worten schilderte er Sundström, was er vorhatte.

Ein überaus zufriedenes Grinsen zog über das blasse Gesicht des Skandinaviers. »Yes, das könnte funktionieren, dann schlagen wir sozusagen zwei Fliegen mit einer Klappe!«

Mit äußerster Vorsicht näherten sie sich dem Container oberhalb der Moto-Cross-Strecke. Kein PKW weit und breit, und auch von Liffers oder Smith war nichts zu sehen.

Sie zogen sich ihre Sturmhauben über, sodass in den Sehschlitzen nur noch ihre Augäpfel blitzten.

Sundström hatte sich seine MP-Uzi unter den Arm geklemmt und sicherte, während Checkter bereits die Tür zum Herrenabteil des WC-Containers öffnete.

Ein bestialischer Gestank schlug ihnen entgegen. Die Sommersonne hatte auch jetzt noch am späten Nachmittag genügend Kraft, um das Metall des Containers ordentlich aufzuheizen.

Ein jämmerliches Bild bot sich Checkter, nachdem er die Tür geöffnet hatte: Zwei total demoralisierte Glatzköpfe standen an den einzigen Wasserhahn des WCs gefesselt und schienen kurz vor dem totalen Zusammenbruch. Aber schlagfertig waren sie immer noch.

»Wer bist du denn jetzt? Mach uns bloß endlich los, bevor wir hier in diesem abartigen Gestank verrecken! Warum trägst du eine Maske, und was soll die Waffe?«

»Hört zu, Jungs«, begann Checkter, alle ihre Fragen ignorierend. »Ich bin euer Retter! Ich binde euch zwar nicht los, aber ihr könnt im Handumdrehen jeder fünfundzwanzigtausend US-Dollar verdienen!«

Erstauntes, neugieriges Schweigen erfüllte das stinkende WC.

»Und wie soll das laufen?«

Klaus sah Checkter mit großen, fragenden Augen an.

»Okay, ihr macht alles, was die beiden, die euch hier festgesetzt haben, auftragen. Versucht irgendwie, morgen so gegen 11 Uhr am Busbahnhof in Bergedorf zu sein, allein. Dann nehmen wir wieder Kontakt zu euch auf, okay?«

Klaus und Uwe nickten zustimmend, blickten aber etwas verwirrt aus der Wäsche.

»Und verplappert euch nicht, dann ist unser Deal nämlich geplatzt.«

»Nein, nein, alles in Ordnung. Und wo ist das Geld?«

Checkter zog eine Rolle Dollarnoten aus seiner Hosentasche und steckte sie dann Uwe zu.

»So, das ist die Anzahlung, den Rest bekommt ihr, sobald alles zu unserer Zufriedenheit erledigt ist. Ihr müsst uns so viele Informationen liefern wie möglich. Die kleinste Kleinigkeit ist wichtig. Morgen bei unserem Treffen gibt es weitere Instruktionen. Versucht, den beiden mal klarzumachen, dass ihr euch in Bergedorf absolut gut auskennt und es kein Ding für euch ist, uns aufzuspüren. Seid geschickt!«

In diesem Augenblick tauchte der maskierte Sundström in der Tür auf. »Komm, wir müssen verschwinden, es kommt ein PKW den Fahrendorfer Weg hoch.«

Checkter warf noch einen Blick auf Uwe und Klaus.

»Ihr wisst Bescheid?«

Beide nickten eifrig.

Die Tür fiel wieder ins Schloss, sie hörten noch, wie abgeschlossen wurden. Dann herrschte wieder Totenstille. Nur der Mief in der Toilette blieb den beiden erhalten.

Klaus versuchte, im Dunkel Uwe zu erkennen.

»Machen wir's?«, fragte er laut ins Dunkel des Raums.

»Na, klar! Blöd stellen können wir uns, und schneller als jetzt kommen wir nicht an so einen Batzen Kohle. Sobald die anderen beiden hier aufkreuzen, ziehen wir erst einmal eine Show ab!«

»Okay!«

Checkter und Sundström hatten sich blitzschnell hinter das Rondell ins Dickicht zurückgezogen und verharrten dort geräuschlos und unsichtbar.

Der PKW vom Fahrendorfer Weg rollte nun über die Wiese und stoppte neben dem Container.

Ein solides Auto, ein Opel Diplomat, war es. Als die Vordertüren sich öffneten, entstiegen ihm Liffers und Smith.

Sundström stieß Checkter leicht seinen Ellenbogen in die Seite und flüsterte kaum verständlich: »Den richtigen Riecher gehabt!«

Wenige Augenblicke später kamen Liffers und Smith mit den beiden Glatzen zurück, stiegen in den Opel und fuhren wieder davon.

»So«, meinte Sundström tief durchatmend, »Schicksal, nimm deinen Lauf!«

Checkter richtete sich auf und grinste: »Ich glaube, damit hat die ganze Geschichte nicht mehr allzu viel zu tun. Also, der erste Teil ist angerichtet! Warten wir mal ab.«

Sie schlichen sich zurück zu ihrem Ford Turnier und fuhren zurück nach Bergedorf ins sichere Haus.

Nachdem Liffers und Smith die beiden Glatzen aus dem stinkenden WC entlassen hatten, nahmen sie alle vier im Opel Platz und fuhren nach Geesthacht hinein zum Klubhaus der ›Wehrsportgruppe G.‹.

Ein angenehmer Sommerabend folgte dem Tag.

Bis auf einige Ausnahmen hatten alle Anwesenden im Klubhaus gute Laune.

Smith parkte den Diplomat auf einem freien Platz neben dem Klublokal, und alle vier gingen hinein, bestaunt von den anwesenden Klubmitgliedern.

Sofort erhob sich ein wüstes Gejohle, bis eine herb-raue Stimme dem Geschrei Einhalt gebot.

Der Gruppenführer.

»Uwe, Klaus, was soll das? Wen schleppt ihr uns hier an?«

»Alles gut«, versuchte Klaus gleich zu beschwichtigen, »es lässt sich alles erklären, bleibt mal ganz ruhig.«

»So, meinst du? Los, alle in mein Büro, aber etwas zackig!«

Smith und Liffers hielten sich im Augenblick gekonnt zurück; sie wollten nicht, dass die Situation eskalierte. Es stand einfach zu viel auf dem Spiel.

Im Büro setzte sich der Gruppenführer in einen voluminösen Sessel schräg neben seinem imposanten Schreibtisch, der mit allerhand nazistischem Zierrat versehen war. Sofort ergriff er das Wort und blickte dabei Klaus und Uwe wütend an: »Seid ihr Holzköppe euch eigentlich im Klaren darüber, welche Honks ihr hier anschleppt? Vorhin waren die Bullen hier. Nach den beiden Typen wird in ganz Hamburg fieberhaft gefahndet. Sie haben mit dem geklauten Manta und unter Dauerfeuer eine Polizeisperre durchbrochen und dabei auch noch Bullen verletzt.«

Klaus und Uwe saßen da wie vom Donner gerührt, und Uwe stotterte unbeholfen: »Das wussten wir nicht, davon hatten wir keinerlei Ahnung.«

Beide blickten nun wirklich sehr dämlich ihrem Anführer ins Gesicht.

»Augenblick mal«, nun schaltete Smith sich in das Gespräch ein, »es lässt sich doch alles mit wenigen Worten erklären.«

Und er erzählte dem Gruppenführer, warum sie sich den Manta »ausgeliehen« hatten. Dabei nahm er es mit der Wahrheit nicht sehr genau, drehte alles so hin, wie er es für die Verfolgung von Hagos, Sundström und Checkter brauchte.

Zu guter Letzt meinte er noch, die beiden, Klaus und Uwe, würden für ihre Dienste mit einigen Tausend US-Dollar entlohnt werden, und nach diesem Gespräch würden er, Smith und Liffers, niemals wieder in Geesthacht auftauchen.

»Okay«, meinte der Gruppenführer, »ich stelle Ihnen die beiden zur

Verfügung, allerdings muss für mich dabei auch eine Kleinigkeit herausspringen. Von nichts kommt nichts!«

»Okay«, lächelnd nickte Smith, »das sollte kein Problem darstellen.«

»Und was ist mit unserem Manta?«

»Der steht gut getarnt auf dem Gelände von ›Marstahl‹, aber sobald unsere Mission hier erfüllt ist, überlassen wir Ihnen gern den Diplomat.«

Höchst erstaunt, doch fürs Erste zufrieden lehnte sich der Gruppenführer in seinem Klubsessel gemächlich zurück.

Nun wandte sich Liffers vertrauensvoll an den Gruppenführer: »Könnten Sie uns vielleicht für einen kurzen Augenblick allein lassen? Wir würden gern noch ein paar Kleinigkeiten nur mit Uwe und Klaus besprechen.«

Leicht gekränkt erhob sich der Chef, verließ aber ohne zu murren sein Allerheiligstes. Die Aussicht auf einen fetten Haufen US-Dollar stimmte ihn dabei fast gnädig.

Nachdem er den Raum verlassen hatte, zeigte Smith Klaus und Uwe die Bilder, das eine zeigte Abiel Hagos und das andere Mogens Sundström.

»Es sind aber drei, von dem Dritten haben wir leider kein Bild, weil er einfach nur ein Allerweltskerl mit eben einem solchen Gesicht ist, also ohne irgendwelche Besonderheiten. Was ich dazu noch sagen kann, vielleicht hilft es, er ist ein Engländer.«

Klaus und Uwe sahen sich verständnislos an und zuckten mit den Schultern: »Na und?«

Smith blickte sie ernst an und dachte insgeheim: *Mann, sind die dämlich.* »Nichts, gar nichts, vergiss es! Also noch mal! Ihr macht alles so wie abgesprochen, und dann treffen wir uns morgen um 10 Uhr in der Bahnhofshalle in Bergedorf, okay?«

»Alles klar.« Klaus und Uwe nickten bejahend.

Und dann verschwanden Smith und Liffers augenblicklich wie Schatten im Nebel. So, als wären sie nie da gewesen.

Allmählich verdunkelte die Nacht den sommerlichen Himmel über Geesthacht.

Checkter und Sundström waren wieder unbehelligt im sicheren Haus eingetroffen und informierten Hagos sofort über den Verlauf ihrer kleinen Aktion. Der nickte ihnen zu.

»Gut, aber wie soll die ganze Kiste jetzt weiterlaufen?«

»Wir müssen uns nun etwas in Geduld üben. Warten wir doch mal ab, was die beiden Chaoten uns morgen Vormittag zu berichten haben. Und noch etwas, ich habe einen Plan im Kopf, wie wir ziemlich gut und sauber aus dieser vermaledeiten Geschichte herauskommen könnten.« Dabei blickte er zu dem verdutzten Hagos hinüber. »Natürlich ohne Gesichtsoperation.«

Woraufhin alle etwas gezwungen lachen mussten.

Checkter zog Hagos und Sundström dicht zu sich heran.

»Zu meinem Plan«, flüsterte er ihnen nun zu, »gehört allerdings auch Ursula. Und da müssen wir uns wirklich ihrer absoluten Loyalität versichern.«

»Wie willst du das denn machen? Noch, denke ich, ist sie unsere Gefangene. Denke nur an die Straßensperre!«

»Wir wenden ein paar Psychotricks an, von denen sie bestimmt noch nichts gehört, geschweige denn gelesen hat.«

»Na«, Sundströms Gesicht erhellte sich zusehends unter seiner blonden Mähne, »da bin ich aber sehr gespannt. Ach, was willst du eigentlich mit dem Türken anstellen? Gehen wir darauf ein? Fünfzig Millionen US-Dollar?«

»Damit wären wir dann ja wieder bei der Gesichts-OP. Und verschwinden im Untergrund? Nein, die Türken sind ein Teil meines ersten Planes. Wartet ruhig ab, morgen ist – vorausgesetzt alles klappt – einer der Tage, an dem sich vieles entscheidet. Okay, nun sollten wir aber mit Ursula sprechen.«

»Na, mein Lieber, ich lasse mich überraschen.«

»Brauchst du nicht, ich weihe euch früh genug in alles ein, allein geht gar nichts!«

Ursula Mohns stand immer noch mit hoch erhobenen, gefesselten Händen in der Mitte des großen Wohnraums.

Checkter befreite sie von ihren Fesseln, woraufhin sie sich auf die Couch fallen ließ und sich die Handgelenke massierte.

»Okay, Jungs, was soll das werden? Was wollt ihr mit mir machen?«

Neugierig und verschlagen blickte sie Checkter an.

Checkter blieb ganz relax. Ein kleines Lächeln stahl sich über sein Gesicht.

»Wir benötigen deine Hilfe!«

Die Mohns zog aufs Äußerste erstaunt ihre Augenbrauen hoch und legte ihre Stirn dabei in Falten.

»Hilfe?«, blickte sie ihn fragend an. »Hilfe von mir?«

»Ja, dir ist doch auch daran gelegen, Nicole wiederzusehen? Oder?«

Unwillkürlich zuckte sie zurück.

»Ja, natürlich.«

»Also folgendermaßen. Ich habe mich dazu durchgerungen, mit der hiesigen Polizei zusammenzuarbeiten!«

Der Satz schlug wie eine Bombe ein. Plötzlich redeten alle zugleich, und Hagos sowie Sundström schienen die Welt nicht mehr zu verstehen.

»Was soll das denn?«, brach es lautstark aus Hagos hervor, »willst du uns alle ans Messer liefern?«

»Ja«, rief nun auch Sundström, »erkläre uns mal deine Gedankengänge!«

Checkter hob seine Arme in die Höhe, um sie erst einmal wieder zu beschwichtigen.

»Hallo, Jungs, kommt, beruhigt euch mal wieder, es wird alles nicht so heiß gegessen, wie es gekocht wird.«

Er atmete tief durch und sah auf seine beiden Mitstreiter sowie auf Ursula Mohns.

»Alles steht und fällt morgen Vormittag mit den Informationen der beiden Nazi-Glatzen am Busbahnhof.«

Dann erläuterte er den dreien seinen ersten Plan und erntete am Ende doch erstauntes, aber zustimmendes Nicken.

»Gut«, meinte Checkter, als er geendet hatte. »Nun werde ich Kontakt zu unserem Auftraggeber in Antwerpen aufnehmen.«

Hagos und Sundström schauten ihm erstaunt nach, als er hinüber ins Büro zum Telefonieren ging.

»Mannomann, Clint, im Augenblick bist du wie eine Wundertüte, an jeder Ecke eine neue Überraschung.«

Schnell war die Verbindung mit Antwerpen hergestellt, und Checkter hatte seinen Auftraggeber in der Leitung. Dieser war außer sich aufgrund der Tatsache, dass Checkter sich so lange nicht gemeldet hatte. Doch als er ihm auch noch mitteilte, dass bei dem Absturz ein kleiner Teil der Rohdiamanten verloren gegangen sei, da schien er am anderen Ende Leitung zu explodieren. Er wurde erst wieder ruhiger, als Checkter ihn um einen Übergabeort und Termin bat.

Der Auftraggeber in Antwerpen bat um etwas Zeit, Checkter sollte ihn am nächsten Tag noch einmal kontaktieren.

Höchst zufrieden legte Checkter den Hörer auf die Gabel, kein Wort war über die beiden Verfolger gefallen.

Er betrat total relaxt den Wohnraum, in dem Hagos, Sundström und die Mohns warteten.

»So, Ursula, nun rufst du Nicoles Vater an und richtest ihm aus, dass wir mit ihm zusammenarbeiten wollen. Allerdings werden wir vorerst nur telefonisch mit ihm in Verbindung treten.«

Die Mohns ging in das Büro, wählte die Nummer vom Kommissariat 42 in Hamburg-Billstedt. Sie ließ sich mit Karl Moldenhauer verbinden.

Checkter hatte Mohns ganz genau erklärt, was sie Moldenhauer erzählen sollte.

Moldenhauer meldete sich, und sofort begann die Mohns zu reden.

»Hallo, Herr Moldenhauer, hier ist Ursula Mohns, mir geht es gut. Ich befinde mich in der Obhut von den drei Leuten, die Sie zur Fahndung ausgeschrieben haben.«

Moldenhauer setzte zu einer Frage an, wurde aber sofort von der Mohns abgewürgt.

»Keine Fragen, nicht zu diesem Zeitpunkt! Die drei Herren sind bereit, mit Ihnen zusammenzuarbeiten, um ihre Tochter wieder freizubekommen. Wir melden uns morgen gegen Mittag noch einmal.«

Dann legte sie den Hörer auf. Sie zitterte am ganzen Körper.
Checkter blickte sie hochzufrieden an. »Das war voll in Ordnung.«

Polizei-Hauptkommissar Karl Moldenhauer hatte augenblicklich, nachdem er die Stimme von Ursula Mohns am Telefon vernommen hatte, die Taste zur Aufnahme des Gesprächs gedrückt und seinem Gegenüber Charly ein Zeichen zum Mithören gegeben. Er hatte alles im Griff.

Nach Beendigung dieses kurzen Gesprächs waren beide zunächst einmal ziemlich überrascht und dementsprechend voller Tatendrang.

»Charly, jetzt kommt endlich Schwung in diese vertrackte Geschichte.«

Bencken nickte zustimmend und nahm sich die Akte zu dem Fall noch einmal vor.

»Wir können im Augenblick nicht so wirklich viel unternehmen, aber ich werde das Gefühl nicht los, dass wir morgen etwas mehr Personal benötigen, als wir im Augenblick zur Verfügung haben. Vielleicht sollten wir in der Bereitschaft schon mal Bescheid sagen und sie vorwarnen.«

Und so geschah es dann auch.

Am nächsten Vormittag in der Eingangshalle des Bahnhofs Bergedorf. Claude Liffers und der nun wieder in bester Garderobe auftretende James Smith schlenderten scheinbar arglos und gelangweilt, auf irgendetwas Unbestimmtes wartend, durch die Vorhalle des Bahnhofs.

Nach einer kleinen Weile entdeckten die beiden Uwe und Klaus in der Nähe der Gepäckaufgabe. Sie waren einfach nicht zu übersehen.

Liffers, dem es trotz seiner Schussverletzung anscheinend wieder besser ging, gab den beiden ein Zeichen. Daraufhin schlenderten sie, immer noch getrennt, am Gepäck- und Paketschalter vorbei, hinaus zu dem kleinen, etwas abgelegenen Parkplatz.

Hier trafen sie sich in einer Ecke, wo sie fürs Erste ungestört und fast ungesehen waren.

»Also, Jungs«, kam Smith sofort unumwunden zum Thema, »was habt ihr herausgefunden?«

Und Klaus begann ohne langes Zögern. »Also, so einfach war das alles nicht, aber aufgrund unserer Verbindungen haben wir schon etwas entdeckt. Ob das nun für euch verwertbar sein könnte, kann ich nicht beurteilen.«

»Nun erzählt schon und lasst euch nicht alles aus der Nase ziehen!« Liffers wirkte leicht angespannt.

»Und wie ist das nun überhaupt mit unserem Geld?«, fuhr Uwe auf einmal dazwischen.

»Das ist doch im Augenblick vollkommen unwichtig«, meinte Smith und wendete sich wieder Klaus zu. »Nun sag schon! Was habt ihr herausgefunden?«

»Ach, nicht wirklich viel. Wir benötigen noch etwas mehr Zeit.«

Smith erweckte zu diesem Zeitpunkt den Eindruck, als er würde innerhalb der nächsten Minuten explodieren.

»Na, okay«, fuhr Klaus nun fort, »wir haben am Brookdeich einige Leute befragt, und die meinten, dass seit einigen Tagen dort einige Gestalten sind, die dort vorher noch nie zu sehen waren. Ein großer Blonder, ein kleinerer Afrikaner und der Dritte im Bunde total unscheinbar und nicht einzuordnen. Die ersten beiden sind auch auf euren Bildern wiedererkannt worden.«

»Ja, okay, und wo wohnen sie?«

»Tja, wenn ich das wüsste …« Klaus machte in diesem Augenblick einen richtig blöden Gesichtsausdruck.

»Gut«, meinte Smith total genervt, »dann müsst ihr eben weitersuchen. Aber einige brauchbare Anhaltspunkte haben wir ja schon mal. Nun noch etwas anderes: Wir benötigen für einen speziellen Fall ein gutes Versteck, allerdings nicht hier. Habt ihr einen Plan? Wisst ihr irgendetwas?«

»Ja, schon.« Uwe blickte etwas nachdenklich drein und wischte sich unbewusst über seine Glatze. »In Billstedt gibt es einige leer stehende Hallen im Gewerbegebiet, die wären vielleicht ganz gut geeignet.«

»Na, seht ihr! Geht doch! Nur mal die restlichen grauen Zellen aktivieren, und schon klappt´s. Hört zu, wir treffen uns um 18 Uhr auf dem alten Firmengelände von ›Marstahl‹, in der Halle von Gebäude 1. Danach fahren wir nach Billstedt und suchen uns dort ein geeignetes Versteck. Bis dahin könnt ihr ja noch weiter recherchieren.«

»Was ist denn Recher...?« Uwe blickte Smith mit großen, fragenden Augen an.

Smith ging nicht auf die Frage ein, es war ihm einfach zu blöd mit dieser Hohlbratze, deswegen wiederholte er nun seine Ansage mit anderen Worten.

»Ihr fahrt noch einmal zum Brookdeich und seht euch dort weiter und gründlicher um, okay? Irgendwo dort oder in näherer Umgebung müssen sie ja sein. Und heute Nachmittag gibt es auch Geld.«

»Das ist gut, das ist sogar sehr gut«, murmelte Klaus, und mit diesen Worten trennten sie sich.

Kurz darauf, als Smith und Liffers bereits mit ihrem Opel Diplomat außer Sicht waren, begaben sich Uwe und Klaus auf das Gelände des Busbahnhofes.

Plötzlich wurde Uwe von hinten angestoßen. Zu Tode erschrocken fuhr er herum.

»Hallo, ihr Pappnasen, alles im Griff?«

Vor ihm stand Hagos und grinste breit, denn das erschrockene Gesicht Uwes löste bei ihm große Freude aus.

Der Kerl ist wirklich dumm und hat vor lauter Angst den Köttel schon in der Hose. Mal schauen, hoffentlich klappt alles.

Auch Checkter tauchte auf wie aus dem Nichts.

»Kommt, wir gehen ein Stück.«

Checkter und Hagos dirigierten die zwei in ein leer stehendes Wartehäuschen.

Von Sundström war nichts zu sehen, er sicherte mit der Mohns alles ab. Allerdings hatte die Mohns ihre Waffe noch nicht wieder zurückerhalten.

»Nun, was gibt es Neues?«

Checkter und Hagos blickten ins Leere, so als würden sie auf ihren Bus warten.

Dann begann Klaus zu erzählen, nicht laut, aber für beide sehr gut verständlich.

»Also, wir sollen die beiden heute am späten Nachmittag gegen 18 Uhr auf dem Gelände von ›Marstahl‹ treffen. Dann fahren wir gemeinsam nach Billstedt und suchen eine neue Bleibe. Sie benötigen ein sicheres Versteck.«

Schweigen.

»Und weiter? Das war doch wohl noch nicht alles! Lasst euch doch nicht jedes einzelne Wort aus der Nase ziehen.«

»Nein, mehr war da nicht.«

Klaus blickte kurz auf, woraufhin Checkter fortfuhr. »Wie lautete denn überhaupt euer Auftrag?«

Uwe grinste etwas dümmlich und verlegen: »Na, wir sollten euch suchen und es den anderen beiden dann mitteilen. Wir haben natürlich nichts entdeckt.«

Checkter grinste in sich hinein: *Wie auch, ihr Pappnasen, das haben schon ganz andere vor euch versucht und sind gescheitert.*

Sein Gehirn arbeitete auf vollen Touren.

»Aber etwas fiel mir dennoch auf«, meinte Klaus, »sie unterhielten sich zwischendurch immer in einer fremden Sprache, ich vermute mal, es war Englisch. Und dabei fiel einige Male der Name ›Bergedorfer Tiefe‹. Ich kenne das, es ist ein kleines, verstecktes Hotel am Reinbeker Weg. Gar nicht mal so weit entfernt von hier.«

Hagos und Checkter blickten sich nachdenklich an.

»Okay, okay.« Checkter blickte dabei anscheinend gedankenverloren auf seine Schuhspitzen. »Was habt ihr beiden Helden jetzt vor?«

»Wir gehen zum Kiosk und trinken ein paar Buddel Bier und fahren am späten Nachmittag in die ehemalige Fabrik ›Marstahl‹.«

»Gut, wenn wir uns nicht vorher melden sollten, dann treffen wir uns morgen um die gleiche Zeit hier. Okay?«

Die beiden Glatzen nickten, und beinahe gleichzeitig standen Hagos und Checkter auf.

»Und unser Geld?«, hörte Checkter Klaus noch leise hinter ihm flüstern.

Checkter blickte sich suchend um, ließ seinen Blick weiter über das Areal des Busbahnhofes gleiten, und dann sagte er fast nebensächlich: »Morgen, morgen, mein Junge!«

Die Lage spitzt sich zu

Im Hotel ›Bergedorfer Tiefe‹ beratschlagten sich Liffers und Smith.

Beide saßen an einem Tisch in Smith' Hotelzimmer und versuchten, eine Lösung für ihre Situation zu finden.

»Es läuft einfach nicht rund«, hatte Smith begonnen, »auch die beiden Glatzköpfe haben trotz der Fotos keine zufriedenstellenden Resultate gebracht.«

»Okay, ich glaube, wir beide sollten uns heute Abend selbst mal gründlich in dieser Straße ... am Brookdeich umsehen. Die beiden Neonazis wissen doch auch nicht ganz genau, worauf sie überhaupt achten sollen, außerdem – so schien es mir – waren die beiden nicht wirklich hoch motiviert.«

Liffers nestelte nervös an seinen Hemdtaschen und durchsuchte seine Hosentaschen: nichts. »Hast du noch Zigaretten, irgendwas zu rauchen?« Fragend blickte er Smith an.

»Ja, aber meine rauchst du sowieso nicht. Geh doch eben runter zur Rezeption und lass dir da deine Zigaretten geben.«

»Okay, alles klar, ich bin gleich zurück!«

Liffers verließ das Zimmer, und Smith holte das Paket aus dem Schrank, das ein ehemaliger Kollege am vergangenen Abend gebracht hatte. Es war eine Ergänzung zu dem Päckchen, das bereits in dem Mietwagen gelegen hatte, als sie ihn am Flughafen übernommen hatten.

An der Rezeption des Hotels bat der Portier Liffers vielmals um Entschuldigung dafür, dass sie seine Zigarettenmarke nicht vorrätig hatten.

»Aber ein Stück die Straße hinunter ist ein Automat, und ich bin mir absolut sicher, er enthält die gewünschte Marke. Ich rufe sofort jemanden, der Ihnen ein oder zwei Packungen von der gewünschten Marke holt.«

»Nein, nein, das ist wirklich nicht nötig«, antwortete Liffers gequält freundlich. »Ich gehe selbst zum Automaten, muss mir sowieso ein klein wenig die Füße vertreten.«

So verließ er das kleine Hotel Richtung Zigarettenautomat.

Sichernd blickte er sich nach allen Seiten um. Außer einigen Passanten und etlichen parkenden Autos war nichts Verdächtiges auszumachen.

Gemächlich schlenderte Liffers, was sonst an und für sich überhaupt nicht seine Art war, gedankenversunken dem Automat entgegen.

Von ihm unbemerkt schob sich auf der anderen Straßenseite ein schlanker Gewehrlauf nur ein kleines Stück aus dem hinteren Seitenfenster eines unauffälligen Ford Turnier Kombi.

Hagos hatte Liffers schon aus dem Hotel kommen sehen. Checkter, Mohns, Sundström und Hagos waren augenblicklich in ihren Autositzen nach unten gerutscht.

Hagos hatte kurz vorher das Betäubungsgewehr vorbereitet und geladen. Man konnte ja nicht wissen, für den Fall der Fälle.

Als Liffers sie auf der anderen Straßenseite passiert hatte, legte er an, zielte, atmete aus und drückte emotionslos ab, ohne das Gewehr auch nur um ein My zu verziehen.

Kurz bevor er den Zigarettenautomat erreichte, griff sich Liffers plötzlich an den Hals, taumelte etwas und brach zusammen.

Das Serum hatte augenblicklich gewirkt.

Blitzschnell waren Checkter, Mohns und Hagos über die Straße gehetzt und banden dem schlafenden Liffers die Arme hinter seinem Rücken zusammen. Da stoppte Sundström auch schon den Kombi direkt neben ihnen. Gemeinsam warfen sie den betäubten Liffers auf die Ladefläche des Ford Kombis. Nur Sekunden später setzte sich das Fahrzeug schon wieder in Bewegung.

Die Straße wirkte immer noch wie leer gefegt. Menschenleer!

Niemand schien Kenntnis von diesem Vorfall genommen zu haben, außer einem Mann im ersten Stock des Hotels, der rauchend am Fenster stand.

Sekundenlang wurde Smith von einer Art Schockstarre beherrscht, als er sah, wie sein Partner in das Auto geworfen wurde.

Aber dann erwachte er zum Leben, als hätte ihm jemand Adrenalin injiziert. Er rannte durch das Zimmer, griff sich sein Sakko, das über der Stuhllehne hing, nahm seine Waffe vom Bett und schob sie sich rückwärtig in den Hosenbund. Dabei rannte er schon über den Flur und überwand im nächsten Augenblick mit Riesenschritten die Treppe im Eingangsbereich. Er lief weiter durch die Eingangshalle des kleinen Hotels zum Parkplatz, wo sie den Opel Diplomat abgestellt hatten.

Sundström fuhr sehr zügig den Reinbeker Weg hinab, Richtung Holtenklinker Straße.

Blitzschnell hatte Smith den Motor des Diplomats gestartet und trat voll aufs Gaspedal, der gepeinigte Motor heulte in den schrillsten Tönen auf, und mit laut quietschenden Reifen schoss der Opel über den Parkplatz, driftete mit weiterhin radierenden Reifen auf die Straße und folgte dann mit stark überhöhter Geschwindigkeit dem Reinbeker Weg, dem Ford Kombi der Entführer hinterher, die bereits weit außerhalb seines Sichtfeldes waren.

Nachdem Sundström in die Holtenklinker Straße eingebogen war, wechselte er sofort wieder die Straßenführung und fuhr gleich rechts ab, um weiter mit leicht überhöhter Geschwindigkeit und quietschenden Pneus durch die engen Kopfsteinpflasterstraßen zu jagen.

So erreichten sie sehr schnell den Brookdeich.

Aufs Höchste angespannt starrten Hagos und die Mohns durch die Heckscheibe auf die nachfolgenden Autos und atmeten auf: keine PKWs, die ihnen verdächtig vorkamen oder ihnen direkt folgten.

Etwas später bremste Sundström den Ford kurz an und Checkter rief nur: »RAUS!«

Hagos sprang aus dem noch fahrenden Auto, rollte sich ab, kam wieder auf die Beine und sprintete sofort die letzten Meter zum sicheren Haus, lief die Auffahrt hinab und öffnete das Garagentor. Genau in diesem Augenblick kam der Ford auch schon die Auffahrt herabgefahren und bremste hart in der Kellergarage.

Hagos schloss sofort das Garagentor, lief zum Gartentor und schloss auch dieses, dann warf er sich hinter die Hecke. Er atmete flach und beobachtete den Betrieb auf der Straße. Alles schien ruhig.

Aber genau zu dem Zeitpunkt, als er wieder aufstehen wollte, näherte sich ein Opel Diplomat in langsamer Fahrt. Der Fahrer drehte suchend seinen Kopf mal nach links, mal nach rechts.

Nun hatte Hagos ihn voll im Visier und das Gesicht genau erkannt. Nach der Abbildung, die sie hatten, konnte er ihn eindeutig identifizieren. Es war der amerikanische Dandy: James Smith.

Verfluchte Scheiße, schoss es Hagos durch den Kopf, *sind wir etwa aufgeflogen?*

Er konnte von seinem Versteck aus bis weit in die Brookkehre hineinsehen und stellte dabei fest, dass der Opel nicht stoppte, sondern wendete und langsam die Straße entlang zurückkam.

Er rollte wieder an Hagos vorbei und entfernte sich gemächlich.

Fuck, fuck, fuck, das hätte aber auch ins Auge gehen können!

Er beobachtete noch einige Augenblicke den Verkehr auf dem Brookdeich, der Brookkehre und in der Umgebung. Aber es tat sich nichts weiter, alles blieb ruhig.

Die mittägliche Sommersonne schien und verbreitete eine angenehme Wärme über der Stadt.

Erst jetzt bemerkte Hagos, dass sein leichtes Sommerhemd tropfnass war. Geräuschlos ging er hinab zur Garage und klopfte in einer bestimmten Abfolge gegen das Tor. Augenblicklich öffnete es sich einen Spalt breit und Hagos wischte hinein.

Das Auto stand mit offener Heckklappe vor ihm, von Claude Liffers war nichts zu sehen.

Langsam und sehr nachdenklich fuhr Smith zurück, in Richtung Hotel. Insgeheim ärgerte er sich maßlos über seine Unachtsamkeit, wobei seine Gedanken unaufhörlich arbeiteten:

Weshalb konnte ich sie nur nicht einholen? So schnell sind sie sicherlich nicht gefahren. Sie müssen dort irgendwo in der Ecke stecken, genau da, wo ich zuletzt herumgefahren bin. So im Umkreis der Holtenklinker Straße. Auf alle Fälle kenne ich nun schon einmal das Fabrikat des Fahrzeugs, das sie fahren. Ein Ford Kombi Turnier. Ich hole mir nachher die beiden

Glatzen, und dann suchen wir das Auto. Sobald wir es haben, haben wir auch die Chaoten und die Diamanten.

Hagos hörte gedämpfte Stimmen aus dem geheimen Kellerraum mit dem getarnten Schrankdurchgang und folgte den Stimmen. Schließlich betrat er den Raum, und da staunte er nicht schlecht.

In der Mitte des Raumes stand der nur noch mit seiner Unterhose bekleidete Liffers, die gefesselten Arme hoch erhoben zur Kellerdecke, von einem Flaschenzug gehalten.

Seine nackten Fußgelenke waren an zwei in den Boden eingelassenen Stahlösen fixiert.

In diesem Augenblick kam alles in Abiel Hagos wieder hoch. Ihm war so, als wäre er wieder in Eritrea in der Hauptstadt Asmara, im Hauptquartier des dort ansässigen Geheimdienstes.

Er sah sich wieder in einem beinahe identisch eingerichteten Raum, ›Verhörraum spezial‹ genannt. Er hatte plötzlich wieder den Geruch von Angstschweiß und Blut, verschmortem menschlichen Fleisch und Urin in der Nase. Schmerzverzerrte Schreie der Angst drangen an sein Ohr, und er sah wieder und wieder die Foltermethoden vor seinem geistigen Auge, mit denen man den Delinquenten zu einem Geständnis überredete.

Sundström stieß ihn an und riss ihn so aus seinen Tagträumen.

»He, Abiel, was ist mit dir? Stehst du hier und träumst?«

»Nein, nein, absolut nichts los, war nur mal kurz in Gedanken und etwas weg.«

Ganz allmählich verlor das Betäubungsmittel nun auch seine Wirkung und Liffers begann, mit den Augen zu rollen und zu blinzeln. Er versuchte, seine Arme und Beine zu bewegen: keine Chance.

»Nun dann, wenn er komplett wach ist, können wir ja beginnen, ihn zu interviewen!«

Sundström grinste merkwürdig angestrengt und lüstern übers ganze Gesicht.

Hagos blickte ihn an und dachte: *Mannomann, so habe ich ihn ja noch nie erlebt, er gleicht ja im Moment beinahe bis aufs Haar den alten Folterknechten in Asmara. Es ist doch merkwürdig, wie wenig man einen Menschen kennt. Ich kann es kaum glauben.*

Auch Ursula Mohns Gesichtsausdruck hatte sich total verändert, es hatte nichts mehr von der bisherigen Lockerheit. Aus ihren Augen sprach Rache, Rache für Nicole Moldenhauer, ihre alte Freundin.

Hagos hob resignierend die Schultern und blickte Checkter an.

»Okay, ihr werdet es zu dritt schon richten, ich gehe derweil nach oben ins Büro und lausche dort etwas dem Polizeifunk.«

Daraufhin drehte er sich um, ohne eine Antwort abzuwarten, und verließ den Kellerraum.

Oben im Büro angekommen, schaltete er unverzüglich das Funkgerät ein, die Frequenz des Polizeifunks war bereits eingestellt.

Im Kellerraum begannen derweil Sundström, Checkter und die Mohns mit der Befragung von Claude Liffers.

Die Mohns sah Checkter zuerst fragend an, meinte dann aber süffisant: »Ich könnte doch erst einmal mit ein paar Stromstößen anfangen, um ihn richtig wachzurütteln! Er wirkt immer noch leicht betäubt.«

Liffers war in Wirklichkeit hellwach und seine Sinne waren geschärft, er verzog keine Miene. Nach außen hin schien er sich vorerst mit seiner Situation abgefunden zu haben.

Aber er war immer noch ein hart gesottener Fremdenlegionär, der sich schon in anderen Situationen befunden hatte.

»Also, Claude, nun erzähl uns doch mal, wo ihr das Mädel versteckt habt.«

Checkter stand ziemlich nah vor Liffers, als er ihm diese Frage stellte, und sah ihm dabei unverblümt in die Augen. Unvermittelt zog er sein rechtes Bein hoch und stieß ihm sein Knie mit aller Macht in die Weichteile.

Liffers stöhnte von den bestialischen Schmerzen, die seinen Unterleib schier zu zerschneiden schienen, und riss wie wild an seinen Fesseln, die aber keinen Zentimeter nachgaben.

»Und? Ist es dir wieder eingefallen?«

Der Gefangene atmete tief und heftig, gab aber sonst keinen weiteren Ton von sich.

Bei der Schusswunde von Claude Liffers hatte der Heilungsprozess bereits eingesetzt, das war deutlich zu sehen, da Sundström bis auf ein Pflaster bereits alle Verbände entfernt hatte.

Checkter war einige Schritte von Liffers zurückgetreten, dafür trat nun die Mohns an den Gefangenen heran und riss ihm mit einer schnellen Bewegung das Pflaster von der Schulter.

Die Schmerzen im Unterleib von Liffers verflüchtigten sich schon etwas, als er aus den Augenwinkeln beobachtete, dass die Mohns sich eines ganz normalen Handfegers mit Holzgriff bemächtigt hatte.

Sie lächelte Liffers an. Ihr Blick konnte fast als sexy bezeichnet werden. Dann holte sie unvermittelt aus und schlug ihm den Handfegerrücken mit aller Kraft flach auf die Schulterwunde. Augenblicklich begann die Wunde, stark zu bluten. Er spürte sofort, wie das warme Blut an seinem Körper hinabrann.

Liffers stieß aufgrund des überaus hart geführten Schlages wiederum ein dumpfes Stöhnen aus, ähnlich dem eines waidwunden Hirsches. Dann sackte er leicht in den Fesseln zusammen.

Danach entrang sich seiner Kehle nur noch ein heiseres Röcheln.

Sundström stieß ihm brutal die Faust in die kurzen Rippen.

»Ist dir nun eingefallen, wo ihr Nicole abgeladen habt?«

Mühsam richtete sich Liffers wieder in seinen Fesseln komplett auf.

»Ich weiß absolut nicht, was ihr von mir wollt! Ihr habt euch den falschen Mann gegriffen, ich weiß nichts von einer Nicole!«

Heiser, mühsam und unter größter Anstrengung formulierte er die Worte.

»Na, mein Lieber, das ist aber doch äußerst merkwürdig! Ihr hängt uns wie Kletten im Pelz, entführt das Mädel auch noch direkt vor unserer Nase, du sitzt mit in dem Auto, weißt aber absolut nichts. Keine Ahnung von gar nichts. Ist doch wirklich alles sehr eigenartig.«

Ganz locker und gelassen ging Checkter zur äußersten Ecke des Raumes, in der neben einer Kommode, die mit allerhand chirurgischen Bestecken und Werkzeugen beladen war, ein Schweißgerät mit zwei Stahlflaschen, Gas und Sauerstoff, stand.

»Aber vielleicht ist dir ja auch nur kalt.« Bei diesen Worten entzündete er die Flamme am Brenner, nachdem er die Ventile an den Flaschen geöffnet hatte. »So ein Gerät kennst du ja sicherlich?«

Etwas umständlich zog er das Gestell mit den beiden Flaschen und den Schläuchen hinter sich her und hielt dabei immer den fauchenden Brenner in der einen Hand. Kurz neben Liffers stellte er das Gestell mit den Flaschen ab.

Er stellte genüsslich die Flamme ein, bis sie die Form eines langen Tropfens angenommen hatte und in dunkelblauem Licht erstrahlte.

Dann hielt er Liffers ein Stück Brett nahe ans Gesicht und ließ die Flamme des Brenners darüberstreichen, sodass Liffers die ausstrahlende Temperatur kurz zu spüren bekam. Das Brettstück fing sofort Feuer.

»Na, mein Freund, was meinst du?«

Checkter legte das Holzstück zur Seite und ließ die Flamme in gewissem Abstand über die Fußrücken des Franzosen gleiten.

Erschrocken schrie er ganz kurz auf, wollte instinktiv die Füße wegziehen, was ihm aber aufgrund der Fesseln nicht gelang.

Seine Fußrücken hatten sofort eine leicht rötliche Färbung angenommen.

Sundström hatte sich nun an die Seite Checkters geschoben und hielt in seiner Rechten einen Zimmermannshammer.

»Das dauert doch alles viel zu lange«, meinte er nur, holte weit aus und schlug den Hammer mit aller Kraft, so als treibe er einen Zwölf-Zoll-Nagel in einen Holzbalken, auf Liffers' linken Mittelfuß. Augenblicklich hörte man das Knacken, Brechen und Splittern von Knochen, während Liffers der ungeheuren Schmerzen nicht mehr Herr werden konnte, sie lauthals herausschrie, um dann kurz darauf in seinen Fesseln ohnmächtig zusammenzusinken.

Zum ziemlich identischen Zeitpunkt fuhr James Smith in seinem gemieteten Opel Diplomat total verärgert über seine Erfolglosigkeit, auf die

Kreuzung Bergedorfer Straße/Wentorfer Straße/Holtenklinker Straße zu.

Er war aufgrund der Umstände nicht sonderlich auf den Straßenverkehr konzentriert, fuhr aber trotzdem recht zügig aus der Holtenklinker Straße in den Kreuzungsbereich hinein. Er hatte auf der gegenüber liegenden Straßenseite eines seiner Lieblingsrestaurants von McDonald's entdeckt.

Zum gleichen Zeitpunkt raste ein voll beladener Anhängerzug aus der Wentorfer Straße bergab auf die Kreuzung zu.

Bremsversagen!

Das wurde James Smith in diesem Augenblick zum Verhängnis. Die vordere Stoßstange des LKWs traf den Opel Diplomat im Bereich der vorderen und hinteren Tür auf der Beifahrerseite.

Der Zusammenprall war so gewaltig, dass sich der Opel – wie von Geisterhand geschleudert – viermal hintereinander überschlug und von dem nicht stoppen wollenden LKW wieder erfasst und komplett überrollt wurde. Bei den Überschlägen war der Benzintank des PKWs geborsten, und das auslaufende Benzin entzündete sich durch den Funkenflug des schleifenden Metalls über die Asphaltpiste.

In wenigen Sekunden brannte das Wrack des Opels unter dem Führerhaus des LKWs lichterloh, und der dort eingeklemmte Smith hatte absolut keine Chance mehr, das Wrack lebend zu verlassen.

Der Fahrer des Anhängerzuges war aus seiner Fahrerkabine geflohen, denn das Feuer war bereits auch auf den LKW übergesprungen. Er versuchte noch verzweifelt, an das Wrack des Opels heranzukommen, aber er hatte keine Chance, die Hitze des nun voll entflammten Feuers war viel zu stark.

Und so konnte er nur noch machtlos zusehen, wie der Fahrer im Wrack des Opels verbrannte.

All das hörte Hagos im Büro im sicheren Haus, während er dem Polizeifunk lauschte. Als er aber mitbekam, um welches Fahrzeug es sich bei dem verunfallten PKW handelte, da war er sofort hellwach, lauschte angespannt der Durchsage bis zum Ende, um sich dann einmal kräftig zu strecken. Danach ging er unverzüglich hinab zu den anderen in den Kellerraum.

Checkter war gerade im Begriff, den Brenner effektvoll an bestimmten Körperstellen von Liffers auszuprobieren, als Hagos die drei abrupt unterbrach. Checkter, Sundström und Mohns drehten sich um, und Hagos gab ihnen ein Zeichen, zu ihm zu kommen.

Sie legten alles weg, was sie gerade in den Händen hielten, und scharten sich um Hagos. Dieser hatte sich mit dem Rücken an das Regler Pult des Transformators gelehnt.

»Ich habe ganz heiße News für euch! James Smith, der Ami, ist tot!«

Plötzlich beherrschte absolutes Schweigen in dem Kellerraum, ausgenommen Liffers' röchelndes Atmen.

»Wie geht das denn?«

Clint Checkter war der Erste, der sich wieder gefangen hatte.

In kurzen Worten berichtete Hagos von der abgehörten Durchsage im Polizeifunk.

»Mit anderen Worten«, begann Sundström nun verhalten, »wir müssen Liffers nun mit Gefühl verhören, damit er uns nicht abnippelt. Also würde ich mal sagen, wir machen mit dem Strom weiter, den können wir wunderbar regeln und langsam steigern. Vielleicht rutscht ihm ja auch noch heraus, wer eigentlich sein Auftraggeber ist. Jaaaaa«, meinte er dann sehr lang gezogen wie zu sich selbst, »da werden wir sicherlich noch einiges aus ihm herauskitzeln.« Und wieder lauter für jedermann hörbar: »Also los, lasst uns weitermachen!«

So griff er sich die beiden langen Stromkabel, befestigte die Plus- und Minusklemmen an Liffers Brustwarzen, dann schüttete er dem ohnmächtigen Liffers einen Eimer Wasser über den Kopf.

Das Wasser weckte Liffers und ließ den Blutstrom seiner Schulterwunde wieder fließen, aber was für den Strom und dessen Wirkung wichtig war: Liffers war nun klatschnass und stand barfuß in einer Wasserpfütze.

Liffers' Augen weiteten sich fast zur Größe von kleinen Untertassen. Nun war in ihnen nicht mehr der plötzliche Schreck zuerkennen, nein, nun herrschte in seinem Blick pure Angst und Panik vor.

Polizeikommissariat 42, Hamburg-Billstedt.

Nachdem endlich, nach scheinbar ewigen Zeiten, die Halter für die geparkten Fahrzeuge gefunden waren, blieb Moldenhauer und Bencken nichts weiter übrig, als zurück zur Wache nach Billstedt zu fahren.

Und nun saßen sie wieder an ihren Schreibtischen, sichteten hoch konzentriert weiteres eingegangenes Material und machten sich dazu gelegentlich Notizen.

Die ausgegebenen Fahndungen hatten allerdings bisher noch keine Erfolge gebracht.

Moldenhauer blickte auf, sah Charly Bencken in die Augen, und dann begann er.

»Charly, ich glaube, ich habe die Zusammenhänge herausgefunden!«

»Okay, Karl, lass hören, ich bin gespannt auf deine Theorie.«

»Diese beiden Typen, Smith und Liffers, die Nicole entführt haben, sind eine Crew, und der sogenannte ›Spider‹ sowie Hagos und Sundström mit der Gefangenen Mohns sind ihre Gegner.«

»Nun, Karl, das war nicht so schwer. So weit war ich auch schon.«

»Warte, von der ›Spider‹-Crew haben die Zeugen alle unabhängig voneinander berichtet, sie hätten Schrunden und Verletzungen in den Gesichtern erkannt. Das muss von dem Flugzeugabsturz herrühren. Verstehst du?«

»Verstehe ich, finde aber, es ist etwas weit hergeholt, aber mach man weiter.«

»Die beiden, Liffers und Smith, sehe ich einfach als die Jäger. Sie wollen die Diamanten. Nur, im Augenblick scheint sich alles ins Gegenteil umgekehrt zu haben.«

»Ich nehme das mal als reine Vermutung von dir.« Bencken schüttelte ablehnend den Kopf. »Wir haben null Beweise und leider nur ein paar dürftige Indizien.«

In diesem Augenblick betrat ein Beamter das Büro, hielt einen mit wenigen Zeilen beschriebenen DIN-A4-Bogen in der Hand und reichte ihn sofort Karl Moldenhauer.

Moldenhauer überflog schnell die wenigen Zeilen, blickte zu dem Polizeibeamten auf und meinte dann nachdenklich: »Wie kann es sein, dass die Kollegen so schnell an diese Informationen gekommen sind?«

»Ein Kollege, der an der Straßensperre im Dienst war, hat das Auto erkannt und sich sofort das Kennzeichen notiert, sicherheitshalber. Hätte er allerdings gar nicht gebraucht, weil der Opel Manta allgemein bekannt ist. Der Opel gehört zwei Mitgliedern eines Geesthachter Klubs. Der Klub – er wird auch schon seit einiger Zeit observiert – nennt sich ›Wehrsportgruppe G.‹, soviel ich weiß.«

»Das kann doch einfach nicht sein«, entfuhr es Bencken. »Was haben denn diese verkappten Neo-Nazis mit dieser Geschichte zu tun?«

»Die Geesthachter Kollegen haben sofort nach unserem Telefonat eine Razzia gestartet. Es wurden sehr viele Waffen und Munition sichergestellt, darunter auch etliche Kriegswaffen. Allerdings wollte keiner der Verhörten je etwas von Smith und Liffers gehört oder gesehen haben. Übrigens, der Halter des Mantas und sein Freund sind beide, so sagte man uns, unzertrennlich, waren unauffindbar.«

Moldenhauer blickte nun noch nachdenklicher drein als vorher. »Danke, Herr Kollege, gut, sehr aufschlussreich. Ist denn dieser sagenumwobene Manta mittlerweile gefunden und sichergestellt worden?«

»Leider nein, ich hatte soeben noch einmal nachgefragt. Die Fahndung verlief bisher ohne Erfolg.«

»Okay, alles klar.«

Daraufhin verließ der Beamte wieder das Büro.

Hauptkommissar Moldenhauer wollte gerade zu sprechen beginnen, als das Telefon von Charly Bencken anschlug.

Er nahm den Hörer ab, hörte hoch konzentriert zu, was der Gesprächspartner am anderen Ende der Leitung zu berichten hatte, und bedankte sich. Ganz langsam legte er dann den Hörer auf die Gabel.

»Karl, ich glaube, jetzt kommen wir dem Kern der Sache schon etwas näher. Komm, wir machen noch einmal eine Dienstfahrt nach Bergedorf. Dort hat es einen schweren Verkehrsunfall gegeben.«

»Hör auf, Charly, für Unfälle dieser Art sind wir nicht zuständig, das weißt du doch.«

»Los, komm schon. Ich glaube, für diesen schon!«
Wieder saßen die beiden in ihrem Dienstwagen, und wieder fuhren sie nach Bergedorf.
Nachdem sie am Unfallort eingetroffen waren, mussten sie erst einmal tief durchatmen.
Nicht einmal das Wort ›Chaos‹ wäre treffend gewesen für den Anblick, der sich hier ihren Augen bot.
Das ausgebrannte Wrack des Opel Diplomat lag auf den Resten des Autodachs, halb unter dem ebenfalls ausgebrannten Führerhaus des Lastkraftwagens. Dessen Anhänger lag quer und umgekippt auf der Fahrbahn, und die Sandladung hatte sich über einen großen Teil der Straße und Fußwege ergossen.
Natürlich standen überall Dienstfahrzeuge von Polizei, Feuerwehr, des Rettungsdienstes und nicht zu vergessen der Notarzt mit seinem Fahrzeug herum.
»Mein Gott«, entfuhr es Karl Moldenhauer, »das sieht ja furchtbar aus, wie ein Schlachtfeld!« Eiligen Schrittes gingen sie zu dem Einsatzleiter hinüber. »So, Herr Kollege, dann lassen Sie mal hören. Normalerweise ist das hier ja nicht unser Ding, aber schauen wir mal.«
Als Erstes überreichte der Beamte Moldenhauer einen Plastikbeutel mit einer Handfeuerwaffe: Magnum 357.
»Sie muss sich während der Überschläge des Fahrzeugs selbstständig gemacht haben. Wir haben sie am Straßenrand gefunden.«
»Und wie sind Sie auf uns gekommen?«
»Das Kennzeichen des PKWs war noch kenntlich, der Fahrer aber leider eingeklemmt und verbrannt. So versuchten wir, den Halter zu ermitteln. Wie sich herausstellte, war es ein Leihwagen, geordert vom Hotel ›Bergedorfer Tiefe‹ für einen Gast des Hauses. Als die Kollegen dort eintrafen, fanden sie in dem einen Zimmer der beiden Gäste einen Karton mit Schusswaffen, Munition und Sprengstoff. Die Kollegen warten jetzt vor dem Hotelzimmer auf Sie.«
Moldenhauer und Bencken waren doch leicht erstaunt über die Schilderungen des Kollegen.

Bencken startete den Dienstwagen, und kurze Zeit später stoppte er auf dem Parkplatz des Hotels.

Der Portier meinte nur, als er ihrer ansichtig wurde: »Im ersten Stock, bitte!«

In dem Zimmer angekommen erblickten sie sofort als Erstes den Karton mit dem brisanten Inhalt.

Moldenhauer wendete sich unverzüglich an einen der Schutzpolizisten: »Gehen Sie doch mal runter zur Rezeption und rufen die Spurensicherung an, denn die benötigen wir hier auf alle Fälle.«

Dann besah er sich mit Bencken die Koffer der beiden nicht vorhandenen Hotelgäste.

»Karl, wollen wir nicht lieber erst mal auf die Spusi warten?«, ließ Bencken vorsichtig anklingen, aber er wusste genau, dass diese Frage ungehört verhallte.

Moldenhauer war schon im Jagdfieber. Akribisch durchsuchte er die Koffer, indem er ganz vorsichtig die dort noch vorhandene Wäsche fein säuberlich aufs Bett legte.

Dann nahm er sich den leeren Koffer vor, besah ihn aufs Genaueste von außen und innen, konnte aber vorerst keine Unterschiede feststellen. Vorsichtig schnitt er das Innenfutter auf und entfernte es, nichts. Dann das Seitenfutter, wieder nichts.

Er blickte zu Charly hinüber, der sich am zweiten Koffer zu schaffen machte.

»Wenn überhaupt irgendwo irgendetwas versteckt ist, dann in den Koffern, obwohl das schon etwas klischeehaft ist. Oder aber alles Wichtige war im Auto und ist somit verbrannt.«

Bencken und Moldenhauer hatten vorher schon das reichhaltige Kartenmaterial durchforstet, aber auch hier: keine Pässe, keine Ausweise, keinerlei Aufzeichnungen.

»Vielleicht wäre es doch besser, auf die Spurensicherung zu warten.« Bencken war immer noch sehr skeptisch.

Aber dann kniete sich Karl Moldenhauer doch noch einmal vor dem Bett nieder, auf dem nun der leere Koffer lag, und er begann, ihn zum wiederholten Male mit äußerster Ruhe zu untersuchen. Er klopfte hier und drückte dort, verglich die Wandstärken des Koffers, schüttelte ab und an sein grau gewordenes Haupt, gab aber nicht auf und suchte weiter.

Plötzlich stutzte er, legte seinen Kopf schräg und plierte über den Kofferdeckel, hob ihn hoch, drückte von innen, schloss ihn wieder.

Und dann besah er ihn sich noch einmal ganz genau auf Distanz.

Ganz ruhig nahm er sein Taschenmesser und trennte die obere Ringnaht auf, und so verfuhr er auf jeder Kofferseite. Danach schob er seine Messerklinge ganz vorsichtig in den entstandenen Schlitz und bog den Deckel etwas auf.

Und dann erblickte er das, wonach er so lange gesucht hatte: diverse Pässe und reichlich Banknoten in verschiedenen Währungen.

Unter den Pässen befanden sich auch Smith' Originaldokumente.

In diesem Augenblick stieß Charly Bencken einen kleinen Freudenschrei aus.

»Sieh mal hier, Karl, du hättest den Deckel gar nicht aufschneiden müssen. Kannst du diese kleinen, unscheinbaren Lederlaschen erkennen?«

Bencken hob sie etwas an und zog einen verchromten Stab heraus. So machte er es an drei Seiten, und schon konnte man den Deckel von innen aufklappen.

»Tja, gewusst wie. Aber diese Technik hat mein Koffer nicht.«

In genau diesem Moment betraten die Männer der Spurensicherung das Hotelzimmer.

»Okay«, meinte Moldenhauer, »dann übernehmt ihr man, wir nehmen das Geld und die bisher gefundenen Ausweisdokumente mit. Schickt uns bitte so schnell wie möglich euren Bericht.«

Damit verließen sie Smith' und Liffers' ehemaliges Hotelzimmer.

Der Sommer meinte es immer noch gut, und die Sonne schien von einem wolkenlosen, blauen Himmel. Allerdings lagen die Tagestemperaturen an diesem frühen Nachmittag nur noch um 22 Grad.

Die Luft schien zu stehen, nichts regte sich.

Showdown

Checkter blickte sich noch einmal um: Alle Vorbereitungen schienen perfekt getroffen.

»Ihr macht hier jetzt weiter. Denkt daran, wir benötigen Ergebnisse, aber schnell. Die Zeit läuft uns etwas davon. Ich gehe kurz nach oben, muss noch einige Telefonate führen.«

Checkter ging ins Büro und wählte eine Nummer. Wenige Augenblicke später hatte er seinen belgischen Auftraggeber an der Strippe.

Er teilte ihm nun mit, dass alles im Lot sei und sie am nächsten Tag abends mit den Diamanten in Antwerpen eintreffen würden. Er solle ihm doch bitte einen konkreten Treffpunkt nennen zwecks Übergabe der Steine und der Auszahlung der restlichen zwei Millionen US-Dollar für die Erledigung des Jobs.

»Okay, sehr gut«, meinte nun sein Auftraggeber. »Wir treffen uns morgen so gegen 18 Uhr in Antwerpen in der Bierkorfstraat 12 im Erdgeschoss. In der Wohnung von Daun Leterme.«

Damit war dieses Gespräch beendet.

Danach wählte Checkter die Nummer von Acem Balyan in Hamburg. Die Verbindung war sehr schnell hergestellt, und er hatte ihn sofort am Telefon.

»Okay, Herr Balyan, wir haben uns noch einmal besprochen und sind mit den fünfzig Millionen US-Dollar einverstanden. Wir treffen uns heute Nachmittag um 17 Uhr in der alten Fabrik ›Marstahl‹! Schaffen Sie es auch bis dahin, das Geld vollständig zu besorgen?«

»Das Geld liegt schon bereit. Gebrauchte Scheine, alles in Tausend-Dollar-Noten.«

»Moment mal«, gab Checkter zu bedenken. »Die Tausend-Dollar-Noten der US-Notenbanken sind seit 1969 nicht mehr im offiziellen Zahlungsverkehr.«

»Das ist richtig, die Banknoten werden aber immer noch von den Banken weltweit als Zahlungsmittel akzeptiert.«

»Wenn Sie meinen, uns verarschen zu können – das kann ich Ihnen schon jetzt sagen –, das wird Ihnen nicht bekommen. Man sieht sich im Leben immer zweimal!«

»Wo denken Sie hin, wir sind keine Betrüger. Wir wollen nur ein gutes Geschäft zum Abschluss bringen!«

»Okay, also 17 Uhr in der alten Fabrik.«

Damit war auch dieses Gespräch beendet.

Warte mal ab, mein lieber Balyan. Bevor du überhaupt die Musik gehört hast, haben wir schon getanzt.

Zu guter Letzt hatte Checkter noch ein äußerst wichtiges Gespräch zu führen, und zwar mit einem Kontakt in Brüssel, der schon seit einigen Tagen für ihn in Antwerpen tätig war.

Er wählte also erneut eine Nummer in Belgien, nämlich die von Piet van de Gracht. Auch diese Verbindung war sehr schnell hergestellt.

»Hallo, Piet«, waren Checkters erste Worte. »Na, alles in Ordnung bei dir?«

Der Zerhacker war eingeschaltet, und so war es für einen möglichen Abhördienst unmöglich, dieses Gespräch mitzuhören oder aufzuzeichnen.

»Also, du wirst staunen, was ich alles für dich zusammengetragen habe.«

»Das ist sehr gut! Achte mal heute Nachmittag explizit auf Telefonate, die geführt werden. Hast du vielleicht noch einen Tipp für mich, wo wir heute Nacht problemlos über die grüne Grenze kommen könnten?«

Einen kurzen Augenblick war Schweigen in der Leitung, aber dann war Piet wieder da. »Am besten überquert ihr die Grenze südlich von Aachen, zwischen Simmerath und Monschau. Dort gibt es einige sehr gut befahrbare Feldwege und kleinere Straßen und – das Wichtigste – wenige Zöllner, die kontrollieren. Wir treffen uns, wenn nichts dazwischenkommt, morgen gegen Mittag auf dem Parkplatz des Rijn-en-Binnevaart-Museum am Nieuwpoortkaai. Wir können ja vormittags noch einmal telefonieren, ob alles so weit in Ordnung ist!«

»Ja«, bestätigte Checkter hochzufrieden Piets Worte, »genauso machen wir es. Ein sehr guter Vorschlag.«

»Und was immer du noch vorhast, Clint, gutes Gelingen!«

Damit war die Verbindung unterbrochen und auch dieses Gespräch beendet.

Checkter verließ zufrieden das Büro und begab sich in Richtung Kellertreppe zum geheimen Raum. Auf dem Weg dorthin hörte er schon die schmerzerfüllten Schreie von Claude Liffers, der nun im wahrsten Sinne des Wortes unter Strom stand.

Checkter betrat den geheimen Raum, wo ihm sofort der Geruch von verbranntem Fleisch in die Nase stieg.

Liffers hing nur noch kraftlos in seinen Fesseln und heulte Rotz und Wasser. Die Stromstöße mussten ihm ungeheure Schmerzen bereitet haben.

Seine beiden Brustwarzen, an denen sich die Klemmen der beiden Stromkabel befanden, waren mittlerweile dunkelbraun.

Checkter blickte ihn an, seine Augen waren in diesem Augenblick wie Kristalle, eiskalt, ohne einen Funken von Mitleid.

»Nun«, wandte er sich an Hagos, »die Zeit drängt, hat er was erzählt?«

»Ja«, grinste Sundström zufrieden übers verschwitzte Gesicht. »Wo Nicole ist, wissen wir schon, nun arbeiten wir noch ein wenig daran, wer sein Auftraggeber ist und was ihr Job beinhaltet!«

Äußerlich gelassen nahm Checkter Sundströms Aussage zur Kenntnis.

»Okay«, meinte er nur, ging zum Schaltpult und griff kurzerhand zum Regler des Stroms. Genau in diesem Augenblick schrie Liffers laut und gequält auf.

»Hört auf, hört auf, ich erzähle euch alles, was ihr wissen wollt!«

Der harte Fremdenlegionär war gebrochen.

»Gut, dann los! Wie heißt dein Auftraggeber?«

»Keine Ahnung, einen Namen habe ich nicht, aber seine Telefonnummer, und ich weiß, dass er in Antwerpen sitzt. Ihr könnt mich totschlagen, aber das ist alles, was ich euch sagen kann.«

Er gab die Telefonnummer seines Kontaktes in Antwerpen preis, und Checkter wunderte sich über gar nichts mehr. Die Nummer war identisch mit der seines Auftraggebers.
Welch eine Drecksau, warte ab, mein Lieber, das Spiel ist noch nicht zu Ende.
Sofort wischte Checkter seine Gedanken fort, stellte die nächste Frage: »Und, mein Freund, was war das Ziel eures Jobs? Was war es, das ihr erledigen solltet?«
Claude Liffers riss sich trotz der starken Schmerzen zusammen und antwortete in knappen Sätzen. »Wir sollten euch die Diamanten abjagen und euch komplett eliminieren!«
In der darauffolgenden Stille war auf einmal die Stimme Ursula Mohns zu vernehmen. »Also seid ihr doch diejenigen gewesen, die den Diamantenraub in Angola durchgezogen haben. An sich habe ich es schon immer gewusst!«
»Und nun? Willst du nun zur Polizei gehen?« Irgendwie hämisch hing Checkters Frage im Raum. »Hör zu, Ursula. Ich glaube, wir beide gehen mal nach oben und unterhalten uns unter vier Augen. Mogens, Abiel, schneidet Liffers los und verschnürt ihn gut, wir müssen gleich los und …«, kurze Pause, »… wir nehmen ihn mit! Ach, Liffers, falls es dich noch interessiert?! Dein alter Kumpel Smith ist schon in die ewigen Jagdgründe eingezogen, er hat vorhin in Bergedorf bei einem Verkehrsunfall den Löffel abgegeben!«
Liffers verzog keine Miene, vielleicht hatte er Checkters Worte gar nicht richtig vernommen.
Sie brachten Liffers in den Wohnraum, wo sie ihm dann gestatteten, sich wieder anzukleiden, was ihm auch nach etlichen Versuchen gelang.
Danach ließ er sich von Sundström und Hagos widerstandslos die Arme hinter seinem Rücken fesseln.
Checkter befand sich mit seiner neuen Verbündeten, der Mohns, im Büro. Einer hatte immer Liffers im Auge, der zusammengesunken in einer Ecke der Couch saß.
»Nun höre mir einen Augenblick genau zu. Ich habe einen Zeitpunkt,

und zwar 17 Uhr, mit dem öligen Türken bei ›Marstahl‹ abgemacht. Er glaubt, er bekommt für die fünfzig Millionen US-Dollar unsere kompletten Diamanten.«

Ursulas Mohns Augen weiteten sich vor Erstaunen, über welche Summen hier gesprochen wurde!

»Wir bringen uns alle in Stellung, legen vorher aber noch Liffers dort ab. Du telefonierst gleich nach unserem Gespräch mit Nicoles Vater, er soll dort um genau 17:30 Uhr mit einem Überfallkommando aufschlagen! Dann präsentieren wir der Hamburger Polizei den Türken und den Entführer Liffers. Verstanden?«

»Ja, so weit, so klar! Und was ist, wenn die Türken Fisimatenten machen?«

»Dann schalten wir sie aus, überhaupt kein Problem!«

Er gab den dreien ein Zeichen, noch einmal etwas dichter zusammenzurücken, und erklärte ihnen seinen Plan, wie er sich den weiteren Verlauf des Nachmittages vorstellte.

Ursula Mohns, Mogens Sundström und Abiel Hagos hörten ihm angespannt zu und bekamen vor Staunen ihre Münder nicht mehr zu.

»Und das soll funktionieren?«

Hagos hatte zum Schluss des Vortrages diese skeptische Frage gestellt.

»Es klappt alles, wenn jeder sich auf seine Aufgabe konzentriert, davon bin ich überzeugt! Und nun ab ins Auto. Denkt an die Ausrüstung: Munition, eure Handfeuerwaffen, die Uzis und die Schalldämpfer. Abiel, ist das Betäubungsgewehr noch im Auto?«

Hagos nickte bejahend.

In Windeseile war ihre Ausrüstung komplettiert, Liffers auf der Ladefläche des Kombis verstaut, Garagentor auf, und schon waren sie auf dem Weg zur ehemaligen Fabrik ›Marstahl‹.

Bevor sie losfuhren, hatte die Mohns noch kurz, ohne auf irgendwelche Fragen einzugehen, angerufen und Moldenhauer über die Lage in Kenntnis gesetzt.

Ihr Anruf wirkte überzeugend. Danach verwandelte sich das Kommissariat 42 in einen Ameisenhaufen, alles wuselte angespannt und geschäftig durcheinander.

Der Einsatz wurde schnellstens vorbereitet: ein Gruppentransportwagen mit zwölf Mann der Bereitschaftspolizei besetzt sowie Karl Moldenhauer, Charly Bencken und weitere zwei Kriminalbeamte.

Alle waren bis in die Haarspitzen angespannt, als sie ihre Dienstfahrzeuge bestiegen und Richtung Bergedorf aufbrachen.

Checkter traf mit seiner Crew einige Zeit vor dem verabredeten Termin mit Acem Balyan bei ›Marstahl‹ ein.

Schnell checkten sie die Umgebung und entdeckten, etwas abseits geparkt, den Opel von Acem und daneben den dunkelblauen Mercedes, der sie nach der Besprechung mit Acem verfolgt hatte.

Sundström parkte ihren Ford an einer ganz schlecht einsehbaren Stelle, aber so, dass sie im Falle einer überstürzten Flucht sofort frei durchstarten konnten.

»Ursula, du bleibst im Auto. Du weißt, was wir besprochen haben. Sobald die Polizei aufkreuzt, schlägst du dich an die Seite von Nicoles Vater. Bis dahin achtest du auf Liffers. Bestell Nicole einen lieben Gruß von mir und richte ihr aus, ich komme wieder. Wir beide sehen uns mit Chance nicht mehr, wir setzen uns nach der Show sofort ab. Alles klar?«

Sie nickte zuversichtlich und zustimmend, obwohl sie sehr unruhig war.

Selbstverständlich wollte sie unverzüglich zu Nicole, andererseits wollte sie niemanden durch übereilte Aktionen in Gefahr bringen.

Checkter, Sundström und Hagos hatten gegenüber den Leuten von Acem einen großen Vorteil: Keiner von denen wusste, dass sie bereits auf dem Gelände waren. Außerdem waren sie alles alte, routinierte Kämpfer.

Checkter sah Hagos fragend an: »Hast du das Betäubungsgewehr?«

»Na, logisch, was glaubst du denn?«

»Ihr bleibt hier innerhalb des Zaunes, ich check erst einmal die Lage.«

Weg war er.

Und es dauerte nicht allzu lange, da war er wieder bei ihnen am Zaun.

»Folgendes: Es sind nur die beiden von dem Mercedes auf dem Gelände, außerhalb der Halle. Die sind so blöd, jeder Pfadfinder im ersten Jahr hätte sie ohne Probleme entdecken können.«

Kurz beschrieb Checkter ihre Positionen, dann begaben sich die drei aufs ehemalige Werksgelände und verteilten sich.

Nach wenigen Augenblicken hatte Hagos den ersten Türken ausgemacht, legte an und hatte ihn auch schnell direkt im Visier.

Er hat einen wunderbar dicken Hals. Da wird der Betäubungspfeil sich richtig eingraben, dachte Hagos.

Hagos atmete flach, hielt kurz die Luft an, drückte ab, ohne dass sich das Gewehr überhaupt bewegte.

Volltreffer!

Balyans erster Wachmann griff sich verwundert an den Hals und stürzte drei Meter tief direkt in einen wilden Fliederbeerbusch. Man hörte kaum seinen Aufprall.

Der zweite schlecht versteckte Wachmann von Balyans Garde befand sich an der Rückseite der Halle. Auch er war in kürzester Zeit ausgeschaltet.

Aus weiter Ferne waren mittlerweile Martinshörner der schnell näherkommenden Polizei zu hören.

»Komm, Mogens, wir müssen jetzt Liffers holen! Abiel, du suchst dir eine geeignete Position, damit du im Zweifelsfall mit deiner Uzi alles gut bestreichen kannst. Aber pass auf, du musst für die Polizei immer unsichtbar bleiben. Los, ab jetzt!«

Checkter und Sundström liefen zum Auto und holten Liffers.

Sundström schlug ihm kurzerhand das Griffstück seiner Walther PPK auf den Schädel, woraufhin Liffers sofort ohnmächtig wurde.

Er blickte Checkter entschuldigend an. »Dann macht er wenigstens keine Zicken, wenn wir ihn tragen.«

Sie nickten Ursula Mohns zum Abschied noch einmal wortlos zu. Nur Sundström nahm sie in den Arm und verabschiedete sich so auf seine Art.

Gemeinsam bugsierten sie Liffers über den freien Platz des Werksgeländes und legten ihn neben den ersten türkischen Wachmann, der in den Ästen des Fliederbeerbusches ruhte.

Checkter und Sundström versteckten sich nun im Bereich der Halle 1, in der nur noch Acem Balyan und sein behandschuhter Begleiter an dem verabredeten Treffpunkt sein konnten.

Genau zu diesem Zeitpunkt fuhren die Polizeifahrzeuge vor.

Moldenhauer und Bencken sprangen behände aus dem stoppenden Dienstfahrzeug und brachten sich sofort in Position.

Und dann erging die Order an alle Beteiligten: »Augenblicklich die Halle 1 umstellen, ihr müsst so gut stehen, dass nicht einmal eine Ratte ungesehen die Halle verlassen kann!«

In diesem Moment erblickte er Ursula Mohns, die bleich und übernächtigt am Zaun lehnte. »Ursula, was machst du denn hier? Geht es dir gut?«

»Ja, alles in Ordnung so weit. Nicole ist im Keller der ersten Halle, ich glaube, in dieser Halle sind auch noch einige Leute unterwegs wegen des Diamantendeals!«

»Was? Woher weißt du das? Egal, da sprechen wir später drüber.« Dann sein Rundruf über Funk an die Kräfte: »Achtung! Leute! In der Halle sind wahrscheinlich Verdächtige. Achtung, Schusswaffengebrauch möglich!«

Er zückte seine Dienstwaffe, ließ sich einen Lautsprecher geben und schaltete ihn ein. Augenblicke später erfüllte seine Stimme das komplette Areal von ›Marstahl‹.

»Hallo, Sie dort in der Halle, legen Sie Ihre Waffen nieder und kommen Sie mit erhobenen Händen zum vorderen Tor!«

Die Antwort von Acem ließ nicht lange auf sich warten, eine Salve aus einer Maschinenpistole zersiebte als Erstes das marode Fabriktor.

Alle anwesenden Beamten suchten sofort irgendeine Deckung auf.

»Was sollen wir machen?«

Bencken blickte fragend zu Moldenhauer hinüber.

»Wir stürmen den Bau, wir können hier nicht einfach herumliegen und warten, wir starten einen Überraschungsangriff!«

Kaum hatte er diesen Satz ausgesprochen, da hörten es auch alle Führungsbeamten über Funk.

»Stürmen jetzt!«

Und dann brach es wie ein Inferno los. Von der Rückseite der Halle war heftigstes Gewehrfeuer zu hören.

Zum Teil steigerte sich der Schusswechsel zu einem Höllenlärm, und dann kehrte urplötzlich Stille ein.

Totenstille.

Bencken, Moldenhauer und die beiden Kriminalbeamten der Wache 42 hatten die Vorderseite der Halle erreicht. Alles schien ruhig.

Da, auf einmal eine kaum zu registrierende Bewegung am Tor, und sofort schossen die Beamten auf den vermeintlichen Gegner, aber es kam keinerlei Gegenwehr, woraufhin alle das Feuer einstellten.

Moldenhauer machte seinen Beamten ein Zeichen, und sich selbst sichernd rückten sie gegen das Tor vor.

Aber es rührte sich nichts, kein Widerstand, kein Schuss, keine Regung.

Moldenhauer sprang, sehr behände für sein Alter, mit der Dienstwaffe im Anschlag durch eine Mauerlücke in die Halle, gefolgt von Bencken.

Im ersten Augenblick war nichts im diffusen Licht der Halle zu erkennen. Von der Rückseite der Halle näherten sich langsam und sich natürlich nach allen Seiten sichernd die Beamten des Überfallkommandos.

Und dann waren plötzlich die lauten Rufe in der Halle: »Hier liegt einer!«

Einen Augenblick später: »Hier auch!«

Moldenhauer richtete sich auf und schickte die beiden Kriminalbeamten zu den Rufern.

»Charly, wo ist der Kellerabgang?«

Aber die Mohns stand bereits mit in der Halle und hatte den Treppenfuß schon entdeckt.

»Hier, Herr Moldenhauer, hier geht's runter!«

Ohne eine Antwort abzuwarten, eilte sie schon die Treppe hinab, immer zwei Stufen auf einmal nehmend.

»Ursula, Stopp! Warte, wir kommen, sei vorsichtig!«

Nun liefen auch Bencken und Moldenhauer zum Treppenabsatz und folgten der Mohns auf dem Fuße.

Im Kellergeschoss standen sie dann auf einmal sechs Stahltüren gegenüber.

Nun wurde die Mohns hektisch: »Was ist denn nun, macht doch endlich die Türen auf!«

Moldenhauer und Bencken – beide hielten ihre Waffen im Anschlag – öffneten vorsichtig die erste Tür, aufschließen, hinein, immer noch mit vorgehaltener Waffe, NICHTS!

Die zweite Tür, die gleiche Prozedur, wieder NICHTS.

Die Mohns war so nervös, sie trat in ihrer Ecke von einem Bein aufs andere.

Hinter der dritten Tür waren ganz deutlich leise Geräusche zu vernehmen. Die beiden Beamten stellten sich in Position, drehten vorsichtig, beinahe geräuschlos den Schlüssel im Schloss um: Türdrücker runter, öffnen.

Und was Karl Moldenhauer dann sah, trieb ihm, dem hart gesottenen Kripobeamten, dann doch das Wasser in die Augen: In der Mitte des Raumes hockte seine gefesselte Tochter auf einer total verdreckten Matratze wie ein Häufchen Elend. Und das war noch untertrieben.

Moldenhauer stürzte in den Raum, fiel vor der Matratze auf die Knie, befreite im Handumdrehen seine Tochter von den Fesseln und schloss sie in seine Arme, so als würde er sie in diesem Leben nie wieder hergeben.

Nun fiel alles von Nicole ab, und sie brach in hysterisches Weinen aus. Sie konnte es einfach noch nicht fassen, dass sie urplötzlich in den starken Armen ihres Vaters lag und das ganze Martyrium vorbei war.

Der Albtraum war zu Ende! Endlich!

»Nicole!« Karl Moldenhauer schüttelte sanft seine total aufgelöste Tochter an der Schulter. »Nicole, komm, wir bringen dich zum Krankenwagen.«

Er half ihr hoch, und dann erblickte Nicole Ursula. Augenblicklich ließ sie ihren Vater los und stolperte auf sie zu, sank in ihre Arme und wurde erneut von einem Weinkrampf geschüttelt. Auch die Mohns konnte in diesem Moment nicht mehr an sich halten. Als sie sich umarmten, brachen alle Dämme.

»Wie habt ihr mich gefunden?«, stammelte Nicole Moldenhauer unter dem nicht enden wollenden Tränenfluss.

Sanft, beinahe zärtlich flüsterte die Mohns ihr ins Ohr: »Das ist eine lange Geschichte, die erzählen wir dir später!«

Nun kamen zwei Sanitäter des soeben eingetroffenen Rettungswagens und legten ihr sofort eine Wolldecke um die Schultern.

Dann halfen sie ihr die letzten Stufen hinaus und nötigten sie auf dem Treppenabsatz, sich auf die bereitstehende Trage zu legen.

Langsam und vorsichtig wurde sie nach draußen zum Rettungswagen gerollt. Die Mohns ging neben der Trage und hielt dabei ihre Hand. Mit ihrer Rechten fuhr sie sich durchs zerzauste Haar und hielt dabei ganz zufällig ihren rechten Daumen nur für Sekunden hochgestreckt über ihren Kopf.

Einem gewieften Beobachter wäre dieses Zeichen bestimmt nicht entgangen. Und die Beobachter, denen dieses Zeichen galt, hockten für alle unsichtbar vor Ort.

Checkter zerriss es in seinem Versteck beinahe das Herz, und er stöhnte leise auf.

Mein Gott, lebt sie noch? Ist sie verletzt? Ursula geht neben ihr. Der ältere Mann mit den grauen Haaren müsste ihr Vater sein. Halt, Stopp! Was macht die Mohns da? Oh, der Daumen geht hoch, ein gutes Zeichen.

Er war im Begriff aufzuspringen, als er von einer großen weißen Hand besonnen, aber dennoch bestimmend an der Schulter gehalten wurde.

Clint Checkter war so durcheinander, dass er nicht einmal bemerkt hatte, wie Sundström sein Versteck geentert hatte.

»Clint, bleib locker und denk dran, du bist ein Profi, deine Gefühle musst du noch einen Augenblick zur Seite stellen. Du hast gesehen, was du sehen wolltest, dass sie lebt, und das Zeichen von Ursula, das muss fürs Erste reichen. Reiß dich zusammen und versau so dicht vor dem Ziel nicht alles. Wir müssen jetzt schleunigst verschwinden, bevor die Polizei hier alles auf den Kopf stellt.«

Er stieß einige leise, melodische Pfiffe aus, die sich wie der Gesang eines exotischen Vogels anhörten.

Suchend reckte er seinen Kopf und entdeckte Hagos am anderen Ende der Halle. Ein kurzes Zeichen, Bestätigung, okay, Rückzug.

Sehr auf Sicherheit bedacht, verließen Sundström und Checkter ihre

Deckung und glitten, immer wieder erneut Deckung suchend, um ja nicht entdeckt zu werden, in Richtung Straße.

Sie ließen für keinen Augenblick die Polizeibeamten aus den Augen.

Allerdings waren die im Moment sehr stark mit sich selbst und den direkten Aufgaben vor Ort beschäftigt.

Kurz darauf trafen die drei bei ihrem Ford Kombi Turnier wieder zusammen und stiegen total relaxt in das Auto.

»Okay, so weit, so gut. Mogens, wir fahren jetzt direkt zum sicheren Haus, auf dem Weg dorthin kurzer Stopp und volltanken.«

Schweigsam fuhren sie zum sicheren Haus.

»So«, Checkter blickte sich in der Kellergarage um, »wir verladen jetzt unsere kompletten Klamotten und die Ausrüstung, danach räumen wir die Hütte auf und verlassen alles ohne den kleinsten Hinweis auf uns. Alles klar?«

Sundström und Hagos nickten müde, aufräumen musste sein, war aber nicht das Topangebot des Tages.

»Ich rufe zwischenzeitlich in Sennelager an und informiere die Jungs, dass die Hütte wieder frei ist. Okay, an die Arbeit!«

Dann führte Checkter aber doch noch zwei weitere wichtige Telefonate. Was er nicht erwähnte, war ein Gespräch mit seinem Kontakt in Antwerpen.

Die drei schufteten zwei Stunden, und danach war alles clean, die komplette Inneneinrichtung verbreitete einen dezenten Glanz, fast wie neu.

»Gut, alles fertig, raus aus der Garage und alles gut verschließen. Der Schlüssel wird an der bekannten Stelle deponiert. Und dann ab nach Geesthacht, dort warten noch einige interessante Pakete auf uns.«

Sie verließen Bergedorf über die B5, und nach nicht allzu langer Zeit stand Hagos vor dem Haupteingang zur Motocross-Strecke.

Das Hangschloss stellte kein Problem dar.

Sundström hatte in Windeseile ihre gesamten Klamotten und Ausrüstungsgegenstände von der Ladefläche entfernt, und schon kamen Checkter und Hagos mit den Diamantenkisten.

Schnell waren die fünf Kisten verstaut, danach warfen sie eine olivfarbene Plane über alles und luden zügig auch ihre Sachen wieder ein. Sie verteilten alles ungleichmäßig und unaufgeräumt über den abgedeckten flachen Kisten.

Auf den ersten Blick sah alles nur nach Klamotten und dem Gepäck Reisender aus.

Dann nur noch Heckklappe zu, und der Ford Kombi sah so harmlos aus wie die meisten Autos auf den Straßen.

»So, und nun ab gen Westen, unser nächstes Ziel ist Aachen. Wir lösen uns mit dem Fahren ab, unsere Gesamtfahrzeit bis zum Hauptziel beträgt so circa sechs bis sieben Stunden reine Fahrtzeit. In der Nähe von Aachen gehen wir heute Nacht über die grüne Grenze. Abiel, gib mir doch mal die Karte. Also los, Bundesstraße 5, durch Bergedorf hindurch bis Billstedt, dort gehen wir auf die Autobahn und, Mogens, normales Tempo, wir benötigen nicht noch irgendwelche zusätzlichen Polizeikontrollen.«

Langsam rollte der voll beladene Kombi von der verlassenen Rennstrecke und fädelte sich auf der B5 in den fließenden Verkehr ein, Richtung Hamburg-Bergedorf.

Die Dämmerung hatte bereits eingesetzt, und ein lauer Sommertag neigte sich dem Ende zu.

Auf dem Gelände der ehemaligen Firma ›Marstahl‹ in Bergedorf waren inzwischen noch weitere Streifen- und Einsatzfahrzeuge der Polizei eingetroffen.

Lichtmasten waren aufgestellt worden. Die Lampen erleichterten mit dem gleißenden, weißen Licht der Spurensicherung ihre Arbeit.

Das flackernde Blaulicht wiederum verlieh dem kompletten Gelände ein unwirkliches Aussehen, welches auch nicht von dem grellen Licht der Masten unterbunden werden konnte.

Moldenhauer und Bencken standen etwas abseits und überschlugen nun noch einmal den Ablauf der Aktion.

»Hier kann man wirklich von einem Paukenschlag sprechen«, begann Karl Moldenhauer, »zwei tote türkische Diamantendealer, dazu zwei betäubte Türken und ein schwerst verletzter Entführer. Meine Tochter wieder in Freiheit, und Frau Mohns ist auch wieder da. Nicht zu reden von den Rohdiamanten, die wir in der Sakkotasche von Acem Balyan und in der Halle gefunden haben.«

»Tja, alles gut, aber wie passt Ursula Mohns in die ganze Geschichte?« Charly Bencken blickte fragend in das Gesicht seines Kollegen. Moldenhauer wollte sich gerade zu einer Antwort aufraffen, als zwei Streifenbeamte mit zwei glatzköpfigen Neo-Nazis im Schlepptau bei ihnen erschienen.

»Hier, Chef«, meinte der erste Beamte, »diese beiden Gestalten haben wir vorn am Zaun aufgelesen, weil sie dort schon eine ganze Weile herumlungerten. Es erschien uns etwas merkwürdig, denn es war so, als warteten sie auf etwas Bestimmtes, und dabei beobachteten sie das Gelände sehr intensiv.«

»Na, die beiden gehören bestimmt zu dem Opel Manta, den die Kollegen vorhin unter seiner Tarnung entdeckt haben. Pack sie in einen Streifenwagen, und ab auf die Wache zum Verhör.«

Die Beamten nahmen die beiden Glatzen wieder mit.

Am späten Abend wurden die beiden wieder auf freien Fuß gesetzt.

»Ist die Ursula Mohns eigentlich noch hier?« Fragend blickte sich Moldenhauer auf dem Gelände um.

»Nein, ich glaube nicht«, meldete sich Bencken zu Wort, »ich meine, sie ist mit Nicole ins Krankenhaus gefahren.«

»Gut, ich glaube, wir sind hier im Augenblick auch durch, den Rest macht die Spusi.«

Moldenhauer blickte sich noch einmal um, gab den Leuten der Spurensicherung ein Zeichen, dass sie sich absetzen würden, und sagte, dann aber wieder Bencken zugewandt: »Was ist, Charly? Willst du mit ins Krankenhaus, um zu hören, welche Geschichte uns Frau Mohns zu erzählen hat?«

»Natürlich, so etwas lasse ich mir doch auf gar keinen Fall entgehen.«

Im Allgemeinen Krankenhaus in Bergedorf trafen Moldenhauer und Bencken auch sofort auf die Mohns, die gerade im Begriff war, sich einen Kaffee zu holen.

»Hallo, Ursula, komm, setz dich doch einen Augenblick zu uns«, und dabei zeigte er einladend auf einige Tische und Stühle des Wartebereichs, »wir hätten da doch noch einige Fragen an dich.«

Sie setzte sich zu ihnen und trank langsam und schluckweise von ihrem heißen, schwarzen Gebräu.

»Also, dann erzähl doch mal. Wie hat sich die ganze Geschichte denn nun zugetragen?«, wollte Nicoles Vater von ihr wissen.

Wahrheitsgetreu erzählte sie alles, so wie es sich bis zur Befreiung von Nicole zugetragen hatte, allerdings sparte sie die Details vom KGB und von ihrer Vergangenheit aus.

»Wie kommt es denn, dass der Liffers so übel zugerichtet ist? Das sah ja alles nach Folterspuren aus!«

Ohne mit der Wimper zu zucken, kam sofort ihre Antwort: »Dazu kann ich leider nichts sagen, zu dem Zeitpunkt war ich ja immer im Wohnraum gefesselt. Ich weiß nicht, was sich dort alles im Keller abgespielt hat!«

»Und wo ist dieses Haus, in dem sie dich die ganze Zeit festhielten?« Bencken und Moldenhauer blickten sie gespannt an.

»Das kann ich auch nicht sagen, sobald wir das Haus verließen, waren ja meine Augen immer verbunden.«

»Na, na, Ursula«, meinte Moldenhauer nun im väterlich-freundschaftlichen Tonfall, »irgendetwas wird dir doch sicherlich aufgefallen sein!«

»Nein, Herr Moldenhauer, nichts, wirklich absolut nichts.«

In diesem Moment kam ein Arzt im weißen Kittel mit fliegenden Rockschößen auf sie zu und sprach Moldenhauer sofort an.

»Sind Sie von der Polizei?«

Woraufhin sich Moldenhauer und Bencken auswiesen.

»Nun, die beiden betäubten türkischen Landsleute sind wieder wach. Nur ihrer guten Konstitution ist es zu verdanken, dass sie diese Betäubung schadlos überstanden haben. Anders sieht es bei dem Franzosen aus, der gute Mann ist leider vor knapp zehn Minuten aus dem Leben geschieden. Herzversagen! Bei der Vielzahl der Verletzungen hat es mich aus medizinischer Sicht ohnehin gewundert, dass er es lebend bis hierher geschafft hat.«

Moldenhauer war kurzzeitig geschockt, fasste sich dann aber sehr schnell und fragte den vor ihm stehenden Arzt: »Und wie geht es meiner Tochter, Nicole Moldenhauer?«

Angst und Besorgnis um seine Tochter schwangen in seiner Frage mit.

»Sie ist zwar zart und zerbrechlich, aber von einem enormen Lebenswillen. Sie schläft jetzt, ist aber, soweit ich das jetzt schon sagen kann, auf dem Weg der Besserung, sie erholt sich sehr schnell.«

Beinahe pfeifend atmeten Moldenhauer und Bencken auf.

Als nun alle so ruhig und in sich gekehrt dasaßen und nachdachten, da räusperte sich die Mohns diskret.

Sofort hatte sie die Aufmerksamkeit von Bencken und Moldenhauer geweckt.

»Also, meine Herren«, begann sie etwas zögerlich, »ich habe da noch eine Nachricht für Sie, von ›Spider‹, dem Crewleader.«

Sie blickte kurz auf ihre Armbanduhr: »So wie ich es sehe, haben aber zu diesem Zeitpunkt schon alle drei Bergedorf mit Sack und Pack verlassen. Nun, Folgendes hat er mir aufgetragen, Ihnen noch mitzuteilen.«

Und dann berichtete sie den beiden Kommissaren alles haarklein, so wie Checkter es ihr erzählt hatte.

Moldenhauer meinte nur, nachdem die Mohns mit ihrem Bericht geendet hatte: »Hier tun sich ja die tiefsten Abgründe auf, unglaublich. Ich glaube, ich sollte erst einmal ein Telefonat führen.«

Er stand auf und ging los. Allerdings führte sein Weg zuerst in das Krankenzimmer seiner Tochter, und als er sie so in ihrem Bett liegen sah, schlafend in den weißen Laken, angeschlossen an einen Tropf, da wurde ihm wieder richtig warm ums Herz. Leise verließ er das Krankenzimmer. Bisher hatte er alles richtig gemacht.

Dann machte er sich auf den Weg zum Pförtner. Er hatte dringenden Gesprächsbedarf und musste unbedingt seinen Chef anrufen.

Kurz vor Mitternacht: Checkter, Hagos und Sundström näherten sich mit dem Ford dem deutschen Grenzgebiet.

Nachdem sie Simmerath passiert hatten, hielten sie an und studierten intensiv ihr Kartenmaterial. Alle waren wieder hellwach und aufs Höchste angespannt.

Dann fanden sie einen gut befestigten Feldweg, der genau die grüne Grenze querte.

Sie hatten an ihrem Fahrzeug die komplette Beleuchtung ausgeschaltet, nur der Vollmond, der eine Wetteränderung andeutete, erhellte ihnen den Weg durch den Nationalpark.

Der Parc naturel Hautes Fagnes war zügig durchfahren, ohne dass sie auch nur einem einzigen Fahrzeug, geschweige denn einem Zöllner begegnet waren.

Bei Lüttich bogen sie auf die E 313 ein, und knappe zwei Stunden später hatten sie die Stadtgrenze von Antwerpen erreicht.

Ohne irgendwelche Probleme.

Vor Antwerpen bogen sie ab auf die N 12, und nach nicht allzu langer Zeit trafen sie auf dem Parkplatz des Binnevaart-Museum am Nieuwpoortkaai ein.

Sorgsam parkten sie ihren Kombi zwischen zwei bereits hier abgestellten Autos rückwärts ein, sodass sie im Fall der Fälle sofort durchstarten und verschwinden konnten.

Der Ford fiel zwischen den parkenden Fahrzeugen absolut nicht auf.

Checkter stand neben dem Kombi, reckte sich und steckte sich eine Zigarette zwischen die Lippen. Während der Fahrt hatte er sich mit Sundström abgelöst.

»Okay, Jungs, so weit, so gut!«

Checkter atmete tief durch, seine Zigarette glühte hell im Nachtdunkel.

»Ich gehe noch ein paar Meter, mir die Füße vertreten.« Der Rauch seiner Zigarette quoll langsam über seine Lippen. »Jetzt ist es 4 Uhr morgens, unser Kontakt erscheint hier gegen 10 Uhr vormittags. Also können wir noch einige Stunden schlafen. Abiel, willst du mitkommen? Mogens, du bleibst beim Auto, oder?«

Sundström nickte nur müde, und Hagos schlug sich an Checkters Seite.

Die beiden zogen los, und Sundström machte es sich im Auto bequem, so gut es ging.

Nach nicht allzu langer Zeit waren die beiden wieder zurück. Checkter blickte sich noch einmal um: Sie standen hier gut, ganz in der Nähe war eine Telefonbox. Also, bisher lief alles so, wie er es sich vorgestellt hatte.

Irgendwann am frühen Morgen wurden sie durch das Zuschlagen einer Autotür geweckt. Ein Fahrzeug neben ihnen wurde gestartet und fuhr weg.

Hagos rieb seine Augen und reckte sich, die Position, in der er geschlafen hatte, war nicht sonderlich bequem gewesen.

Auf dem Parkplatz und drum herum herrschte bereits reges Treiben, und der Imbiss an der Ecke war gut besucht.

»Okay, lasst mal schauen, dass wir uns etwas frisch machen können, und in dem Imbiss finden wir bestimmt ein nahrhaftes Frühstück.«

Sundström verschloss das Auto, und dann gingen sie gemeinsam los.

Nachdem sie ein reichhaltiges Frühstück eingenommen hatten – Checkter blickte schon immer suchend über den Parkplatz – fuhr ein alter R4 auf den Parkplatz, und ein schlaksiger, langer Kerl vom Aussehen eines Späthippies entstieg dem Gefährt.

Ein leichtes, erlösendes Lächeln huschte über Checkters Gesicht.

Piet van de Gracht war eingetroffen.

Die Begrüßung war herzlich, und Checkter stellte Hagos sowie Sundström vor, natürlich nicht mit ihren korrekten Namen.

Sie setzten sich wie arglose Besucher des Museums auf eine Bank und hatten dabei ständig ihren Ford Kombi im Auge.

Van de Gracht hatte eine schäbige Aktentasche dabei und öffnete sie. Er gab Checkter einige voll beschriebene DIN-A4-Seiten.

Protokolle seiner Abhörtätigkeit der letzten Tage sowie eine detaillierte Personenbeschreibung seines Auftraggebers und dessen Partners.

Checkter warf einen Blick auf die dicht beschriebenen Seiten des Protokolls, hatte aber im Moment nicht sehr großes Interesse daran.

Er sah wieder interessiert zu van de Gracht: »Was ich wissen möchte, ist Folgendes: Was ist gestern am späten Nachmittag passiert? Hat Mister X telefoniert?«

»Ja, und zwar recht hektisch. Nach deinem Telefonat hat er unverzüglich seinen Partner kontaktiert. Der ist zwar das absolute Weichei, so wie ich das beim Abhören mitbekommen habe, hat aber wirklich gute Verbindungen zur Unterwelt Antwerpens. Und hat dann auch den Auftrag von Mister X erhalten, vier kräftige Jungs ohne große Skrupel für heute zu chartern, die auch nicht zucken, wenn sie jemanden umlegen sollen. Also, egal wie du weiter vorgehen willst, Clint, es ist äußerste Vorsicht geboten!«

Checkter hatte schon bei anderen Aufträgen mit Piet van de Gracht zusammengearbeitet und vertraute ihm, aber nicht blind.

»Wie ist eigentlich die Suche ausgegangen? Du weißt schon, wir sprachen am Telefon darüber.«

»Ach so, ja, das geht klar, zu deinen Konditionen. Ich soll so gegen Mittag dort aufschlagen, dann ist alles bereit!«

»Gut, Abiel fährt mit dir dorthin, und ihr erledigt die Angelegenheit gemeinsam.«

»Okay.« Van de Gracht blickte Checkter etwas pikiert an, äußerte sich aber nicht weiter.

»Abiel, sobald die Geschichte erledigt ist, kommst du mit einem Taxi in die Biekorfstraat, du findest uns dort schon.«

Piet van de Gracht machte noch einmal auf sich aufmerksam: »Eine Kleinigkeit habe ich doch noch für euch! Also, bleiben wir mal bei Mister X und seinem Partner. Die beiden haben in der Parallelstraße zur Biekorfstraat, nämlich in der Klamperstraat 19 im ersten Stock, eine Apartmentwohnung, wo sie immer ihre geheimen Treffen abgehalten haben. Sie kamen aber nie vor 19 Uhr. Ab und zu waren sie auch in weiblicher Begleitung. Ach, und Mister X war gestern in seiner Hausbank und kam später mit einem Aktenkoffer wieder heraus. Noch etwas, er fährt einen Jaguar, meistens mit Chauffeur, nur in die Klamperstraat zu seinen Treffen, da lenkte er das Fahrzeug immer selbst. Das wollte ich euch nur noch mitteilen. Und ehe ich es noch vergesse, das Apartment läuft unter dem Namen Jann Cooker!«

Checkter reichte van de Gracht einen Umschlag, er warf einen kurzen Blick hinein und grinste zufrieden: »Immer wieder gerne!«

Checkter beugte sich zu Hagos hinüber und flüsterte ihm einige Worte ins Ohr, woraufhin sich dieser erhob.

»Okay«, sagte er dann zu van de Gracht, »ich hole nur noch eben meine Sachen aus dem Kombi, dann können wir auch sofort los.«

Hagos nahm aus dem Kofferraum den verschlossenen, doppelwandigen Segeltuchbeutel und hängte sich ihn an dem Tragegurt über die Schulter. Weiterhin überprüfte er im Schutze der offenen Heckklappe seine Walther PPK, schraubte den Schalldämpfer auf die Waffe und steckte sie in seinen Hosenbund. Locker und leger hing sein leichtes Sommerhemd darüber und kaschierte alle Beulen.

Danach begab er sich zu van de Gracht.

»Okay, alles klar, wir können dann los!«

Hagos lehnte sich im Auto van de Grachts entspannt zurück und spürte den kalten Stahl der Waffe in seinem Rücken.

Es beruhigte ihn. Er war auf alle Widerstände vorbereitet.

Der unscheinbare Segeltuchsack ruhte zwischen seinen Füßen.

»Hör mal, Mogens, hol doch schon mal das Auto. Ich bin da vorn an der Telefonbox, geht ganz schnell, nur noch ein kurzes Gespräch.«

Checkter betrat die Telefonbox am Rande des Parkplatzes, warf sein Geld ein und wählte. Nach wenigen Augenblicken vernahm er eine ihm nur allzu bekannte Stimme.

»Hallo, Ursula, hier ist Clint. Na, ist alles so gelaufen, wie wir es besprochen hatten?«

»Ja, ich habe Herrn Moldenhauer gestern Abend im Krankenhaus alles erzählt, so wie wir es abgesprochen hatten.«

»Und, wie hat er sich geäußert?«

»Er hat zuerst einige Telefonate mit den verschiedensten Personen geführt, hat mir danach aber alles so bestätigt, wie wir es abgesprochen hatten. Es läuft rund!«

»Das ist sehr gut. Hast du noch einmal Kontakt zu ihm? Solltest du heute unbedingt noch mal haben! Wir müssen um mindestens eine Stunde nach hinten verschieben. Was macht Nicole? Wie geht es ihr?«

Und wieder war es da, das Gefühl im Magen! Allein bei dem Gedanken an Nicole und was sie alles hatte erleiden müssen, zog es wie ein stechender Schmerz durch seinen Körper.

»Okay«, meinte nun die Mohns am anderen Ende der Leitung, »ich bekomme das alles geregelt. Und Nicole geht es von Stunde zu Stunde besser. Ihr Vater hat ihr schonend beigebracht, dass die beiden Entführer tot sind. Ach, das wusstest du ja noch gar nicht, Claude Liffers ist letzte Nacht verstorben. Das war für Nicole schon mal auf eine Art eine große Erleichterung. Ich habe ihr auch schon etwas erzählt, selbstverständlich nicht alles, aber auf alle Fälle deinen richtigen Namen und dass du ihre Befreiung eingeleitet hast. Du, Clint, ich möchte dir etwas verraten, das muss aber unser Geheimnis bleiben! Ich glaube, Nicole ist in dich verliebt!«

Checkter war nun wirklich kein Kind von Traurigkeit, aber das, was er da soeben gehört hatte, bescherte ihm tatsächlich ein paar rote Ohren. »Ach, Ursula, nun hör aber auf.« Und sofort war er wieder ernst. »Gut, so weit sollte alles klar sein, vielleicht hören wir morgen ja noch einmal voneinander. Bye-bye!«

Aber bevor er den Hörer auflegen konnte, stoppte die Mohns ihn noch mit einem energischen Zwischenruf: »Ich muss euch unbedingt noch etwas mitteilen: Die Fahndung nach euch ist eingestellt worden! Tschüss!«

Das »Tschüss« von der Mohns konnte er schon nicht mehr vernehmen, es verhallte im aufgelegten Hörer.

Nachdem er neben Sundström im Taunus Platz genommen hatte, meinte er nur: »So, mein Freund, nun ab in die Biekorfstraat. Wir müssen doch pünktlich zu unserer Verabredung mit Mister X kommen, oder?«

Sundström erwiderte nichts, startete den Kombi, grinste dabei wissend übers ganze Gesicht und wollte überhaupt nicht wieder aufhören.

Es war bereits früher Nachmittag, als Checkter und Sundström das Auto in einer ruhigen, unauffälligen Ecke in der Biekorfstraat parkten.

Es hatte doch noch etwas gedauert, weil Checkter unbedingt das Apartment von Jann Cooker in der Klamperstraat 19 im ersten Stock in Augenschein nehmen wollte.

Es war ein herrlicher Sommertag, nicht zu warm, gut auszuhalten. Keine einzige Wolke verdunkelte den Himmel über Antwerpen, und von der Schelde her wehte eine leichte Brise.

Einige Zeit nachdem sich die beiden für eine längere Wartezeit im Auto eingerichtet hatten, hielt ein Taxi auf der Höhe der Hausnummer 30, und ein nicht allzu großer Schwarzafrikaner nahm einen Koffer mittlerer Größe aus dem Kofferraum.

Die beiden Wartenden im parkenden Auto hatten die Straße voll im Blick und gaben dem soeben eingetroffenen Hagos ein Zeichen, nachdem das Taxi schon wieder außer Sichtweite war.

Hagos öffnete die Heckklappe und schob den Koffer bis zu den Rücksitzen, danach verbarg er ihn sehr gründlich unter einer Decke, die er darüberlegte.

»Und?« Checkter blickte ihn fragend an. »Alles gut?«

»Ja, alles gebongt. Der Piet ist schon ein ausgekochtes Schlitzohr, aber er hatte alles voll im Griff, es gab nicht die geringste Diskussion.«

»Sehr gut, du begibst dich jetzt sofort in die Klamperstraat. Schräg gegenüber der Nummer 19 ist ein kleines Bistro. Der beste Platz für dich, um alles im Blick zu haben und um die Straße zu beobachten. Du gehst von hier aus nach Osten, dann rechts abbiegen auf die Visestraat, einige Meter weiter, wieder rechts, verläuft die Klamperstraat. Insgesamt so um 300 Meter. Ich komme später zu dir rüber. Alles klar?«

Hagos nickte, verschloss die Heckklappe des Fords und machte sich auf den Weg, schlendernd wie ein Spaziergänger.

Die beiden im Auto behielten weiterhin die Biekorfstraat im Blick, insbesondere die Hausnummer 12.

»Du, Clint«, begann Sundström mit einem Mal, »sag mal, was hältst du eigentlich von Ursula? Eigentlich ist sie doch eine ganz patente Person! Ich meine, so normal betrachtet.«

Sundströms Gesicht hatte etwas Farbe bekommen, was aber nicht an der Sonne lag. Die war nämlich schon zwischen den Häusern Antwerpens verschwunden.

Ach du dickes Ei, dachte Checkter bei sich, *was wird das denn jetzt?*

»Also, Mogens, ich verstehe nicht ganz, was du mir damit sagen willst.«

Und urplötzlich war instinktiv die Anspannung wieder vorhanden, und er setzte sich aufrecht in seinen Sitz. »Wir reden später darüber, da hält gerade ein dunkler Mercedes. Ich glaube, sie sind jetzt eingetroffen.«

Der dunkle Mercedes hielt hinter der Hausnummer 12, Biekorfstraat.

Vier kantige, etwas ungehobelt wirkende Gestalten, alle mit wallender Mähne, entstiegen dem Benz.

Die Garderobe, die sie trugen, schien direkt aus dem Laden zu kommen und wirkte an ihnen irgendwie deplatziert.

»Okay, okay, ganz ruhig«, murmelte Sundström vor sich hin und lud seine Waffe durch. Auch sie trug bereits einen Schalldämpfer auf dem Lauf.

Das Gleiche tat auch Checkter.

Sie beobachteten weiterhin, wie die vier Gestalten sich verhielten. Zwei von ihnen bauten sich rechts und links von dem Eingang Nummer 12 auf, verdrückten sich aber seitlich in die vorhandenen Häusernischen.

Die anderen beiden Langmähnigen verschwanden im Haus, und danach war wieder Ruhe in der Straße.

»Okay, so läuft das also«, meinte Checkter mit gedämpfter Stimme, ohne die Umgebung der Nummer 12 aus den Augen zu lassen.

Gemächlich schob er sich eine Zigarette zwischen die Lippen, zündete sie verdeckt an und sog genüsslich den Rauch in die Lunge, dann blickte er auf das Ziffernblatt seiner Armbanduhr.

»Oha, früher Abend!«, bemerkte er ganz kurz.

»Gut, Mogens«, dabei hatte er schon den Türgriff in der Hand, »du kommst so weit allein klar? Und nur beobachten, nicht mehr! Ich gehe kurz mal rüber zu Abiel, nicht dass er in dem Bistro den ganzen Kaffee allein austrinkt.«

Er stieg aus dem Ford, seine Waffe war längst im Hosenbund verschwunden, warf sich seine Sommerjacke locker über die Schulter und ging rauchend und ganz relaxt in Richtung Klamperstraat.

Dort suchte er zielstrebig das Bistro auf und setzte sich zu Hagos an den Tisch.

Sie hatten einen herrlichen Fensterplatz und konnten die Haustür von Nummer 19 wunderbar im Blick behalten.

»Und, was gibt es bei dir hier so?« Fragend blickte Checkter Hagos an.

»Hier ist alles locker, mir kommt der Kaffee schon beinahe aus den Ohren. Ansonsten keine Bewegung, alles ruhig.«

Auch der kleine Schwarzafrikaner warf nun einen Blick auf seine Armbanduhr und meinte total emotionslos: »Clint, ich glaube, du solltest dich allmählich mal wieder auf die Socken machen!«

Wie, als hätte Hagos Checkter einen Befehl erteilt, stand Checkter auf, zog sich seine Jacke über und verließ das Bistro wieder, mit einem einsamen Abiel Hagos auf seinem Fensterplatz.

Antwerpen, Klamperstraat 19, erster Stock, Apartment von Jann Cooker.

Es war ein kleines Apartment, man betrat einen Vorflur, von dem links eine Tür zu einem noch kleineren WC abging. Sobald man den Vorflur verlassen hatte, stand man schon im großen, geräumigen Wohnraum.

Dieser bestach durch seine Gemütlichkeit. Geradeaus, von der Tür her gesehen, befand sich ein großes Fenster mit Blick auf den Innenhof und die Feuertreppe. Die Tür zur Feuertreppe war mit einem dicken Stoffvorhang verdeckt.

Wenn man sich halb links in die Wohnung hineindrehte, hatte man sofort einen Blick auf die offene Küche. Alle ehemals freien Wandflächen waren mit Bücherregalen ausgefüllt, davor standen auf der halb rechten Seite zwei Sessel, eine dazu passende Schlafcouch und ein größerer Couchtisch.

Vor der linken Wand, mit der anschließenden Öffnung zur Küche, stand so etwas wie ein Siegerpodest im Sport, in der Mitte etwas erhaben, die beiden Seiten etwas tiefer, komplett mit einem feinen Tuch abgedeckt.

Plötzlich war vom Treppenhaus her lautes, gutturales Lachen zu hören. Dann drehte sich ein Schlüssel im Schloss der Wohnungstür, und zwei Herren betraten das Apartment. Einer schaltete das Licht ein.

Im Wohnraum schenkten sich beide zuerst einmal einen guten, alten Whisky ein und prosteten sich zu.

Den Diplomatenkoffer hatte der große Weißhaarige neben der Couch abgestellt. Sie sahen schon sehr gediegen aus in ihren Maßanzügen, wie sie so dasaßen in den Sesseln. Nur der kleine Dickliche mit der Glatze war wirklich nicht das direkte Abbild eines Adonis.

Der andere, weißhaarig und hoch aufgeschossen, würde gut und gerne als wohlsituierter Banker durchgehen.

Plötzlich verstummten die beiden abrupt, denn der Vorhang vor der Hintertür bewegte sich merklich und wurde zur Seite geschoben. Hervor trat ein dunkel gekleideter, gut durchtrainierter Mann. In seiner Rechten hielt er eine Walther PPK mit aufgeschraubtem Schalldämpfer. Sein Gesicht war komplett von einer Sturmhaube verhüllt, nur ein Schlitz ließ Platz für die Augen, und die blitzten eiskalt. An seinen Händen trug er wie eine zweite Haut fleischfarbene Handschuhe.

Er richtete seine Waffe auf den großen, hageren Gentleman.

»Sie sind also der große Diamantenhändler Hendrik van de Groot«, konstatierte der Dunkelgekleidete mit sehr heiserer Stimme. »Und Sie«, dabei schwenkte seine Waffe in Richtung des kleinen, dicklichen Glatzkopfes, »Sie müssen Wout Plattdiets sein.«

»Woher … woher kennen Sie unsere Namen, und wie kommen Sie hier herein?«, stammelte van de Groot total verunsichert.

Die beiden blickten sich dann überrascht und gleichzeitig entsetzt an.

»Ich will es kurz machen«, krächzte der Vermummte nun weiter, »mein Name ist ›Spider‹, das wird Ihnen doch sicherlich etwas sagen!«

»Selbstverständlich«, van de Groot hatte sich überraschend schnell gefasst und griff zum Diplomatenkoffer. Doch augenblicklich zuckte die Waffe von ›Spider‹ herum und zielte zwischen die Augen van de Groots.

»Halt, ganz ruhig, ich habe Ihr Geld doch hier im Koffer, die Restsumme, zwei Millionen US-Dollar, wie abgesprochen.«

Äußerst behutsam legte er den Koffer auf den Couchtisch und öffnete ihn behutsam.

Er war wirklich randvoll mit Dollarnoten.

Van de Groots Gedanken waren dabei, sich zu überschlagen. *Wo kommt er her? Der Treffpunkt sollte in der Biekorfstraat sein! Wie konnte er von diesem Apartment wissen? Das werde ich alles noch herausfinden, irgendetwas stinkt hier ganz gewaltig!*

»Ich habe Ihnen auch noch etwas mitgebracht!«, verkündete ›Spider‹ nun wieder mit heiserer Stimme und entfernte das Tuch von den fünf Transportkisten mit den Rohdiamanten.

»Hier stehen sie, Ihre verfluchten Diamanten, vier Männer mussten dafür ins Gras beißen. Nur weil Sie oder Sie zwei so überaus gierig sind!«

Hendrik van de Groot ging überhaupt nicht auf ›Spiders‹ Worte ein und begann aufzubegehren: »Aber es waren doch sechs Kisten, wo ist denn die sechste?«

Er war plötzlich wieder der gierige, eiskalte Diamantenhändler aus der Hovenierstraat.

›Spider‹ hüstelte, und dann setzte wieder sein heiseres Krächzen ein: »Die ist beim Absturz zerstört worden, und der Inhalt hat sich in alle Himmelsrichtungen verteilt! Unauffindbar!«

Wout Plattdiets saß in seinem Sessel zusammengesunken wie ein Häufchen Elend. Von seiner Glatze rann der Angstschweiß in Strömen, und als ›Spider‹ nun die Waffe hob und in seine Richtung abfeuerte, da konnte er nicht mehr an sich halten und machte vor Angst unter sich.

Die Kugeln hatte ›Spider‹ wahllos um ihre Köpfe herum in den Wänden einschlagen lassen.

Mittlerweile roch es durch Plattdiets Unbeherrschtheit doch schon recht übel in dem Apartment.

›Spider‹ hob erneut die Waffe, zielte und verpasste Plattdiets einen Streifschuss an dessen linken Oberarm. Seine Stimme war schmerzverzerrt, und sein Jammern wollte kein Ende nehmen, wobei er sich in seinem Sessel hin- und herwarf und der Dreck in seiner Hose sich noch mehr verteilte.

Nun richtete ›Spider‹ seine Waffe auf Hendrik van de Groot und schoss ihm eiskalt in den rechten Unterschenkel. Danach gab der nur noch ein dumpfes, schmerzvolles Stöhnen von sich.

›Spider‹ blickte kurz auf die Uhr und nickte sich selbst zu, schraubte den Schalldämpfer vom Lauf der nun leer geschossenen Walther. Er wischte sie gründlich mit einem Lappen ab und drückte sie dann dem total verdutzten van de Groot in die Hand. Im ersten Reflex umfasste dieser sofort komplett das Griffstück der Pistole.

Und genau in diesem Augenblick zerbarst unter brachialer Gewalt und mit einem Höllenlärm sowie fürchterlichem Geschrei der eindringenden Polizei die Wohnungstür.

Hendrik van de Groot stand vor seinem Sessel, zur Salzsäule erstarrt, mit der Waffe in der Hand.

›Spider‹ ergriff den Diplomatenkoffer und war mit zwei Sätzen in der Fluchttür. Er schloss den Vorhang und auch die Fluchttür hinter sich, dann hetzte er, immer zwei Stufen auf einmal nehmend, die Treppe hinab und verschwand ungehindert im Dunkel des Hinterhofes.

Die Polizei drang nun unter lautem Rufen in das Apartment ein: »POLIZEI! WAFFEN WEG! POLIZEI, ALLE HINLEGEN!«

Aber Hendrik van de Groot machte keinerlei Anstalten, die Waffe zu senken, er hielt sie beinahe im Anschlag, als würde er auf die heranstürmenden Einsatzkräfte zielen.

Diese erfassten es als eine akute Gefahrensituation, und da er auf die Aufforderung »WAFFE WEG, HINLEGEN!« nicht reagierte, feuerten sie sofort auf ihn. Von etlichen Kugeln tödlich getroffen, brach Hendrik van de Groot blutüberströmt vor seinem Sessel zusammen.

Im anderen Sessel saß immer noch Wout Plattdiets, hatte nun aber beide Arme in die Höhe gereckt und war vor Angst einem Herzinfarkt nahe.

Und er stank so erbärmlich, dass sich die Beamten, nachdem alles gesichert war, angeekelt von ihm abwandten.

Kurz vor dem Einsatz auf der Klamperstraat.

Die Polizeikräfte, in Begleitung der deutschen Kommissare Moldenhauer und Bencken, formierten sich kurz vor 19 Uhr in der Klamperstraat, nachdem van de Groot und Plattdiets gerade das Haus betreten hatten. Genau zu diesem Zeitpunkt verließ Abiel Hagos das Bistro und ging ganz ruhig zu den Polizisten hinüber.

Ein Beamter stoppte ihn sofort, aber Hagos meinte nur ganz ruhig: »Ich habe hier eine Nachricht für den deutschen Kommissar dort im hellen Trenchcoat! Würden Sie ihm diesen Zettel bitte bringen?«

Er reichte dem Beamten einen Zettel mit den eilig niedergeschriebenen Worten:

Vier Diamantenschergen von Hendrik van de Groot sind vor und in der Wohnung von Daun Leterme in Biekorfstraat Nr. 12 / Achtung! Alle unter Waffen!

Der Beamte war sehr misstrauisch, tat aber trotzdem, worum ihn der kleine Afrikaner gebeten hatte, und überreichte Moldenhauer den Zettel. Der überflog sehr schnell die paar Zeilen und blickte suchend auf.

»Wer hat Ihnen diesen Zettel gegeben?«

»So ein kleiner Afrikaner, er steht da drüben!«

Er zeigte mit der Hand zur Straßenmitte, dort war aber niemand mehr.

Der kleine Afrikaner hatte sich anscheinend in Luft aufgelöst. Augenblicklich sprach Karl Moldenhauer mit dem belgischen Einsatzleiter. Der setzte sofort eine Gruppe von sechs Mann aus der Reserveeinheit in Bewegung, Richtung Biekorfstraat.

In dem geheimen Apartment der beiden Diamantenhändler sah es wüst aus.

Nun erst entdeckten die Beamten der Spurensicherung hinter dem Vorhang den Notausgang und die Treppe zum Hinterhof.

Zwei Beamte gingen die Treppe hinab in den Hinterhof und suchten ihn ab.

Natürlich nichts!

Plattdiets wetterte und behauptete steif und fest, da sei ein maskierter Mann gewesen und habe sie mit der Waffe bedroht und auch angeschossen, was den Beamten nur ein müdes Grinsen entlockte.

Moldenhauer und Bencken untermauerten die Einschätzung des Einsatzleiters, dass die beiden Anwesenden wahrscheinlich in Streit geraten seien und sich dabei mit der Waffe gegenseitig verletzt hätten. Da rührten mit an Sicherheit grenzender Wahrscheinlichkeit auch die Einschusslöcher in den Wänden her.

Bencken blickte nun auf die fünf matt glänzenden Alukisten, die vor der Küchenwand aufgestapelt waren.

»Die Leute kommen aber auch auf die seltsamsten Ideen, mit welchen Klamotten die ihre Wohnungen dekorieren, kaum zu glauben.«

Er stieß beinahe unabsichtlich gegen eine der Kisten, und die klang nicht einmal hohl, sondern gefüllt.

»Was ist da denn drin? Sand? Jetzt interessiert mich aber wirklich, was die hier so bunkern!«

Er gab einem Beamten der Spurensicherung einen Wink und bat ihn, mal eine der Kisten zu öffnen. Dieser löste die Verschlüsse der obersten Kiste und hob äußerst vorsichtig den Deckel hoch.

»Meine Fresse, da leckst mich doch am Arsch!«

Der Ausspruch von Charly Bencken war nicht zu überhören, und alle sahen zu ihm hin und dann automatisch in die geöffnete Kiste.

Urplötzlich herrschte Totenstille im Apartment.

Der belgische Einsatzleiter beugte sich über die Transportkiste und meinte nur tonlos: »Ich glaube, wir stehen hier vor den geraubten Rohdiamanten aus Angola.«

Das leuchtende Glitzern schien allen Anwesenden beinahe den Atem zu nehmen. Der Inhalt der einen geöffneten Kiste zog sie alle in ihren Bann.

RAUBDIAMANTEN è FLUCHTDIAMANTEN!

Der Erste, der dann wieder Worte fand, war der belgische Einsatzleiter.

»Meine Herren aus Deutschland«, damit wies er auf Moldenhauer und Bencken, »ohne Sie hätten wir diese Geschichte wohl nicht wirklich so schnell und sauber zu einem guten Ende bringen können. Ich danke Ihnen im Namen der belgischen Polizei!«

Er reichte den Hamburger Kriminalbeamten die Hand, drückte sie fest.

»Aber ein klein wenig Feinarbeit bleibt uns ja noch«, meinte er abschließend und grinste.

Über Antwerpen hatte mittlerweile die hereinbrechende Nacht ihr dunkles Tuch ausgebreitet.

In der Biekorfstraat hatten sich zwischenzeitlich Checkter und Hagos wieder am Ford Taunus, mit Sundström hinterm Volant, eingefunden.

Als sie die anrückenden Polizisten erblickten, rutschten sie ganz tief in die Autositze des unscheinbaren Kombis.

Kurze Zeit später fielen nicht weit entfernt von ihnen auf der Höhe der Hausnummer 12 einige Schüsse.

»Leute«, ließ sich Checkter zu diesem Zeitpunkt vernehmen, »ich glaube, wir haben hier alles erledigt, was zu erledigen war. Mogens, fahr los. Ich erzähle dir gleich, wohin die Reise geht.«

Langsam, ohne großartig aufzufallen, verließ der Ford Taunus Kombi seine Parkposition, rollte auf die Straße zurück, nahm Fahrt auf und reihte sich ohne Probleme in den fließenden Verkehr ein.

Endphase

Sie fuhren nach Süden aus Antwerpen heraus, an Brüssel vorbei, danach auf die E 411, um dann weiter die E 25 zu nutzen.

Ungefähr zweieinhalb Stunden später stoppten sie vor dem Hotel »Queen Luxury« in der 54 Avenue de la Liberté in Luxemburg Stadt.

An der Rezeption ließen sie sich eine Suite zuweisen. Der Koffer von Hagos sowie der Diplomatenkoffer von Checkter verschwanden für diese Nacht im Hotelsafe.

Die Suite war prächtig, und nachdem alle geduscht und sich frisch gemacht hatten, fielen sie über die Bar her. Da diese selbstverständlich hervorragend ausgestattet war, blieb kein Wunsch offen.

Jeder mixte sich sein Lieblingsgetränk und zündete sich eine echte kubanische Zigarre der Marke »Romeo y Julieta« an, danach lümmelten sie sich einfach in die bequemen Sessel der Suite, pafften ihre Zigarren und hingen für einige Zeit ihren Gedanken und dem Erlebten nach.

Irgendwann riss Sundström die anderen aus ihren Tagträumen und ergriff das Wort, wobei er immer wieder sinnierend seine Zigarre zwischen den Fingern hin- und herdrehte.

»Es ist schon traurig, dass Ronaldo diese Siegesfeier nicht mehr miterleben kann. Es wäre schön gewesen, wenn wir auch diesen Auftrag ohne Verluste hätten managen können.«

»Okay, Mogens«, Checkter fiel ihm beinahe ins Wort, »in welchem Rucksack sind eigentlich die Umschläge?«

Wortlos zeigte Hagos auf den Mittleren der drei, die nebeneinander auf der hochwertigen Couch lagen.

Vor dem Start der Mission hatte jeder der vier einen Brief geschrieben mit all seinen Kontoverbindungen, Codewörtern, Bankdaten, Adressen von den zu benachrichtigenden Angehörigen, sofern es welche gab.

Jeder erhielt sein Kuvert zurück, nur das von Ronaldo öffnete Checkter.

»Und was ist mit Colin, der war ja schließlich auch beteiligt?«

Sundström und Hagos blickten zu Checkter hinüber.

»Null, nichts. Colin war ein einsamer Wolf, hatte niemanden, keine Angehörigen, nur in Schottland, soweit ich informiert bin, eine ältere Hauswirtschafterin, die sein Haus in Ordnung hält.«

»In Ordnung, dann lass noch mal deine Verbindungen spielen«, schoss es aus Hagos heraus, »dann könnten wir ihr doch morgen eine Kleinigkeit überweisen und ihr mitteilen, dass die Hütte nun ihr Eigentum ist.«

»Okay«, Checkter sah ihn an, »so soll es sein.«

Am nächsten Morgen trafen sie sich im Hotelrestaurant und nahmen ein opulentes Frühstück zu sich. Und Checkter telefonierte mal wieder.

Danach war er bester Laune.

»Also, Leute, wir gehen jetzt mal ein klein wenig einkaufen, Klamotten und so!«

Nach dem Einkauf zogen sie ihre neue Garderobe an und waren kaum wiederzuerkennen.

Kleider machen Leute.

In der Zwischenzeit hatten sie sich ihre Koffer aus dem Hoteltresor aushändigen lassen.

Der Inhalt des größeren Koffers wurde zu gleichen Teilen auf drei kleinere Aluminiumkoffer verteilt.

Kurz darauf verließen sie gemeinsam das Hotel und ließen sich von einem Taxi zur Banque de Luxembourg fahren.

Dort wandte sich Checkter ohne Umschweife an einen Bediensteten und teilte ihm mit, sie hätten einen Termin mit dem Direktor des Hauses.

Dieser erschien auch sofort auf der Bildfläche und führte sie in sein Büro.

Der Bankdirektor sah Checkter, Sundström und den kleinen Hagos abschätzend an, bevor er begann. »Nun, meine Herren, womit kann ich dienen?«

Checkter kam sofort zum Punkt. »Die beiden Herren möchten bei Ihnen einige Konten eröffnen! Mich kennen Sie nicht persönlich, aber ich bin schon Inhaber eines Kontos in Ihrem Hause.«

Ohne mit der Wimper zu zucken, fuhr der Direktor fort. »Und in welcher Höhe sind Ihre Einlagen?«

»10,2 Millionen US-Dollar pro Person, und dann hätte ich noch zwei Überweisungen zu tätigen.«

Als der Direktor die Beträge hörte, blieb er weiterhin gelassen, telefonierte mit einem Angestellten, der mit einem Rollwagen erschien, die vier Koffer darauf legte und dann zum Zählen des Geldes den Raum verließ.

Der Bankdirektor und die drei unterhielten sich über Allgemeines, tranken Kaffee, aber eine flüssige Unterhaltung wollte nicht so wirklich in Gang kommen.

Nach nicht allzu langer Zeit erschien wieder der Clerk und reichte dem Direktor ein Formular.

»Alles in Ordnung, die Summen stimmen. Die zwei Millionen US-Dollar aus dem Diplomatenkoffer haben wir der Ordnung halber erst einmal ihrem Konto gutgeschrieben, Mister Sounds. Die Überweisungen von je einer Million US-Dollar nach Portugal und Schottland sind bereits erledigt.«

Der Papierkram wurde erledigt, sie erhielten die Zahlen ihrer Nummernkonten und hinterlegten ihre Codewörter, und schon war alles vorbei.

Beschwingten Schrittes verließen sie das Bankhaus. Vor dem Eingang zündete Checkter sich eine Zigarette an.

»So, Jungs, das soll es gewesen sein! Wir fahren jetzt noch mal gemeinsam ins Hotel und packen unsere Klamotten, dann trennen sich unsere Wege wieder.«

Nachdenklich sog er an seiner Zigarette.

Sundström räusperte sich verhalten. »Und? Was machst du jetzt? Ich weiß, es geht mich nichts an, aber es würde mich mal interessieren!«

Er sah Checkter fragend und mit großen Augen an.

»Das kann ich euch sagen, ich setze mich in den nächsten Flieger nach Hamburg und fahre dann zu Nicole! Und ihr, was liegt bei euch an?«

Sundström strahlte nun übers ganze Gesicht: »Ich auch, ich fliege mit nach Hamburg, muss noch mal mit Ursula reden.«

Nun fielen die Blicke der beiden auf Hagos: »Und du? Was hast du vor?«

»Tja, ich weiß noch nicht so recht. Zurück nach Eritrea treibt es mich im Moment nicht wirklich.«

Nachdenklich starrte er minutenlang auf seine Schuhspitzen.

»Du kommst mit uns nach Hamburg und hinterher mit mir nach Schweden, ich habe dort ein Haus in Södertälje, in der Nähe von Stockholm. Dort kannst du bei mir wohnen, bis du dich entschieden hast, egal wofür.«

Ein heller Glanz zog über sein schwarzes Gesicht.

»Okay, das Angebot nehme ich mit Freuden an. Also, was hält uns hier noch? Auf nach Hamburg.«

Am späten Nachmittag trafen sie in Hamburg-Fuhlsbüttel ein. Ein Taxi brachte sie nach Bergedorf.

Checkter hatte kurz mit der Mohns telefoniert und dabei erfahren, dass Nicole das Krankenhaus bereits verlassen hatte. Kurzerhand hatte er ihr mitgeteilt, dass sie alle auf dem Weg zu deren Wohnung waren.

Nun stand Clint mit klopfenden Herzen wie ein frisch verliebter Pennäler vor der Wohnungstür von Nicole Moldenhauer.

Er hatte den Klingelknopf betätigt. Wie würde Nicole reagieren?

Die Tür öffnete sich, und die immer noch sehr blasse und zerbrechliche Nicole stand vor ihm.

Zuerst lächelte sie ihn an, dann wirkte sie urplötzlich wütend und schlug Clint ins Gesicht. Eine schallende Ohrfeige. Er war total perplex.

Was soll das denn jetzt?

Clint stand immer noch in der Wohnungstür wie vom Donner gerührt, aber dann sprang Nicole ihn beinahe an, umklammerte ihn so, als würde sie ihn in diesem Leben niemals wieder loslassen, und auch er schloss sie nun überglücklich in seine kräftigen Arme.

Leise flüstere er ihr ins Ohr: »I love you!«

Spitzbübisch blickte sie ihn an und gab dann auch sehr zärtlich zurück: »Ich dich auch, über alles, ›Mister CLIFFORD SOUNDS‹!«

Daraufhin gingen alle in Nicoles Wohnung, wo auch schon Ursula Mohns auf Mogens Sundström wartete.

Und sie hatten sich viel, sehr viel zu erzählen, wozu die Nacht beinahe zu kurz war.

Am folgenden Morgen waren alle Weichen für die Zukunft gestellt.

Monolog

Ein halbes Jahr später zog Nicole Moldenhauer zu Clint Checkter nach England, und ein weiteres halbes Jahr darauf heirateten Nicole und Clint.

Selbstverständlich waren Abiel Hagos, Mogens Sundström und Ursula Mohns Trauzeugen.

Karl Moldenhauer war am Anfang strikt gegen die Verbindung seiner Tochter, aber irgendwann akzeptierte er diese.

Mogens Sundström ging zurück nach Södertälje in Schweden und wurde dort mit Ursula Mohns sehr glücklich.

Abiel Hagos lebte eine ganze Weile bei Mogens Sundström und Ursula Mohns in Södertälje, aber dann lernte er Gunilla Bergquist kennen. Er kaufte sich ein Haus, und sie zog bei ihm ein.

Mogens und Abiel gründeten ein Elektronikunternehmen und wurden Partner zu gleichen Teilen.

Nach dem Zugriff der Polizei in der Klamperstraat überschlug sich die internationale Presse.

Laut der Presseberichte wurde Hendrik van de Groot, einer der größten Diamantenhändler, in der Hovenierstraat in einem Handgemenge mit seinem Partner Wout Plattdiets angeschossen.

Beim Eintreffen der Polizei richtete van de Groot seine Waffe auf die Beamten und wurde von ihnen in Notwehr erschossen.

Niemand hatte ahnen können, dass die Waffe von van de Groot nicht geladen war.

Die vier belgischen Unterweltler wurden von der Polizei nach einigen

Tagen wieder freigelassen, ihnen konnte keine wirkliche Straftat nachgewiesen werden.

Das größte Rätsel konnte die Polizei allerdings nie lösen: wie die Rohdiamanten in das Apartment von Jann Cooker in den ersten Stock der Klamperstraat 19 gelangt waren.

Karl Moldenhauer und Charly Bencken hatten eine Ahnung oder glaubten sogar zu wissen, wie es geschehen war.

Sie haben sich aber nie dazu geäußert.

Vom Autor bisher erschienen:

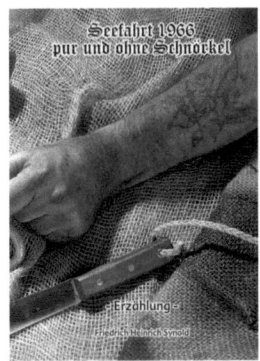

Seefahrt 1966 pur und ohne Schnörkel
ISBN 978-3-8334-4382-4

Dieses Buch erzählt über der Arbeitsalltag, des Decksmannes Fiete, auf einem Tanker. Es erzählt von Walen, fliegenden Fischen, den Traditionen der Seeleute und natürlich dem Duft der Tropen. Nicht zu vergessen der Landgang in der Karibik, der anders endete, als es sich der Decksmann Fiete ausgemalt hatte. Aber am Ende kamen er und seine Kameraden, doch unbeschadet, wieder in ihrem Heimathafen, in Hamburg an.

Seefahrt, Kümo 1969. Alles ungeschminkt!
ISBN 978-3-8482-3572-8

Decksmann Fiete hatte es geschafft und war in Hamburg auf einem Kümo, der „Libromadeira", angemustert.
   Dort wurde es dann doch härter und nicht ganz so einfach, wie er es sich in seiner Fantasie ausgemalt hatte. Trotz allem entstanden echte Männerfreundschaften, die auch durch das überaus merkwürdige Verhalten eines anderen Crewmitgliedes nicht erschüttert werden konnten.
   Sie ritten auf der „Libromadeira" schwerste Stürme ab, wobei es Fiete so mulmig wurde, dass sogar erstmals wieder Gedanken an Gott in ihm aufkeimten.
   Trotzdem trieben sie es mit den wildesten Mädels an Nord- und Ostsee. Die daraus resultierenden kurzen Nächte hielten sie nicht davon ab, morgens immer wieder einigermaßen fit an Deck zu erscheinen.
   In Belfast gerieten Achim, Theo, Reinhard und Fiete in eine heftige Schlägerei, der sie durch Flucht entkommen wollten. Schnellstens versuchten sie in Achims parkenden Käfer zu gelangen. Da traf Fiete urplötzlich etwas Hartes an seiner rechten Schläfe und auf einen Schlag erloschen seine Lebensgeister.
   War nun alles aus?
   Für immer vorbei?

Caribbean feeling und ein uraltes, spanisches Grab
ISBN 978-3-7357-9988-3

Als Uwe, Kuddl, Carla und Klaus einfach mal wieder bei Maria und Pit in der Karibik Urlaub machen wollen, geraten sie in die Suche nach einem imaginären Schatz spanischer Konquistadoren. Dabei treffen sie mit gnadenlosen karibischen Piraten zusammen, die das Leben von Maria und Carla auf die brutalste Weise gefährden, woraufhin die ganze Angelegenheit zu eskalieren droht. Da sehen sich Uwe und Kuddl gezwungen, noch einmal tief in ihre schon vergessen geglaubte GSG-9-Trickkiste zu greifen. Manchmal helfen sie tatsächlich, die kleinen, fiesen Tricks!

Seefahrt! Abenteuer in der Trampschifffahrt
ISBN 978-3-7392-7114-9

Nicht zu wissen, welcher Hafen oder welcher Kontinent demnächst angelaufen werden soll, das ist das Schicksal oder aber die Freude eines Seemannes, der ein Trampschiff sein Zuhause nennt.

Das wollte Fiete und erreichte auch sein Ziel: Er stieg in Italien auf einem Tramper ein.

Allerdings hatte er nicht erwartet, dass dort einige der heftigsten Erfahrungen seines Lebens über ihn hereinbrechen würden: angefangen mit leichten Ladungssprengarbeiten in Norwegen, einem Duschverbot nach Verlassen des englischen Kanals, sowie Pflanzkartoffeln-Laden in Kanada während eines Schneesturms.

So begann es auf der „Marie Reith", und es sollte sogar noch besser kommen: verlockende Angebote Eingeborener am Strand von Puerto Cabello, viel Spaß in der Waagerechten mit einem hübschen Mädel in Brasilien und dann leider noch sein Notstopp in einer Klinik in Newport News. Allerdings wurde er dort von einer sehr kompetenten Krankenschwester bestens versorgt. In allen erdenklichen Belangen.

Die größte Überraschung erlebte Fiete aber nach dem Auslaufen aus Brasilien, als sie bereits wieder auf offener See waren.

Da stand „ER" urplötzlich vor ihm.